Kristine Bilkau

Nebenan

Kristine Bilkau

Nebenan

Roman

Luchterhand

Für die Unterstützung der Arbeit an diesem Buch dankt die Autorin
dem Else-Heiliger-Fonds, dem Künstlerhaus Eckernförde
und der Hamburger Behörde für Kultur und Medien.

MIX
Papier aus verantwortungsvollen Quellen
FSC® C014496

Penguin Random House Verlagsgruppe FSC® N001967

1. Auflage

Umschlaggestaltung: buxdesign, Ruth Botzenhardt
unter Verwendung einer Zeichnung von © Linda McCue
Satz: Buch-Werkstatt GmbH, Bad Aibling
Druck und Einband: GGP Media GmbH, Pößneck
Printed in Germany
ISBN 978-3-630-87519-4

www.luchterhand-literaturverlag.de
www.facebook.com/luchterhandverlag

»… und auf dem Steppenpfad
in der schimmernden Nacht unter den
Nebelgespenstern tanzte mein Luftgeist.
Breitete die erhobenen Arme aus.
Einen zum Mond, den anderen zur Venus.
Himmlische Kräfte durchzuckten ihn,
ich sah Flammen zwischen den Fingern.«

Sarah Kirsch, *Kommt der Schnee im Sturm geflogen*

1

Ein Containerschiff schiebt sich langsam hinter den Baumkronen und dem Dach der Nachbarn vorbei. Anfangs, als sie erst wenige Tage hier wohnte, war es für sie ein unwirklicher Anblick, den Kanal und das Ufer nicht sehen zu können, selbst von hier oben, aus dem Schlafzimmer nicht, aber eine Schiffsbrücke und die geladenen Container. Stapel bunter Kästen, die gemächlich, wie von allein hinter den Dächern und Bäumen entlang glitten. Im Wochenblatt, das sie manchmal überfliegt, hat sie gelesen, die Leute haben hier früher in der Dämmerung weiße Schiffe durch die Wiesen und Moore schweben sehen, lange bevor der Kanal gebaut und eröffnet wurde. Daran muss sie denken, wenn ein Frachter wie von allein durch die Landschaft fährt.

Sie bleibt am Fenster, bis die bunten Stapel nicht mehr zu sehen sind, da entdeckt sie den Jungen. Er steht in der kleinen Sackgasse am Zaun der Nachbarn und scheint auf jemanden zu warten. Dünne Beine in einer grauen Jeans, ein Rucksack auf dem Rücken. Sein Gesicht lugt blass mit spitzer Nase unter seinem Hoodie hervor, die Hände hat er in die Hosentaschen geschoben, die Schultern hochgezogen. So sieht einer aus, der friert. Kein Wunder, der Junge ist nicht für dieses Wetter angezogen. Julia weiß nicht, zu wem er gehört. Er wohnt nicht in dieser Straße, sieben alte Häuser, von denen zwei während der letzten Monate entrümpelt wurden, weil ihre Besitzer ins Heim gezogen sind. Er wohnt, so weit sie weiß, auch nicht weiter hinten, *An den Wiesen*, der frisch geteerten Straße, die wie eine lang gezogene Acht verläuft, wo die Neubauten stehen, Bauhaus und Friesenstil im Wechsel, dazwischen leere Grundstücke, die noch zu verkaufen sind.

Eine Windböe bewegt die Zweige vor dem Fenster, der Efeu hätte längst geschnitten werden müssen, er überwuchert das Haus bis an den Dachfirst. Sie haben bisher alles wachsen lassen, den Rasen, die Sträucher, die Brennnesseln in den Beeten. Im Sommer, nach dem Einzug, haben sie mit dem Rasenmäher Schneisen ins hohe Gras gemäht, einen Pfad zur Gartenpforte, einen zum Schuppen, einen Weg zum alten Gewächshaus, wo Chris ein quadratisches Feld in die Wiese mähte und zwei Liegestühle hinstellte.

Sie geht nach unten, holt sich ein Glas Wasser aus der Küche, spült auf dem Weg ins Wohnzimmer mit einem großen Schluck die Folsäure-Zink-Kombination, das Vitamin D, das Q10 und die TCM-Kapsel hinunter. Sie kniet sich auf den Teppich vor die schlafende Hündin, drückt die Nase in Lizzys Fell, saugt den Geruch ein, Regenluft und nasse Steine, und sie muss an Frauen denken, die mit ihren Lippen und Nasenspitzen den Haarflaum ihrer kleinen Kinder berühren.

Der Junge ist nicht mehr am Zaun der Nachbarn zu sehen. Durch das Gestrüpp am Ende der Sackgasse führt ein Pfad den Hang hinunter zum Kanal. Wer zu Fuß zum Anleger will, nimmt ihn als Abkürzung. Der Junge wird wahrscheinlich mit der Fähre rüberfahren und vor der Kirche auf der anderen Seite auf den Bus warten, der ihn in die Schule bringt. Er scheint spät dran zu sein, oder er schwänzt die ersten Stunden. Sie glaubt, sie hat ihn einige Male am Kanalufer herumtrödeln sehen, als sie mit der Hündin spazieren ging.

Für Kinder ist der Kanal kein besonders schöner Ort zum Spielen, eine Fahrrinne mit einem Betriebsweg, die Schilder weisen in metergenau gleichen Abständen darauf hin, dass es hier um Logistik geht, nicht um Landschaft. Die kleine Fähre ist die einzige Verbindung zwischen den beiden Dorfseiten, sie ist rund um die Uhr in Betrieb. Beim Kanalbau, vor über hundert Jahren, nahm man keine Rücksicht auf den Ort, seitdem hat das Dorf eine Nord- und eine Südseite.

Sie klappt den Laptop auf und öffnet das Forum, liest die neuen Einträge; *Wir sind endgültig erschöpft, nach 72 ÜZ und 15 Runden Icsi, außerdem hat uns die PKD finanziell ruiniert. Wir denken an Plan B, falls jemand Erfahrung mit EZS hat, bitte PN.*

Sie besucht das Forum als stille Leserin seit vielen Monaten, doch manche Abkürzungen und Wortschöpfungen hat sie noch immer nicht durchschaut.

Lasst euch nicht unterkriegen, ich wünsche euch das Beste, für welchen Plan auch immer, antwortet jemand und schickt Emojis, die sich umarmen, Julia verachtet diese Smileys.

Große Neuigkeiten, sst positiv, nach 14 IVFs. Einfach so! Ich fasse es nicht, man kann durch Sex schwanger werden?!?!?

Draußen zerrt der Wind an der Wäsche, Chris hat die Sachen heute früh aufgehängt, bevor er zur Arbeit gefahren ist. »Keine Wäsche zwischen Weihnachten und Neujahr«, hatte sie vor den Festtagen zu ihm gesagt. »Warum nicht?« »Es bringt Unglück.« »Meinst du das ernst?« Sie hat diese seltsame Regel von ihrer Mutter, obwohl die alles andere als abergläubisch war. »Ein Stück Frottee auf einer Leine, da hängt ein sehr böser, gefährlicher Zauber dran«, machte Chris sich über sie lustig. Erst seitdem ihre Mutter nicht mehr lebt, hält sie sich an diesen Brauch, und dieses Jahr besonders. Sie hat sogar ein Horoskop gelesen und gehofft, darin würde etwas stehen von Familie und Wünschen, die sich erfüllen.

Auf einmal sieht sie ihn wieder, der Junge scheint hinter dem Nachbarhaus gewesen zu sein, nun stapft er durch das hohe Gras. Sie stellt sich ans große Fenster. Der Garten von Mona und Erik sieht nicht besser aus als ihrer, der Rasen gelb und matschig, ein großer Tonkübel auf der Terrasse ist in zwei Teile gebrochen, die Erde über den Boden verteilt. Ein Liegestuhl aus verblichenem Holz, die Stoffbahn zerrissen und schmutzig vom Regen, steht ganz hinten, vor den Tannen. Der Junge bleibt auf der Terrasse stehen und schaut hoch, ins Obergeschoss. Er zieht sein Telefon aus der Tasche, tippt etwas ein, hält es ans Ohr, in Gedanken hört sie das Freizeichen, eins, zwei, drei, vier, es scheint niemand ranzugehen. Während er durch die Fensterfront hineinspäht, öffnet sie leise die Tür und tritt auf die Terrasse. Die Holzbohlen sind kalt und rutschig unter ihren nackten Füßen, sie steigt in die Gummistiefel von Chris, die an der Mauer stehen.

»Hey«, sagt sie, während sie sich der Hecke nähert, doch der Junge scheint sie nicht gehört zu haben, er wühlt jetzt in seinem Rucksack und holt einen Stift und ein Stück Papier hervor. Sie ruft noch einmal, er hebt den Kopf, blickt sie wach und neugierig an.

»Weißt du, ob jemand da ist?«, fragt er.

Für einen Moment ist sie überrascht, dass er sie ohne jede Schüchternheit so unverwandt anspricht. Weißt DU, ob?, er hat das Du betont, als würden sie sich kennen, als hätten sie beide schon eine Weile gemeinsam hier gestanden und die Fenster angestarrt.

»Nein, ich glaube, sie sind noch nicht wieder zurück«, antwortet sie, »aber komisch, eigentlich ist doch schon wieder Schule, oder?«

Er schüttelt den Kopf. »Wir haben noch Ferien.«

»Ach ja, klar«, sie nickt sofort, obwohl es alles andere als klar ist, für sie zumindest, sie lebt nicht nach dieser Art Kalender, erste und letzte Ferientage, Schuljahresbeginn, Zeugnisausgabe. »Na, dann sind sie wahrscheinlich noch im Urlaub.«

Er blickt sie ungläubig an, als wäre Urlaub ein abseitiger Gedanke.

»Hast du überhaupt geklingelt?«, fragt sie ihn.

»Klar. Hast du einen Schlüssel?«

»Von meinen Nachbarn?«

Er nickt.

»Nein, tut mir leid.« Warum brauchst du einen Schlüssel, was willst du in dem Haus, dürftest du überhaupt hinein, kennen die Leute dich gut genug?, will sie fragen, aber sagt nichts, sie besitzt tatsächlich keinen Schlüssel.

Der Junge schiebt die Kapuze zurück, sein Haar ist hellbraun und etwas strähnig, er hat große grüne Augen und schmale Brauen, zwei feine Bögen, die ihm etwas Zerbrechliches geben. Sie schätzt ihn auf zwölf oder dreizehn Jahre. Wäre sie seine Mutter, dann hätte sie ihn mit Mitte zwanzig bekommen, da hatte sie gerade ihr Grundstudium beendet.

Sie stellt sich vor, ihm einen warmen Kakao anzubieten. Willst du dich kurz aufwärmen?, würde sie ihn fragen. Die Haut um seine Augen herum schimmert bläulich, als hätte er zu wenig geschlafen. Bei einer fremden Frau in der Küche herumzustehen, der Kakao noch zu heiß, um daran zu nippen, Minuten, die sich dehnen. Ihr Vorschlag wäre sicher alles andere als verlockend für ihn.

»Na dann«, sagt sie und schiebt ein unentschlossenes »Tschüs, bis bald« hinterher, wie eine unsichere Tante, die nur selten mit ihrem Neffen zu tun hat und sich davor fürchtet, irgendeine Kleinigkeit falsch zu machen, ohne es überhaupt zu bemerken.

Zurück im Haus bleibt sie hinter dem Vorhang stehen, damit der Junge nicht sehen kann, dass sie ihn weiterhin beobachtet. Er schreibt etwas auf den Zettel, den er in der Hand gehalten hat, faltet ihn zusammen und scheint ihn unten an der Terrassentür zu befestigen. Genau kann sie es nicht erkennen. Danach schiebt er sich zwischen die Tannen hindurch und ist verschwunden, wahrscheinlich den Hang hinunter zum Kanal.

Sie könnte hinübergehen und nach dem Zettel suchen. Sie schämt sich sofort für ihre Neugier, außerdem weiß sie nicht einmal, ob Mona, Erik und die Kinder wirklich verreist sind. Gut möglich, dass einer von ihnen zu Hause herumhängt, genau wie sie gerade, und nur keine Lust hatte, an die Tür zu gehen. Wahrscheinlich hat der Junge eine Nachricht für die Mädchen hinterlassen, ein kleines Zeichen, ein ungewöhnliches, auf Papier, nur auffindbar für eine Person, die weiß, dass sie suchen muss.

2

Das schmerzhafte Kribbeln in den Fingerspitzen ist noch immer zu spüren. Astrid schüttelt die eine Hand, dann die andere. Sie hätte die Fäustlinge anziehen sollen, bevor sie die Eisschicht von den Fenstern gekratzt hat. Also doch noch etwas Kälte nach den ungewöhnlich lauen Tagen. Auf der Straße vor ihr glänzt die gefrorene Nässe. Sechs, sieben Kilometer sind es noch, schätzt sie.

Dafür, dass sie aus dem Tiefschlaf geholt wurde, ist sie schnell auf die Beine gekommen. Kaum mehr als eine halbe Stunde ist es her, da hat die Notfallnummer geklingelt. Kurz nach vier war das. Andreas stand mit ihr auf und kochte Kaffee. Er legte sich aufs Sofa, stellte sich ein Hörspiel an, er könne jetzt eh nicht mehr schlafen. Bevor sie ging, drückte er ihr ein verpacktes Sandwich in die Hand, das er für sie vorbereitet hatte. »Guck, wir beide sind noch gut in Form bei diesen nächtlichen Einsätzen.«

Eine fast achtzigjährige Frau ist gestorben. Der Rettungsdienst konnte nichts mehr tun, und man rief Astrid für die Todesbescheinigung. Sie lässt sich nur noch selten für den Bereitschaftsdienst eintragen, diese Zeiten sind vorbei. Ein Jahr noch, dann würde sie die Praxis gern abgeben und, wenn möglich, zum Übergang zwei Tage die Woche dort arbeiten, so stellt sie sich das vor. Wenn sie bis dahin jemanden findet, der die Praxis übernimmt.

Sie dreht die Heizung runter, stellt das Radio an. Wann ist

sie das letzte Mal so durch die Nacht gefahren. Sie muss an die Kinder denken, erwachsene Männer. Erwachsen, bei dem Wort erfasst sie immer wieder Erstaunen. Sie sieht die schlafenden Jungs vor sich, wie viele Nächte sind es gewesen, in denen sie nach ihnen gesehen hat, Tausende.

Der Älteste, der sich in eine Wissenschaftlerin aus Delhi verliebte und mit ihr nach Malmö zog. Zwei Kinder hat seine Frau in die Beziehung gebracht, zwei weitere haben sie bekommen.

Der Zweitälteste, der in Den Haag lebt, der bei fast jedem Telefonat sagt, es würde ihm gut gehen, *alles gut.* Sie hofft fast, dass er sich endlich einmal über etwas, irgendetwas beklagen würde. Es kann ja nicht alles gut sein, das ist nicht möglich.

Der Kleine, in Berlin, der glaubt, sie haben nicht bemerkt, dass er sein zweites Studium abgebrochen hat und sich mit Caféjobs durchschlägt.

Allein durch die Nacht zu fahren und sie alle drei vor sich zu sehen, es ist ein bisschen, als würde sie wieder über den Schlaf der Jungs wachen.

Sie kneift die Augen zusammen, weiter hinten scheint das Feld übersät von hellen Flecken, sie schimmern aus der Dunkelheit hervor. Sie bremst etwas ab und fährt langsamer. Wie ein riesiger Schwarm weißer Vögel, der sich dort niedergelassen hat, oder nein, wie unzählige kleine Inseln aus Schnee, aber es hat nicht geschneit. Merkwürdig sieht es aus. Kurz entschlossen biegt sie in einen Feldweg ein, stellt den Motor ab und steigt aus.

Die Erde ist gefroren, sie muss auf jeden Schritt achten, um in den harten Mulden nicht zu straucheln. Diese Stille, sie hört sich selbst bei jedem Atemzug schnaufen. Was tut sie hier eigentlich? Sie sollte im Auto sitzen, auf dem Weg zu ihrem Notfall, und nicht allein im Dunkeln über einen Acker stolpern. Dieses Meer aus weißen Flecken, es sieht zu eigenartig aus, Taschentücher, es wirkt, als wären Tausende Papiertaschentücher über das Feld geweht. Oder es ist Papier, Altpapier, das jemand hier entsorgt hat. Die Säcke sind gerissen, und der Wind hat alles verteilt.

Jetzt erkennt sie es, unzählige Briefe sind es. Sie hebt einige davon auf, liest die Namen und Adressen, alle aus dieser Gegend. Poststempel ist der 17. und 18. Dezember, mehr als zwei Wochen sind diese Sendungen alt. Sie findet handbeschriebene Umschläge aus gutem Papier, Weihnachtsgrüße und Neujahrswünsche, stellt sie sich vor. Sie haben ihre Adressaten nicht erreicht. Einige Inkasso-Absender liest sie. Rechnungen und Mahnungen, die den Leuten vor den Festtagen erspart geblieben sind.

Erstaunlich, auf einem Umschlag stehen das Dorf und die Straße, in der sie aufgewachsen ist. Es ist das Haus schräg gegenüber, der hässliche große Gelbklinker. Sie steckt den Brief ein, sie wird ihn den Leuten bringen, wenn sie das nächste Mal Elsa besucht. »Guten Tag, ich habe Ihre Post nachts auf einem Feld an der Landstraße gefunden.« Sie blickt sich noch einmal um, ein Wagen ist nicht zu sehen, auch kein Fahrrad. Nichts deutet auf einen Unfall hin.

Unschlüssig bleibt sie im Auto sitzen, losfahren, dieses Meer von Briefen liegen zu lassen, sie fände das unanständig. Einen Moment überlegt sie, dann sucht sie die Nummer der Polizeidienststelle aus dem Netz und ruft dort an, etwas Besseres fällt ihr nicht ein. Die Beamtin am Telefon sagt, man würde jemanden schicken.

Das Wasser in der Wanne ist unbeweglich wie Glas. Neben den Beinen der Frau schwebt ein Taschenbuch, die aufgefächerten Seiten wirken schwerelos. Im Gesicht der Frau sind weder Anstrengung noch Schmerzen zu lesen. Diese Stille, Astrid hält beklommen den Atem an, doch kurz darauf fängt sie sich wieder. Der Rettungswagen ist wieder abgefahren, sie hatten nur noch feststellen können, dass die Frau seit Stunden nicht mehr lebte. Der Mann steht im Türrahmen, stumm, mit hängenden Schultern.

Ein Unfall scheint es nicht gewesen zu sein. Sie sieht sich nach elektrischen Geräten um, einem Föhn oder einem Rasierapparat, doch es liegt nichts offen herum.

»Hat Ihre Frau unter chronischen Krankheiten gelitten«, fragt sie, »und können Sie mir zeigen, welche Medikamente sie eingenommen hat?«

Er nimmt drei Schachteln vom Regal.

»Etwas gegen Stimmungsschwankungen und Schlaflosigkeit«, sagt er.

Sie erkennt die Präparate am Schriftzug, es sind Mittel gegen Altersdepression und Angstzustände, außerdem etwas gegen erhöhten Blutdruck. Herzversagen wäre möglich, ein stummer Infarkt, auch ein Schlaganfall wäre denkbar. Oder ein schon etwas länger zurückliegender Sturz, der nicht ernst genommen worden war und eine Hirnblutung ausgelöst hat. Wie es seiner Frau in den letzten Tagen ergangen sei, ob sie sich müde gefühlt, über Kopfschmerzen, über Atemnot, Bauchschmerzen oder Übelkeit geklagt hätte, fragt sie. Der Mann schüttelt nur den Kopf.

»Wann hatte sie sich das Bad eingelassen?«

»Ich glaube, gegen neunzehn Uhr.«

»Aber Sie haben sie eben erst, also vor ungefähr anderthalb Stunden, entdeckt.« Sie schaut auf die Uhr, es ist kurz nach fünf.

Er nickt, er sei abends im Wohnzimmer eingeschlafen.

»Wir sind eigentlich bei Dr. Gebhard in Behandlung. Ich dachte ... Aber er war nicht ...«, bricht der Mann ab.

Dr. Gebhard, ihr alter Kollege, der bei Frauen von schwankenden Stimmungen statt von Depressionen sprach. Wahrscheinlich hätte er den Totenschein längst mit eindeutigem Befund ausgefüllt. *Herzstillstand*, damit der Bestatter sich auf den Weg machen konnte. Aus Rücksicht auf den Mann hätte er das getan, und auch ein bisschen aus Bequemlichkeit.

Sie wandert mit dem Blick weiter über den Körper der Frau. So behutsam wie möglich. Am Oberarm schimmert ein Hämatom, deutlich größer als ein Daumenabdruck. Die Frau könnte sich gestoßen haben, doch jemand könnte den Arm auch hart angepackt haben. Das rechte Handgelenk wirkt geschwollen.

»Ist Ihre Frau gestern oder in den vergangenen Tagen gestürzt? Hatte sie Schmerzen in der Hand?«, fragt sie und betrachtet den Mann dabei aufmerksam. Er schüttelt den Kopf, das wisse er nicht.

Sie atmet tief durch. Sie sollte nichts mehr anfassen oder verändern. Himmel, das hier, das ist so eine Situation, in der sie die Polizei rufen muss. Verstorbene in Badewannen, da sind die Umstände ohnehin schon schwer zu klären. Das Hämatom und das Handgelenk machen es noch dringlicher.

»Es tut mir leid«, beginnt sie und bereitet den Mann darauf vor, dass sie als Nächstes die Beamten benachrichtigen würde. Er blickt sie an, sichtlich entsetzt, dann dreht er sich wortlos um. Unten klappt eine Tür laut zu. Der Luftzug zieht hoch ins Bad, er berührt das Wasser in der Wanne. Luftbläschen lösen sich von der Haut der Frau, schimmernde Punkte, ein Silberregen, der nicht fällt, sondern steigt.

Zusammen warten sie im Wohnzimmer auf die Beamten. Sie fragt ihn, ob Verwandte in der Nähe wohnen, ob er seine Kinder anrufen wolle.

Er schüttelt den Kopf und winkt ab. Auch wenn er ruhig in seinem Sessel sitzt, kann sie seine Anspannung sehen. Seine Kiefer bewegen sich, der Mann scheint die Backenzähne aufeinanderzupressen. Zehn, fünfzehn lange Minuten werden sie nun zusammen hier ausharren müssen, bis ein Streifenwagen kommt.

»Das ist eine Zumutung«, sagt er, mehr zu sich selbst, aber gerade deutlich genug, damit sie es hören kann.

»Ich kann verstehen, dass die Situation schwer erträglich ist, aber ändern kann ich es leider nicht«, antwortet sie und fragt noch einmal, ob sie jemanden für ihn anrufen soll. Er schüttelt wieder den Kopf, gibt ein kurzes Schnaufen von sich.

Sie schickt Andreas eine Nachricht, dass es noch mindestens eine Stunde dauern wird, bis sie zurückkommt. Zur Sicherheit gibt sie ihm die Adresse. Zur Sicherheit. Sie muss auf einmal an die Schulung für Selbstverteidigung denken, die sie vor langer Zeit gemacht hatte. Für den Kurs hatte sie sich angemeldet, nachdem sie bei einem Notfall in einer Wohnung bedroht worden war. Sie hatte ein bestimmtes Medikament, ein Beruhigungsmittel, nicht verschreiben wollen, für eine junge Frau, die im Bett lag. Es gab keinen Befund, der es gerechtfertigt hätte. Als sie gehen wollte, versperrte der Mann ihr die Tür, rempelte sie sogar an. Sie würde hier nicht rauskommen ohne das Rezept. Sie schaffte es, der Situation zu entkommen, weil sie Schritte im Treppenhaus hörte und anfing laut zu reden. »Okay, danke, ich finde selbst hinaus«, sie rief das förmlich durch die geschlossene Tür, und der Mann ließ sie durch.

Während ihrer Ausbildung wurden solche Situationen mit keinem Wort erwähnt. Sie hat das selbst herausfinden müssen. *Entschuldigung, ich bekomme einen Anruf*, die Hand in der Tasche, Telefon hervorholen, zur Tür marschieren. Dieser einfache Trick hat bisher am besten geklappt, wenn sich etwas zusammengebraut hatte.

Das Haus liegt an der *L96*, zehn Kilometer von der Stadt entfernt, kein Dorf in der Nähe, nur eine Bushaltestelle. Es ist eines dieser alten Landarbeiterhäuser, an denen man vorbeifährt, ohne sich zu fragen, wer dort lebt. Sie betrachtet die Fotos an der Wand, eine Tochter, einen Sohn. Sie erkennt den hellblauen Hintergrund, die weißen Wölkchen darauf, die Aufnahmen kommen aus der *Foto-Ecke* im alten Kaufhaus. Dort hatte sie selbst ihre Söhne früher fotografieren lassen. Klebrige Kirschlollis gab es zur Belohnung fürs Stillhalten.

Endlich, ein Wagen fährt vor. Während der Mann von einer Beamtin befragt wird, und deren Kollege sich oben umschaut, bleibt sie auf dem Stuhl neben der Tür sitzen und wartet ab, ob sie gebraucht wird.

»Und Sie waren die ganze Zeit hier unten, während Ihre Frau gebadet hat?«

Er habe ferngesehen und sei eingeschlafen, erzählt der Mann. Kurz nach drei sei er nach oben ins Schlafzimmer gegangen und habe bemerkt, dass seine Frau nicht im Bett liege.

»Könnte ich ein Glas Wasser haben?«, fragt er.

Sie will aufstehen und helfen, doch die Polizistin winkt ab und holt dem Mann ein Glas aus der Küche.

»Auf dem Herd steht ein Topf mit einem Rest Suppe. Sie und Ihre Frau, haben Sie gestern gemeinsam zu Abend gegessen?«, fragt sie und reicht ihm das Glas.

Er nickt, »Ja, also, nur ich habe was gegessen.«

»Hatte Ihre Frau keinen Hunger?«

Er schüttelt den Kopf.

»Sie haben sich die Suppe warm gemacht? Wissen Sie noch, wann das war?«

Er überlegt. »Gegen acht?«

»Haben Sie Ihre Frau gefragt, ob sie auch etwas essen möchte?«

»Nein, sie kam ja nicht runter.«

Astrid betrachtet ihn. *Sie kam ja nicht runter.* Seine Frau hatte im Wasser gelegen, einen Abend und eine halbe Nacht. Er ist nicht nach oben gegangen, um ihr etwas zu Essen anzubieten. Oder auch nur, um nach ihr zu sehen. Damit hatte er eine Entscheidung getroffen, so beiläufig, dass es ihm wahrscheinlich nicht einmal wie eine Entscheidung vorkam. Sie lässt den Blick noch einmal durch das Zimmer wandern, zum Sofa, auf dem etwas Strickzeug an der Seite liegt, zu den Fotos an der Wand. Eine junge Frau und ein junger Mann auf einem Bild, in weißem Kleid und schwarzem Anzug. Hochzeit, Sechzigerjahre, schätzt sie.

Es sind die Kleinigkeiten, es sind eigentlich fast immer die Kleinigkeiten, an denen das Traurige sich festmacht, denkt sie. Achtlosigkeit zwischen Erwachsenen ist keine Straftat. *Achtlosigkeit*, dafür gibt es auf einem Totenschein kein Kästchen zum Ankreuzen.

Ist alles in Ordnung?, schreibt Andreas, er ist offenbar immer noch wach.

Ja, ich gehe jetzt schwimmen. Ich muss fit bleiben, damit ich mit dir sehr alt werden kann.

Jetzt? Na gut. Das nächste Mal komme ich mit, antwortet er.

Sie schickt ihm nur einen Kuss als Antwort, Andreas versteht es schon als Sport, wenn er einen kurzen Spaziergang macht.

Sie lässt die Autoscheibe herunter und saugt den kalten Fahrtwind ein, es ist kurz nach halb sieben. Das Hallenbad hat jetzt geöffnet. Sie sehnt sich nach Bewegung. Die Schwimmtasche liegt noch im Kofferraum, die hatte sie vor einigen Tagen eingepackt und dann doch nicht gebraucht.

Sie fährt an dem Feld mit den Briefen vorbei. Kein Auto ist zu sehen, niemand von der Polizei, und auch von der verstreuten Post ist nichts mehr zu erkennen. Alles dunkel, alles schwarz. Als hätte sie das alles geträumt. Ohne die Straße aus den Augen zu lassen, greift sie in ihre Handtasche auf dem Beifahrersitz und wühlt darin, bis sie den Umschlag in den Fingern hat. Da ist er, sie hat ihn aufgesammelt, sie hat sich das nicht eingebildet.

»Das Deckenlicht in der Umkleide ist kaputt, es flackert komisch«, sagt Sinja an der Kasse zur Begrüßung.

Doch das Licht funktioniert einwandfrei, kein Zucken, kein Flackern. Astrid schließt die Schranktür ab, legt sich das Armband mit dem Chip um das Handgelenk, bugsiert mühsam das zerfranste Ende durch die Schnalle und ärgert sich über die müden Augen.

Sie ist allein in der Halle. Das Reha-Center hat einen Teil der Bahnen für sich abgetrennt, doch es ist noch niemand da. Auf einmal öffnet sich neben ihr die Tür der Herrendusche, ein Mann kommt heraus. Er stößt fast mit ihr zusammen und überholt sie mit zwei hastigen Schritten. Sie blickt ihm verwundert nach. Er hat sich offenbar gerade wirklich darum bemüht, in einem leeren Schwimmband schneller zu sein als sie.

Vor ihr erreicht er die Treppe, von dort führen die Stufen in den flachen Teil des Beckens. Er löst seine Füße aus den Badelatschen. Sie wartet mit etwas Abstand hinter ihm und betrachtet seinen breiten blassen Rücken. Ein Latschen hat sich an seinem Zeh verfangen, der Mann schüttelt ihn ab, sein gesamter Körper wackelt dabei. Er lässt sich ins Wasser fallen, macht einige Kraulzüge, ungelenk, denkt sie. Auf Anfang dreißig schätzt sie ihn, halb so alt wie sie, kein guter Schwimmer. Seine Badeschlappen hat er vor der Treppe liegen lassen, mittig, sie schiebt die Latschen mit einem Fuß beiseite, wie sie es früher täglich mit den Hausschuhen, Schnürschuhen, Sneakers und Gummistiefeln ihrer Söhne gemacht hat.

Sie setzt die Schwimmbrille auf. Gleichmäßiges Kraulen, stilles Zählen, *eins, zwei, drei*, Luftholen, *vier, fünf, sechs*, Luftholen. So schwimmt sie ihre Bahnen, drei, dann vier. Zwischendurch sieht sie den Mann, wie er emsig krault und danach schwer atmend am Rand verschnauft, er übernimmt sich, er sollte es langsamer angehen lassen.

Sie gleitet unter Wasser, sieht den Schatten ihres Körpers auf den Bodenkacheln, viel schmaler als in Wirklichkeit, wenn sie vor dem Spiegel steht. Die ersten Bahnen waren mühsam, doch langsam wird es besser, so ist es immer, nach einer Weile fühlt sie sich leicht und kräftig. Sie legt an Tempo zu.

Sie taucht auf und sieht aus dem Augenwinkel wieder den Mann, wie er einige Meter neben ihr krault. Zusammen erreichen sie den Beckenrand, wieder wirft er ihr einen Blick zu, er scheint erschöpft zu sein. Sie versucht, ihn nicht zu beachten, sondern berührt nur kurz den Rand und wendet. Sie taucht ab und schwimmt weiter. Gegenüber angekommen sieht sie ihn einige Meter hinter sich, er müht sich ab, das Wasser spritzt bei jeder seiner Bewegungen. Auf einmal hat sie den Eindruck, dass sie ihm mit ihrer Ausdauer auf die Nerven fällt. Sie spürt eine seltsame Genugtuung dabei.

Subtile Aggressionen zwischen Schwimmern, sie kennt das eigentlich nur, wenn es im Becken voll ist. Wenn man sich die Bahnen teilen und Rücksicht aufeinander nehmen muss, und wenn man sich dabei ständig begegnet und in die Quere kommt. Ein Miteinander wie eine soziale Studie. Einige schieben sich durch das Wasser, ohne nur einen halben Meter auszuweichen, verschanzt hinter ihren Schwimmbrillen und ihrem Tempo. Andere bewegen sich wie im Slalom durch das Becken, um nicht getreten zu werden, und finden vor lauter Umsicht nicht in den eigenen Rhythmus. Sie gehört meistens zu denen, die ausweichen müssen. Einige Male hat sie es darauf ankommen lassen und ist nicht sofort bereitwillig zur Seite geschwommen. Sie hat einen Tritt in die Wade und einen in die Hüfte einstecken müssen, um ihre Anwesenheit zu verteidigen.

Sie legt eine kurze Pause ein und sieht, dass der Mann gegenüber am Beckenrand lehnt und schwer atmend zwei Finger an die Brust legt, als wolle er seinen Herzschlag spüren.

Als er ihren Blick bemerkt, wirft er sich wieder ins Wasser. Sie streckt den Körper, taucht einige Meter, schwimmt ebenfalls weiter.

Haben Sie Ihre Frau gefragt, ob sie auch etwas essen möchte?

Nein, sie kam ja nicht runter.

Sie sieht die Frau in der Wanne vor sich, *eins, zwei, drei*, Luftholen, sie sieht, wie die Frau den Kopf auf das zusammengerollte Handtuch legt, wie sie sich heißes Wasser nachlaufen lässt, *vier, fünf, sechs*, wie sie nach ihrem Buch greift und es aufschlägt, Luftholen.

Andreas ist siebenundsechzig, sie würde ihm das nicht sagen, aber ihre Sensoren sind wieder so geschärft wie zu jener Zeit, als die Kinder klein waren. Wenn Andreas baden würde, und es nach einer halben, dreiviertel Stunde ungewohnt still werden, kein Wasser rauschen würde, wäre sie auf dem Weg nach oben, in Gedanken die eine Hand an seinem Puls, die andere am Telefon.

Der Mann beobachtet sie vom Beckenrand aus. »Meine Güte«, sagt sie leise und beginnt die nächste Bahn. Sie ist kein bisschen erschöpft, im Gegenteil, jetzt wird sie erst richtig loslegen. Zehn, fünfzehn Bahnen wird sie schaffen, und noch mehr. Sie wird länger durchhalten als er. Schwimmen, immer weiter schwimmen. Bis er japsen wird, bis er völlig außer Atem aus dem Becken steigen, nein, kriechen wird.

Ich schwimm dich kaputt, denkt sie, mit einer Kälte, die sie überrascht.

3

wann soll man, tippt sie ins Suchfenster –
den rasen kalken
sich wiegen
elterngeld beantragen
aktien kaufen
sich trennen, bietet ihr der Algorithmus an, *efeu schneiden*, tippt Julia weiter und erfährt, dass bei Frost davon abgeraten wird, besser sei es im späten Frühjahr und ein zweites Mal gegen Ende des Sommers.

Sie würde trotzdem gern im Garten arbeiten, etwas anpacken, etwas Sinnvolles tun. Sie zieht ihren Parka über und steigt in die Gummistiefel, holt die Arbeitshandschuhe, eine Spitzhacke, einen Spaten und die Schubkarre aus dem Schuppen, sie haben das Werkzeug nicht selbst angeschafft, es wurde hier zurückgelassen.

Das Gewächshaus rottet hinten im Garten vor sich hin. Kurz nach dem Einzug, Anfang Juni, hatte sie es herrichten wollen, etwas säen, Karotten, Mangold, Bohnen, doch sie verschob es von Woche zu Woche, nun sind die Scheiben noch immer blind vor Schmutz.

Sie schlägt die Spitzhacke in den Boden, löst nach und nach das trockene Gestrüpp und die Wurzeln, sie findet ein paar Scherben und legt sie zur Seite, hackt und gräbt mechanisch weiter, wirft Pflanzenreste in die Schubkarre.

Sie wissen nicht viel darüber, wer vor ihnen hier gewohnt

hat, ein kleines Backsteinhaus, Baujahr 1921. Jemand hatte es geerbt und zum Verkauf angeboten, ohne sich die Mühe zu machen, die Zimmer leer zu räumen, man wollte es offenbar ohne Aufwand so schnell wie möglich loswerden. Sie zahlen das Haus in kleinen Raten ab, es war ein guter Kauf, unter dem schmutzig pfirsichfarbenen Teppich verbarg sich ein robuster Holzboden, den sie nur abschleifen und einölen mussten. Die alten schwarzgrünen Kacheln im Bad gefielen ihnen, *Black Forest Green* oder *Glasshouse Green* würde man sie heute nennen. Sie kratzten Tapeten ab, ließen die Wände verputzen und eine neue Küche einbauen.

Am ersten Abend, noch ohne Möbel, hatten sie eine Decke im Wohnzimmer ausgebreitet, darauf ein kleines Picknick, Brot, Käse und Oliven, dazu etwas Bier. Auf der Fensterbank flackerten Teelichter, die Terrassentür stand offen, es hatte geregnet und roch nach feuchten Blättern.

»Wir haben es geschafft, wir sind raus«, hatte Chris gesagt. Er meinte damit ein Geflecht aus Bedingungen, in dem sie sich gefangen gefühlt hatten. Die Suche nach einer größeren Wohnung, die aussichtslos gewesen war. Seine Dozentenstelle im Zentrum für Schulbiologie, die nicht verlängert worden war, seine Sorge, er würde keine neue Stelle finden. Ihr Versuch, im Einkauf eines Versandhandels zufrieden zu sein, weil es sich um eine Festanstellung handelte. Ihre Hoffnung, diese Sicherheit würde sich lohnen, weil sie schwanger werden und in Elternzeit gehen würde, mit einer Chance, auch danach noch einen Job zu haben.

Sie weiß es noch genau, sie kam von einem Wochenende zurück, Strategietage in einem Hotel am Bodensee. Ein Konzern hatte den Versand, für den sie arbeitete, gekauft. Das

Wochenende sollte dem Neubeginn Schwung geben. Die halb nackten Kollegen in der Sauna, in den Duschen und Whirlpools, überall das strömende, plätschernde Wasser. Die vollen Buffets morgens und abends. Die Leute, die so viel wie möglich aus diesen Tagen herausholen wollten, gratis Massagen, Cocktails, Golfstunden. Alles kam ihr obszön vor. Zwischen den unbeschwerten, entspannten Menschen bestand sie nur noch aus einem Gedanken: Sie wollte nichts von all dem. Sie sehnte sich nach einem kleinen Lebensradius, der so wenig Schaden anrichten würde wie möglich.

Geradezu elektrisiert war sie, als Chris die Frage stellte, wie es anders weitergehen könnte.

Sie hebelt den harten Boden mit der Spitzhacke auf, atmet laut pustend aus, motiviert sich mit Gedanken an hellgrüne Stiele und Blätter, die im Frühling aus der Erde schlüpfen werden, an das Sonnenlicht, das auf das geputzte Glasdach fallen wird. Sie erinnert sich, wie angetan sie war, als sie das Gewächshaus auf den Fotos sah, das Gerippe aus alten Streben und die moosigen Scheiben. Sie war leicht zu begeistern bei der Immobiliensuche, hochgewachsene Obstbäume im Garten, ein alter Kachelofen im Wohnzimmer, gut erhaltene Kassettentüren. Chris dagegen achtete auf Heizkosten, den Zustand des Dachs und feuchte Wände. Sobald ein Objekt in die engere Wahl kam, fing er an, sich mit der Umgebung zu beschäftigen. Er recherchierte, ob sich längst vergessene Müllhalden in der Nähe befanden, die womöglich seit Jahrzehnten das Grundwasser belasteten, Deponien für verseuchten Elbschlamm oder Grundstücke längst geschlossener Chemiefirmen, die den Boden vor fünfzig Jahren oder mehr mit Einverständnis der Regierung vergiftet hatten und nie zur Rechenschaft gezogen worden waren. Er las nach, ob die Lagerung von Castorfässern infrage kam. »Wer das Land romantisiert, hat noch nie das Register der Mülldeponien aus den letzten siebzig Jahren gesehen.«

Ihr ist warm, sie schwitzt und spürt, wie ein Rinnsal ihr von der Brust über den Bauch läuft. Sie knöpft den Parka auf und zieht die Handschuhe aus, wühlt weiter in der Erde, sammelt Wurzelreste auf und entdeckt etwas Kleines, Rundes. Für einen Stein zu glatt, mit Spucke reibt sie die Erde ab, es ist eine Murmel, eine perlmuttweiße mit blaugrüner Maserung. Sie stellt sich Kinderhände vor, die eine Mulde in die Erde drücken, den Boden für eine Bahn glatt streichen, Murmeln anstupsen. Beim Renovieren hatte sie sich gefragt, wann wohl zuletzt Kinder hier gewohnt hatten, und die Antwort in einem der oberen Zimmer gefunden, als sie die Tapeten von den Wänden löste. Unter den Schichten entdeckte sie eine bunte Tapete, Szenen aus Märchen.

Von irgendwoher hört sie einen dumpfen Beat, dazu Glockenspiel, eine eigenartig reizvolle Mischung. Vielleicht ist die Familie zurückgekommen, die Mädchen haben ihre Fenster geöffnet und hören Musik. Sie geht zu den Brombeerhecken, schiebt sich durch die Lücke, um in den Nachbargarten zu kommen, und bleibt gerade so an der Seite, dass sie die Dachluken sehen kann, aber nicht sofort bemerkt werden würde. Die Fenster sind geschlossen, die Rollos sind halb heruntergelassen, es scheint sich nichts verändert zu haben. Sie zählt nach, drei Tage ist es her, dass sie dem Jungen mit dem Rucksack begegnet ist und er den Zettel auf der Terrasse versteckt hat. Heute früh hat sie das erste Mal seit den Weihnachtstagen ein Grüppchen Kinder mit Schulranzen gesehen, auf dem Weg zum Fähranleger, die Ferien sind nun offenbar wirklich vorbei.

Das Haus soll verkauft werden, es muss schon recht lange auf dem Markt sein, während ihrer Suche wurde es ihnen regelmäßig ins Postfach gespült. Chris und sie hatten sich die Bilder angesehen. Ein riesiges Haus, das spießigen, längst verjährten Wohlstand ausstrahlt, große Zimmer mit holzvertäfelten Decken, unten ein Partykeller und sogar ein Schwimmbad mit Sauna. Sie erinnert sich an das Foto, ein kleiner Pool, dahinter ein Wandbild mit einem Sonnenuntergang am Strand, dunkle Schatten in den Ecken, die nach Schimmel aussahen. Der Kaufpreis war unrealistisch hoch. Kein Wunder, dass die Eigentümer es noch immer nicht losgeworden sind.

Sie nimmt den kleinen Weg an der Hausseite entlang zum Eingang, unschlüssig bleibt sie in der Einfahrt stehen, die Garage ist geschlossen. Sie könnte klingeln, und falls jemand öffnet, könnte sie nach Zucker oder Mehl fragen.

Aus dem Briefkasten quellen aufgeweichte Wochenblätter. Sie versucht, sich zu erinnern, wann sie Mona oder Erik, die beiden Mädchen und den kleinen Jungen zuletzt gesehen hat, das war kurz vor Weihnachten, da hat sie zumindest den Wagen vorbeifahren sehen. Von den Festtagen hat sie hier nichts mitbekommen, sie und Chris waren unterwegs gewesen. Sie klingelt und wartet eine Weile, achtet auf jedes Geräusch, Schritte oder ein Türklappen, doch alles bleibt still.

Sie geht einmal hinten herum um das Haus, bis sie auf der Terrasse steht. Durch das große Fenster schaut sie ins Wohnzimmer, ein wuchtiges Sofa und einen niedrigen Tisch kann sie erkennen, es scheint nicht viel herumzuliegen, keine Bücher oder Zeitungen, auch kein Spielzeug. Sie tastet die Unterseite des Türrahmens ab, da steckt tatsächlich etwas. Der Zettel, den der Junge hinterlassen hat, er ist weich vor Nässe, es hat geregnet in den vergangenen Tagen. Vorsichtig faltet sie ihn auseinander. Sie versucht, die Nachricht zu entziffern, die Buchstaben wirken wie hastig hingeschrieben, dazu noch mit Bleistift, durch die Feuchtigkeit etwas verblasst.

Bitte meldet euch!

Denkt nicht mehr an das Wasser.

Ich habe es verschluckt.

Sie ist nicht sicher, ob sie richtig gelesen hat, in Gedanken tauscht sie die Buchstaben, ein *W* gegen ein *M*, von Wasser zu Messer. *Denkt nicht mehr an das* –. Oder: *verschluckt*, ein *l* und ein *u* – aber vielleicht auch ein *i*, *verschickt*.

Wie sie es auch dreht und liest, sie kann mit der Nachricht nichts anfangen. Sachte legt sie das Papier wieder zusammen und schiebt es zurück unter den Türrahmen.

4

Andreas atmet gleichmäßig, er scheint noch tief zu schlafen. Seitdem er nicht mehr arbeitet, bleibt er bis spätnachts auf, liest die Bücher, die jahrelang in Stapeln gewartet haben, und verbringt den halben Tag im Pyjama. Obwohl er gern Lehrer war, hat er vor dem Einschlafen schlecht gelaunt ans Aufstehen gedacht und oft über den frühen Schulbeginn geflucht. »Sieben Uhr fünfzig, komatöse Teenager, müdes Lehrpersonal, wer hat was davon?« Er litt unter Schlaflosigkeit. Jetzt zelebriert er nachts die wachen Stunden und legt sich nachmittags ein oder zwei Stunden hin. Er lebt den Rhythmus des Studenten, der er gewesen war, bevor das erste Kind kam.

So leise wie möglich steht Astrid auf und geht ins Bad, duscht und zieht sich an. Aus der Schale auf der Fensterbank fischt sie ein Paar Ohrringe. Marli steht unten im Garten, sie trägt einen Jogginganzug und scheint aus der Puste zu sein. Sie würde Marli gern etwas Liebes hinunterrufen, wie früher, doch sie ist nicht sicher, wie Marli das aufnehmen würde. Sie ist sich bei Marli mit überhaupt nichts mehr sicher.

Schritte auf der Treppe, Andreas ist aufgestanden, unten klappt eine Tür, dann hört sie sein sattes Plätschern im Gäste-WC.

Sie blickt wieder aus dem Fenster, Marli dehnt den Nacken und kreist die Schultern. Astrid spürt die Enttäuschung wieder hochkommen. Sie hätten zusammen Frühsport machen sollen, zu zweit bis zum Wäldchen joggen und über ihre wackelnden Ärsche lachen, sie hätten zusammen alt werden sollen. So hatten sie sich das damals gedacht, als ihre Kinder noch nackt ins Planschbecken pinkelten und sich über Geburtstagsfeste mit Kartoffelwettlaufen freuten. Marlis Haarknoten leuchtet rot in der Dämmerung, sie muss sich eine ordentliche Tönung verpasst haben. Die Farbe steht ihr gut, von Weitem sieht sie aus wie eine Dreißigjährige.

Astrid bürstet sich die Haare. Sie ist noch nicht vollkommen ergraut, da hält sich ein wenig Dunkel zwischen dem Silber.

Andreas hat den Tisch gedeckt, sogar Orangensaft gepresst.

»Wie hast du das so schnell geschafft? Ich bin doch vor dir aufgestanden.«

Sie setzt sich, er schenkt Kaffee ein. Sogar warme Milch hat er vorbereitet.

Ein einziges Leben in der Einform. Ein einziges Leben vom Anfang bis zum Ende, ohne Aufstiege, ohne Stürze, ohne Erschütterung und Gefahr – hört sie eine ruhige, wohlklingende Männerstimme aus dem Radio –, *was außen in der Welt geschah, ereignete sich eigentlich nur in der Zeitung und pochte nicht an ihre Zimmertür.*

Andreas sieht sie fragend an, sie nickt, er soll die Lesung ruhig laufen lassen. Neben dem Brotkorb liegen wie immer die Zeitungen, die regionale, die überregionale.

In diesem rührenden Vertrauen – hört sie weiter zu – *sein Leben bis auf die letzte Lücke verpalidasieren zu können gegen jeden Einbruch des Schicksals, lag trotz aller Solidarität und Bescheidenheit der Lebensauffassung eine große und gefährliche Hoffart.*

»Hoffart«, wiederholt sie leise, sie kann sich nicht daran

erinnern, wann sie das letzte Mal dieses Wort gehört hat. Überheblichkeit, Hochmut.

»Wir fallen auf unsere Gewissheiten herein«, sagt Andreas mehr zu sich selbst. Seit Wochen, nein Monaten ist das ein Thema für ihn. Seitdem sie ihn im Sommer morgens mit dem Ergebnis des Referendums der Briten weckte. »Klar, Astrid«, sagte er verschlafen, »ich wusste, dass du dir diesen Scherz nicht entgehen lassen würdest.« Er brauchte einen Moment, ehe er begriff, dass sie es ernst gemeint hatte. Er sprang aus dem Bett und lief nach unten, setzte sich vor den Fernseher und blieb dort stundenlang, um Nachrichten, Talkrunden und Experteninterviews aufzusaugen. Nach der US-Wahl ein paar Monate später spielte es sich ähnlich ab. Sie weckte ihn wieder mit dem Ergebnis, »Kann nicht sein, ich habe die letzten Umfragen gelesen«, antwortete er, doch blinzelte sie dabei schon prüfend an.

Sie hat keine Ahnung, wie viele Stunden er mit BBC, CNN und den Bundestagsdebatten auf Phoenix verbringt. An manchen Tagen vier bis fünf, nein, wahrscheinlich sogar das Pensum eines ganzen Arbeitstages.

»Was ist aus deiner Idee geworden, nachmittags an der Schule Kurse zu geben?«, fragt sie.

Seit fast drei Jahren ist er im Ruhestand, ihm fehlt der Kontakt zu den Jugendlichen.

Andreas nickt, ja, die gäbe es noch, murmelt er. »Die Frage wäre dann nur, wie viele von denen einen Geschichtskurs zum Thema Europa überhaupt wählen würden. Europa, das wäre doch jetzt das Thema. Am Ende sitze ich da mit drei Leuten. Ich muss mir erst noch überlegen, wie ich es Teenagern schmackhaft machen kann.«

Er streicht sich durch die Haare, sie stehen in alle Richtungen ab, die Brille ist ihm auf die Nasenspitze gerutscht. Er wirkt wunderlich, wie ein alter Professor. Die Jugendlichen haben ihn immer gemocht, er kam gut mit ihnen klar.

»Einen Kurs zu geben ist auf jeden Fall sinnvoller, als die Tage im Schlafanzug vor dem Fernseher zu verbringen«, sagt sie. Er verschlingt inzwischen schon vormittags Chips und After Eight, die politischen Entwicklungen sind schlecht für seinen Cholesterinspiegel und seine Zuckerwerte.

Die Lesung wird von Klaviermusik abgelöst, Andreas stellt das Radio leiser. Astrid entdeckt in der Zeitung einen Bericht über einen weiteren Fall von verstreuter Post an der *L96*. Es gibt offenbar Ermittlungen, wegen Verstoßes gegen das Post- und Fernmeldegeheimnis. *Fernmeldegeheimnis*, noch so ein Wort wie aus einer anderen Zeit.

Sie sieht wieder den dunklen Acker vor sich, sieht sich selbst, wie sie über die gefrorene Erde stolpert. Was für eine Nacht, die Todesvisite, das Licht im Badezimmer, das glatte Wasser in der Wanne, das dunkle Wohnzimmer, die aufgeräumte Küche, nur ein Topf, ein Teller, Abendessen für eine Person. Eine Woche ist der nächtliche Einsatz nun her.

Sie hat sogar von der Frau geträumt, war es vorgestern Nacht? Gesa Bruns. Im Traum traf sie die Frau auf dem Marktplatz. Gesa Bruns war jung und hielt einen kleinen Jungen und ein Mädchen an den Händen, dann fragte sie höflich »Könnten Sie mir helfen und den obersten Knopf an meiner Bluse öffnen? Sie ist zu eng, es drückt schrecklich am Hals. Aber ich kann meine Kinder nicht loslassen.« Gesa Bruns nickte dankbar, als Astrid ihr den Knopf öffnete. Sie erinnert sich, dass sie im Traum den glasklaren Gedanken hatte: Ach, schau, dann ist es also doch so, dass manche Menschen nur vorläufig verstorben sind. Sie kehren zurück und bekommen eine weitere Chance. Was für ein Glück! Was für eine Erleichterung!

Sie hat in der Dienststelle angerufen, um herauszufinden, ob eine Obduktion angeordnet worden ist. Wenn eine Sache sie nicht loslässt, ruft sie an und fragt, auch wenn sie weiß, dass man ihr eigentlich nichts sagen darf. Die Kommissarin hatte ihr in der Nacht eine Visitenkarte in die Hand gedrückt, am Telefon war sie freundlich, doch hatte selbst noch keine Informationen, zumindest sagte sie das.

Marli steht noch im Garten, Astrid kann sie vom Tisch aus sehen. Marli beugt den Rücken und streckt die Arme nach unten, dann richtet sie sich wieder auf und kreist die Schultern. Seit zwei Wochen ist sie wieder da. Vor ein paar Tagen haben sie miteinander gesprochen. »Wie geht es dir?« »Sehr gut, danke.« »Wollen wir uns mal zum Tee treffen?« »Ja, das können wir machen, ich melde mich.« Bisher hat Marli sich nicht gemeldet. Astrid rechnet nach, vor sieben Jahren ist Marli weggezogen, direkt nachdem beide Kinder aus dem Haus waren. Als hätte sie nur auf diesen Moment gewartet. Dann, letzten Sommer, zog auch Richard aus, er hatte eine Frau kennengelernt, die in einem Urlaubsort in Mecklenburg-Vorpommern lebt. Dann werden sie als Nächstes das Haus verkaufen, hat Astrid gedacht, etwas wehmütig. Doch vor zwei Wochen brannte überraschend Licht. Marlis alter Polo stand in der Einfahrt. Sie blieb ein paar Tage, doch war dann wieder weg, um am nächsten Wochenende wieder aufzutauchen. Ziehst du zurück hierher?, hätte Astrid gern gefragt, doch sie hielt sich zurück. Sie will nicht aufdringlich wirken.

Der Horror verstümmelter Tiere in der Nachbarschaft, damit hatte es angefangen, daran war ihre Freundschaft zerbrochen. So viel stand fest, doch genau erklären kann sie es sich bis heute nicht.

Fast zehn Jahre ist die Sache mit den Tieren jetzt her. Auf dem Spielplatz, unten am Ende der Straße, hatten Kinder einen verkohlten Igel gefunden. Einige Tage später lag dort ein zweiter, mitten auf dem Holztisch neben der Sandkiste. Dann verschwand ein Kaninchen aus seinem Stall ein paar Häuser weiter. Über Tage fürchteten sich einige davor, wo und in welchem Zustand das Tier auftauchen würde. Die Kinder wurden nur noch ungern allein auf die Spielplätze und zum Wäldchen gelassen. Wochenlang hielt diese Anspannung an. Schließlich fand ein Lehrer das Kaninchen frühmorgens auf dem Hof der Grundschule, es hing an einer Schlinge am Klettergerüst. Die Teenager in der Gegend wurden von der Polizei befragt, auch ihr jüngster Sohn, damals fünfzehn, die anderen beiden waren schon ausgezogen. Die Jugendlichen aus Wolfgangs Wohngruppe, einen kurzen Fußweg von der Grundschule entfernt, standen unter Verdacht, aber es waren nur Gerüchte, mit Vorurteilen verbunden, wie meistens, wenn es um das Jugendheim ging. Dann tauchte ein Video auf. Hände, die Fellbüschel hielten, der Strick war zu sehen, Lachen und Flüstern waren zu hören. Das Video machte die Runde bei den Jugendlichen, jemand erkannte die Stimme von Tobias, Marlis Sohn. Tobias besaß eine Videokamera, auf der noch mehr Material gespeichert war. Es gab Vernehmungen bei der Polizei, Gespräche mit einer Psychologin und einer Sozialarbeiterin vom Jugendamt, Gespräche mit der Schule. Marli kapselte sich damals immer mehr ab. Astrid konnte das verstehen. Das Gerede in der Gegend und auch in der Schule. Es dauerte, bis Astrid bemerkte, dass Marli auch gezielt ihr aus dem Weg ging.

»Dass ich nicht einfach zu ihr rübergehen und bei ihr klingeln kann, wie früher«, sagt sie mehr zu sich selbst.

Andreas kennt ihre Gedanken dazu auswendig.

»Ich habe sie neulich im Wäldchen gesehen. Sie saß auf der Bank. Ich dachte erst, sie telefoniert. Aber sie hat nur mit sich selbst gesprochen. Ich hab mich eine Weile zu ihr gesetzt.«

»Was? Das hast du mir gar nicht erzählt«, sagt sie erstaunt.

»Es war nicht lange und nichts Besonderes.«

Astrid blickt ihn vorwurfsvoll an. Er weiß eigentlich genau, dass sie jedes Detail dieser Begegnung interessiert hätte.

»Glaubst du, es geht ihr gut? Wenn sie allein im Wäldchen sitzt und Selbstgespräche führt? Wie war sie? Was hat sie für einen Eindruck auf dich gemacht?«

Er zuckt mit den Schultern. »Sie schien eigentlich guter Dinge zu sein. Wenn ich ehrlich bin, sitze ich auch manchmal allein herum und führe Selbstgespräche. Ich glaube, das kann sehr gesund sein.«

»Das hast du bisher ja gut vor mir verborgen.«

Sie muss los, sie trinkt den letzten Schluck Kaffee aus und steht auf. Wenn Marli noch immer im Garten ihre Übungen macht, dann wird sie sich einen Ruck geben und zu ihr gehen, sie ein weiteres Mal fragen, ob sie zum Tee oder Essen kommen möchte. Es fühlt sich an, als würde sie versuchen, ein scheues Tier anzulocken. Sie schaut aus dem Fenster, über den dichten Büschen hängt der Morgennebel. Es ist inzwischen fast hell geworden, doch Marli ist nicht mehr zu sehen.

5

Auf dem Teich schwimmen Enten neben zerdrückten Plastikflaschen, an einer Stelle hat sich eine dünne Eisschicht gebildet, die einen Turnschuh umschließt. Wie kaputt dieser Ort ist, hatte Julia hier bei ihrem ersten Spaziergang gedacht. Das war nach der Hausbesichtigung am Kanal gewesen, als sie beschlossen hatten, die nächstgrößere Stadt, die Kreisstadt, zu erkunden. Leere Geschäfte, bröckelnde Fassaden, Schaufenster zugeklebt mit verblichenem Geschenkpapier. Vor allem Handyshops, Discount-Bäcker und Imbisse schienen sich hier zu halten.

Wir setzen etwas Belebendes gegen den Leerstand, klebte ein Zettel an einem Fenster. In einem dunklen Raum standen drei Staffeleien mit Ölbildern von Blumensträußen und Katzen, dahinter leere Regale und Gerümpel. Geschäfte, die in Galerien für Hobbymalereien umgewandelt worden waren, darin bestand der Versuch der Belebung.

Sie fühlte sich sofort hingezogen zu dieser Stadt. Begeistert erkundete sie die stillen Hinterhöfe, schaute durch staubige Ladenfenster und staunte über die ungenutzten Räume. Wie verlockend das alles war. Andere mochten das beklemmend finden. Sie nicht, sie war ja auch nicht in einer Kleinstadt aufgewachsen. Den Drang, so schnell wie möglich von dort wegzukommen, den hatte sie nie kennengelernt. Im Gegenteil, sie war wie beflügelt. Hier fand das Gegenteil von allem statt, was sie gewohnt war – die bis in jede Baulücke erschlossenen Großstadtviertel, in denen es nichts Unfertiges mehr gab, wo jeder Quadratmeter verplant und verkauft war. In denen es keinen Raum mehr gab, um etwas auszuprobieren, und wenn es sein musste, zu scheitern und neu anzufangen. Alles musste glattgehen. Das war es, was sie beklemmend fand.

Sie schiebt ihr Fahrrad über den Markplatz, vorbei an der Kaufhausruine, die nun zur Hälfte abgerissen ist, leere Etagen, groß wie Parkhausdecks, Kabel hängen von der Decke. Baufahrzeuge parken hinter dem Zaun, der Abriss scheint bald weiterzugehen.

Sie biegt in den Frau-Emilie-Gang und stellt ihr Fahrrad im Durchgang zum Hinterhof neben ihrem Laden ab. Sie schließt die Tür auf, es riecht erdig, nach trockenem Ton, und schaltet das Licht an. Der Laden war wie für sie gemacht. Der Raum, groß genug für den langen Tisch und die beiden Verkaufsregale. Hinten, wie auf einer Empore die Werkstatt, wo sie zwei Korbsessel und das alte Sofa ihrer Mutter untergebracht hat. Wenn der Brennofen über Nacht läuft, kann sie hier schlafen. Und dann der kleine Hinterhof, in den mittags die Sonne fällt.

Doch so mühelos, wie sie nach diesem ersten Spaziergang gedacht hatte, war die Suche nach einem Ladenraum dann nicht gewesen. Die Inserate waren spärlich und die Mieten bei Weitem nicht so günstig, wie sie erwartet hatte. Sie war erst überrascht, dann ernüchtert. Schließlich hängte sie Zettel mit einem Gesuch in der Altstadt auf, klebte sie an Ampeln und leere Plakatwände, und schaltete eine Anzeige im Wochenblatt der Region. Bald darauf meldete sich eine Frau und bot ihr den kleinen Laden an, sogar zu einem moderaten Preis, mit der Bedingung, dass keine Umbauten oder Erneuerungen erwartet wurden. Sie konnte die Frau immerhin überreden, die Fassade streichen zu lassen. Sie vereinbarten, dass sie sich die Kosten teilten. Gemeinsam entschieden sie sich für Dunkelrot, die Fensterrahmen wurden weiß aufgefrischt. Der Aufwand hat sich gelohnt, die rote Fassade und das große Schaufenster, das zusammen ist das beste Fotomotiv auf ihrem Account. Der Blick von außen in den Laden, draußen die Dämmerung, innen das Licht und die Schaufensterauslage, diese Szene bekommt viel Resonanz und kurbelt jedes Mal die Bestellungen an. Der Ausgleich dafür, dass in Wirklichkeit kaum jemand den Laden betritt.

Sie setzt Teewasser auf, holt einen Block Rohmasse aus dem Kühlschrank. Sie ist mit Lehmgeruch aufgewachsen, hat das Handwerk gelernt. »Jahrelang diese blöden Jobs nach deinem schönen Kunstgeschichtsstudium. Um jetzt doch mit Ton zu arbeiten? Das hättest du auch eher haben können«, würde ihre Mutter womöglich ein bisschen patzig sagen und sich insgeheim über diese Entscheidung freuen.

An der Wand hängt ein älteres Foto von ihr, Anfang der achtziger Jahre, sie trägt eine schmutzige Kittelschürze und ist von Kindern umringt, einer ihrer Kurse. An einer Sepsis ist sie gestorben, Julia hat nicht einmal gewusst, dass so etwas heute noch passierte. Aber so war es, und es passt zu ihrer Mutter, dass sie sich kein bisschen um den Schnitt an der Hand, die Schwellung und das Fieber gekümmert hatte, dass sie stattdessen seelenruhig eine Flasche Rotwein geleert, Joni Mitchell gehört und eine ihrer eigenartigen Tierkreaturen glasiert hatte, bevor ihr Immunsystem Amok gelaufen war.

Nach der Trauerfeier holte Julia das Werkzeug ab, den

Brennofen, die Drehscheiben, die Spachtel und Spatel, die Bücher über Keramik, Japan, Maya-Kunst, Bauhaus. Sie durfte den Kellerraum einer Freundin nutzen, richtete dort eine Werkstatt ein, knetete Ton, setzte sich an die Drehscheibe, ließ Joni-Mitchell-Songs laufen und redete laut mit ihrer Mutter, fragte sie, warum sie nicht besser auf sich geachtet hatte. Manchmal sieht sie ihre rauen, rissigen Hände vor sich, spürt diese Hände an der Wange, erinnert sich an den leichten Zigarettengeruch, der an ihnen hing, an die zerfransten, schmuddeligen Pflaster, die manchmal am Daumen klebten.

Die Ladentür öffnet sich, sie steht auf und sieht nach, ein Mann in einem dunkelgrünen Parka.

»Sie haben ja sogar mal geöffnet«, sagt er nur zur Begrüßung. »Jedes Mal, wenn ich hier vorbeikomme, ist es dunkel.«

Sie deutet auf das Schild mit den Öffnungszeiten, elf bis neunzehn Uhr, vier Tage die Woche.

»Sie sind neu hier.« Er klingt erfreut. Mit seinen schweren, filzbesetzten Stiefeln sieht er aus wie einer dieser Öko-Landwirte, die in ihren alten Volvos oder Mercedes-Kombis über die Landstraßen brettern, oft halsbrecherisch den Bus überholen und samstags auf den Wochenmärkten ungerührt in der Kälte stehen, umringt von ihren Frauen, Müttern und Schwestern, die Kohl und Rüben verkaufen.

»Ja, ich bin seit drei Monaten hier.«

Er betrachtet den Tisch, nimmt einen Teller in die Hand und begutachtet ihn, als hätte er noch nie einen Teller gesehen, dann bleibt er vor dem Schaufenster stehen, in dem sie aus kleinen, selbst gebrannten Steinen etwas aufgebaut hat, eine Medina, mit Türmen, Treppen und Innenhöfen. Er nickt anerkennend.

»Ich arbeite nicht weit von hier, über den Hinterhof zwanzig Meter Luftlinie«, er weist mit dem Teller in der Hand zur Werkstatt, von der aus man in den Hof blicken kann. »Verkaufen Sie die Steine?«

Sie nickt, man könne sie in Sets bekommen, zu zwanzig, fünfzig oder achtzig Stück.

»Und das läuft? Hier?«, fragt er ungläubig. Er wirkt etwas müde und auch fahrig, wie er sich mit der freien Hand immer wieder ins Haar greift und unruhig umherschaut.

»Nicht direkt hier. Ich bekomme überwiegend Online-Bestellungen und verschicke die Sets.«

Deshalb, und wegen der geringen Miete, kommt sie mit wenig Laufkundschaft zurecht. Die kleinen, ziegelartigen Steine verkaufen sich gut, einige Leute bestellen mehrere hundert Stück und posten Fotos von ihren ambitioniert erschaffenen Bauwerken.

»Sagen Sie, mögen Sie Kinder?«

Sie zuckt innerlich zusammen.

»Teenager, um genau zu sein?«

Sie braucht einen Moment. »Mag irgendjemand Teenager?«, fragt sie schließlich zurück. »Ich glaube, mich mochte fast niemand, als ich dreizehn war.«

Der Mann lacht und schaut sie erfreut an, dann beginnt er, vom Jugendhaus zu erzählen, von der Freizeiteinrichtung im Erdgeschoss und der kleinen Wohngruppe, die über dem Freizeitheim untergebracht ist, und die er mit einem Team betreut. »Kommen Sie uns besuchen. Wir könnten uns verbünden. Ich heiße übrigens Wolfgang.«

Sie weiß nicht, was sie von der Einladung halten soll. Was meint er mit *verbünden*? Der Mann strahlt etwas Rastloses aus, über der Augenbraue hat er eine Schramme mit Tape darauf, es sieht aus wie eine verheilte Platzwunde.

»Diese Steine, und was Sie daraus bauen, das finde ich ziemlich gut. Ich würde den Kindern das gern zeigen. Hätten Sie Interesse, einmal die Woche mit einem Grüppchen zu arbeiten, natürlich bezahlt?«

Er bemerkt, dass er noch immer den Teller in der Hand hält und stellt ihn vorsichtig zurück auf den Tisch.

»Sie meinen, Kurse zu geben?«

Er nickt.

An einem oder zwei Abenden die Woche die Werkstatt zu öffnen, den Leuten, die vorbeikamen, etwas beizubringen oder ihnen nur den Platz und den Brennofen zur Verfügung zu stellen, das hatte sie tatsächlich vorgehabt, sie hatte dabei allerdings an Erwachsene gedacht. Sie hatte sogar eine Gastro-Maschine online ersteigert, um günstig Espresso und Cappuccino anbieten zu können. Doch bei der Vorstellung, Kinder zu unterrichten, wird sie unsicher. Vielleicht kann sie mit Kindern gar nicht umgehen, womöglich findet sie keinen Zugang zu ihnen, sie werden es sofort spüren und werden sie nicht mögen. Sie fühlt sich bei dem Thema wie vor einer verschlossenen Tür. Blütenweiße Teststäbchen, jeden Monat wieder, nie ein zweiter Strich. *Nicht schwanger.* Es ist, als würde sie jemand abweisen. Mutterschaft? Nein, nicht für dich, versuch es später noch mal.

Um nicht unfreundlich zu wirken, schlägt sie dem Mann die kommende Woche vor, sie müsse aber erst schauen, wie viel sie zu tun hätte.

»Nächste Woche?«, er klingt bestürzt. »Von mir aus auch morgen oder übermorgen, unser Haus steht immer«, er scheint sich verschluckt zu haben und beginnt zu husten. »Verzeihung«, bringt er noch heraus und wendet sich ab.

Sie wartet, doch sein Husten beruhigt sich nicht, sie holt einen Becher Tee aus der Werkstatt, der Mann, Wolfgang, nimmt einen Schluck und seufzt leise.

»Entschuldige, was war das bloß?«, sagt er und öffnet einen Knopf am Ausschnitt seines Strickpullovers.

Sie betrachtet seinen Hals, die Haut ist gerötet, der Anblick kommt ihr auf einmal unerhört intim vor. Wolfgang wirkt erschöpft, sie stellt sich vor, seinen Hals zu berühren, die weiche, dünne Haut, was für eine abwegige Idee.

»So«, er reicht ihr den Becher, mit aufgesetztem Schwung, wie jemand, der eine träge Reisegruppe antreiben will. Sein linkes Auge tränt, er wischt sich die Nässe von der Wange.

Von draußen kommt Motorengeräusch, auf einmal scheppert es, als würden Steinbrocken auf Metall geschüttet, sogar hier im Laden vibriert der Boden. Sie schaut aus dem Fenster, doch kann nicht erkennen, woher der Lärm kommt.

»Das Kaufhaus, die Abrissarbeiten gehen weiter«, sagt Wolfgang.

Mit einem sanften Klack, Klack, Klack kippen auf einmal einige der kleinen Steine im Schaufenster um, dann fallen die drei Türme und die Mauern ganz und gar in sich zusammen, mehr ein Rutschen als Einstürzen. Sie beobachtet es fasziniert.

6

Fast zerbrechlich wirkt Elsa, als sie die Tür öffnet. Jahr für Jahr ist sie zierlicher geworden, inzwischen ist Elsa kaum größer als ein dreizehnjähriges Mädchen. Doch es scheint ihr inzwischen besser zu gehen. Es sind die Augen, das wache Funkeln ist zurück.

Astrid staunt über das Kleid, bodenlang und dunkelblau. Sie befühlt den Ärmel, weicher Nickistoff. »Ist das neu?« Das Kleid und der lange graue Zopf lassen Elsa aussehen wie eine Frau aus einem Stück von Shakespeare, eine alte Königin.

»Ich habe es mir im Internet bestellt. Haus…«, Elsa macht eine kleine Pause, »…kleid, wird so was ja genannt«, sagt sie amüsiert. Wenn Elsa etwas besonders lustig oder ärgerlich findet, wird ihre Stimme rau und tiefer. »Und es ist so bequem!«, gleich drei von der Sorte habe sie sich bestellt, in Blau, in Anthrazit und, sie macht eine kleine Pause, »in einem dunklen Rot.«

Astrid ist erleichtert, Elsa so zu sehen. Der Zusammenbruch nach Weihnachten war wie aus dem Nichts gekommen. Elsa wollte auf einmal nicht mehr aufstehen und nichts mehr essen. Astrid blieb bei ihr, fühlte alle paar Stunden den Puls, hörte Elsas Lunge ab, schickte zweimal Blutproben ins Labor. Die Entzündungswerte waren nicht erhöht, auch sonst war nichts auffällig. Für eine Mitte Achtzigjährige traumhafte Werte. Elsa machte etwas durch, das sich physisch nicht erklären ließ. Sie murmelte angestrengt im Halbschlaf, doch Astrid konnte nicht alles verstehen. Es schien um Geld für eine Busfahrkarte zu gehen, und darum, unbedingt leise sein zu müssen, inständig bat Elsa jemanden, keinen Laut von sich zu geben.

Astrid machte sich Gedanken, was zu tun wäre, falls Elsa sich nicht mehr erholen würde. Krankenhaus, Kurzzeitpflege, und dann? Sie fragte sich, ob Elsa nicht mehr allein leben konnte, ob es nun so weit war. Doch dann, ein paar Tage später, stand Elsa frühmorgens gut gelaunt in der Küche, und sagte, sie hätte jetzt großen Hunger. Als wäre nichts gewesen.

»Wer wohnt in dem Gelbklinker gegenüber jetzt eigentlich?«, Astrid zeigt auf die andere Straßenseite zu der Auffahrt, die sich nach wenigen Metern hinter den Tannen verliert. »Ich wollte das hier einwerfen«, sie wedelt mit dem Umschlag, »aber es ist niemand da und der Briefkasten quillt über. Es sieht da etwas verwahrlost aus.«

Mona Winter, liest Astrid den Namen in dem Adressfenster laut vor. »Winter, ist das die Familie, die vor ein oder zwei Jahren da eingezogen ist? Mit den beiden Mädchen, die wie Zwillinge aussehen?«

Sie hatte die Mädchen einige Male hier im Garten gesehen. Elsa lässt alle Kinder, die vorbeischauen, hinten in der alten Bretterbude spielen. Doch mittlerweile kommt es immer seltener vor. Die jüngeren Familien die Straße runter, im Neubaugebiet, lassen ihre Kinder offenbar ungern herumstromern. Ansonsten wohnen hier, auch auf der anderen Dorfseite, fast nur Rentnerpaare. Einige Häuser werden als Feriendomizile genutzt und stehen acht von zwölf Monaten leer.

»Was ist das für ein Brief?«

»Er lag zwischen der verstreuten Post, an der Landstraße, in der Nacht, von der ich dir erzählt habe. Ich hatte ihn aufgehoben und behalten, weil er an die Leute gegenüber adressiert ist. Es war reiner Zufall.«

»Du kannst ihn hierlassen. Ich sehe morgen nach, ob jemand da ist«, sagt Elsa und nimmt den Umschlag an sich. »Könntest du jetzt für mich in den Garten gehen und die Kisten aus dem Spielhäuschen holen? Sie stehen oben im Regal. Ich komme da nicht mehr ran.«

Sie gehen hinein, Elsa schließt die Tür.

»Wohnen die Leute da drüben überhaupt noch?«, fragt Astrid.

Vor dem Eingang hatte zerfleddertes Papier gelegen, Zeitungen und Prospekte. Der Briefkasten war voll. Sie hat alles, was auf dem Boden lag, in die Papiertonne geworfen und danach die anderen Tonnen geöffnet, um nachzusehen, wie voll sie sind. Daran konnte man ja manchmal erkennen, ob jemand zu Hause war. Die Tonnen waren leer. Sie warf einen Blick durch das Küchenfenster. Neben der Spüle stand etwas Geschirr, auf der Fensterbank trockneten Kräuter in Plastiktöpfen vor sich hin. Es kam ihr merkwürdig vor. Der Gelbklinker wirkte bewohnt und sah zugleich verlassen aus.

Elsa schenkt sich ein Glas Wasser an der Spüle ein und nimmt einen kleinen Schluck. »Ich gehe morgen rüber, heute will ich nicht mehr vor die Tür.«

»Ich glaube, ich habe den Überblick verloren, wen ich auf dieser Dorfseite überhaupt noch kenne«, sagt Astrid. Da wohnt sie nur ein paar Kilometer von hier und hat trotzdem das Gefühl, dass ihr Kindheitsort ihr fremd wird.

»Es sind nicht viele geblieben, die du kennen könntest.«

Vielleicht täuscht sie sich, aber die Verbindungen zwischen den Leuten scheinen lose geworden zu sein. Sie sieht es vor allem bei den Älteren, sie führen ihr Leben unsichtbar in ihren Siedlungshäusern. Jeden Monat, wenn sie ihre übliche Runde durch die Dörfer fährt und Hausbesuche macht, bekommt sie es mit. Die jüngeren Familien in den Neubauten bleiben unter sich, da wächst nicht richtig was zusammen. Hier im Dorf kümmert sich die Bürgermeisterin um alles ehrenamtlich, neben ihrem Job. Sie versucht ihr Bestes, den Ort zusammenzuhalten. Als das kleine Museum im alten Pastorat renoviert werden sollte, hat sie sogar eine Umfrage gemacht. Welche Themen die Leute sich wünschten, welche Kapitel der Ortsgeschichte sie interessant fänden. Von den knapp siebenhundert Einwohnern haben nicht einmal fünfzig teilgenommen.

Es ist im Prinzip nicht anders als bei ihnen in der Stadt. Unaufhaltsam vertrocknet das Zentrum. Da helfen auch die *Putztage für Schaufenster* nichts, wie sie neulich veranstaltet worden sind. Durch die blitzblanken Fenster sieht man die schäbigen Teppiche und leeren Regale nur noch deutlicher. Und dann das Kaufhaus, ein Jahrzehnt Leerstand. Die Leute kommen auf einen Stadtbummel vorbei, werfen einen kurzen Blick auf dieses Gruselkabinett und kehren auf der Stelle um. Sie muss an das Schulprojekt denken, »Stadt und Gemeinschaft«, das Andreas kurz vor seinem Ruhestand auf die Beine gestellt hatte. Es hatte etwas mit einer soziologischen Theorie zu tun. Der erste Ort, das sei das Zuhause, hieß es, wenn sie sich richtig erinnert. Der zweite Ort, die Arbeit. Und der dritte Ort, der öffentliche Raum, wo Menschen sich trafen. Park, Marktplatz, Schwimmbad, Bücherhalle. Die Schulklasse sollte die Bewegungen ihrer Freunde oder Familien festhalten und auswerten. Sie weiß nicht, was dabei herauskam. Sie weiß nur, dass sie vor ein paar Jahren, als Andreas das Projekt umsetzte, noch ein Kino hatten und jetzt nicht mehr.

Der Rasen muss gemäht werden. Sie wandert langsam durch den Garten, es riecht nach feuchten Blättern, im hohen Gras liegen braune schrumpelige Äpfel. Vor der Spielhütte bleibt sie stehen. »Waldhaus« haben sie und ihre Schwester sie früher genannt. Es hatte mit dem Märchen zu tun, »Das Waldhaus«, eine Geschichte über drei Töchter eines Holzfällers. Was hat dieses Märchen sie und ihre Schwester beschäftigt. Dabei erinnert sie sich nicht einmal mehr an die gesamte Geschichte. Die älteste Tochter sollte dem Vater das Essen in den Wald bringen, doch sie verlief sich auf dem Weg dorthin. Es wurde dunkel, sie kam an ein einsam gelegenes Häuschen, in dem ein alter Mann mit seinen Tieren lebte. Einen eisgrauen Bart hatte er, *eisgrau*, an das Wort erinnert sie sich noch genau. Dann kam der unheimliche Teil. Der Mann bot dem Mädchen etwas zu essen an, außerdem ein Bett in seinem Schlafzimmer. Das Mädchen nahm sein Angebot an, doch weil sie irgendetwas falsch gemacht hatte, Astrid weiß nicht mehr, was, öffnete sich nachts eine Falltür, und das Mädchen landete in einem Kellerverlies. Auch die beiden anderen Töchter sollten dem Vater das Mittagessen in den Wald bringen, auch sie verliefen sich, auch sie landeten bei dem alten Mann.

Geradezu besessen waren sie und ihre Schwester von dem Märchen. Wie oft sie es durchspielten. Die Holzhütte war ihr Waldhaus. Sie losten aus, wer von ihnen der alte Mann sein sollte. War ein Nachbarskind dabei, schoben sie ihm die unliebsame Rolle zu. Wichtig war, den Ablauf des Märchens immer wieder neu zu erfinden. Mal wurde der Mann weggelockt und von Tieren im Wald gefressen. Mal wurde er verzaubert, in einen Käfer oder eine Maus. Mal wurde er in den Keller gesperrt. Mal verwandelten sie ihn in etwas, das sie sich wünschten, einen Hund oder ein zahmes Eichhörnchen. Was war das auch für eine Geschichte. Ein alter Mann, der einem Mädchen sein Schlafzimmer anbietet. Die versteckte Falltür. Die Mädchen, die nicht ahnten, dass sie einen Fehler machen und im Kellerverlies landen würden. Hört sich an wie ein Thriller, den sie sich im Fernsehen nicht ansehen würde. Oder wie Nachrichten in der Zeitung, die sie erschaudern lassen würden. Kein Wunder, dass sie Möglichkeiten erfanden, den Ablauf zu verändern. Sie holt ihr Handy aus der Manteltasche, macht ein Foto vom Waldhaus und schickt es ihrer Schwester, bei der es jetzt fünf Uhr morgens sein müsste, sie schläft sicher noch.

Im Sommer durften sie früher hier schlafen, ein Lager aus Kissen und Decken haben sie sich gebaut. Einmal schmuggelten sie Kerzen mit, stellten sie auf die Ablage am Fenster. Ein Windzug, und der Vorhangstoff fing Feuer. Sie löschten es mit Limonade, der Geruch von verbranntem Stoff und Orange. Sie beugt sich ein kleines Stück hinunter und blickt durch das Fenster, sieht Kerstin und sich als Mädchen an dem kleinen Holztisch sitzen und Bilder malen, ihre Schwester kritzelte immer energisch, bis das Papier riss.

Sie zieht die kleine Tür auf und schlüpft hindurch, der Dachfirst ist immerhin fast zwei Meter hoch, sie kann hier aufrecht stehen. Eine stabile Konstruktion, die Bodenbretter sitzen noch fest, nach so langer Zeit. Hin und wieder haben sie das Holz gestrichen, damit es nicht feucht und morsch wurde. Auch ihre Söhne haben hier gespielt. Ihr fällt auf, dass sie nicht einmal weiß, wer die Hütte gebaut hat. Ihr Onkel, zusammen mit befreundeten Nachbarn? Ihr Vater kann es ja nicht gewesen sein.

Auf dem Wandregal, das in den Giebel gebaut wurde, stehen die Kästen. Sie öffnet den ersten, eingewickelt in Zeitungspapier die alten Äpfel, Birnen, Möhren und Brotlaibe aus Holz, mit denen sie Kaufladen gespielt haben. Sie steckt die Nase hinein, es riecht ein wenig muffig, aber von Feuchtigkeit kann nicht die Rede sein, Elsa übertreibt. Sie stapelt zwei Kisten übereinander, bringt sie zur Terrasse, holt danach die anderen beiden.

»Kannst du sie hoch ins Schlafzimmer bringen?«

»Ins Schlafzimmer?«, fragt Astrid verwundert, »warum nicht in den Keller?« Elsa antwortet nicht.

Sie trägt die Kisten nacheinander hoch und stellt sie in die Ecke neben den kleinen Tisch, den Elsa als Nachtschrank benutzt. Etwas außer Atem setzt sie sich auf die Bettkante. Ihre Mutter, Kerstin und sie haben hier oben gewohnt. Hinten, am Fenster standen die beiden Kinderbetten, getrennt durch einen Vorhang vom Schlafbereich der Mutter. Nebenan ein Wohnzimmer, mit Sofa, Esstisch und einer Kommode, auf der eine Kochplatte stand, um zwischendurch ein Essen oder Milch aufzuwärmen. Ihr Onkel wohnte unten, er hatte Elsa im Kreiskrankenhaus kennengelernt, dort arbeitete er als Buchhalter, sie als Krankenschwester. Zu fünft unter diesem Dach, drei Erwachsene, zwei Kinder. Vor allem war es Elsa, die sich um sie und Kerstin kümmerte. *Tante*, sagten sie bald zu ihr. Elsa übernahm oft Nachtdienste und blieb tagsüber zu Hause. Ihre Tante war es, die sie und Kerstin davon überzeugte, nach der zehnten Klasse nicht in die Lehre zu gehen, wie ihr Onkel und ihre Mutter es für sie vorgesehen hatten, sondern Abitur zu machen. Es war ihre Tante, die ihr ein Praktikum in der Klinik besorgte und sie ermutigte, Medizin zu studieren. Ohne Elsa wäre ihr Leben anders verlaufen. Und Kerstins ebenfalls, die sogar nach Toronto zum Studieren gegangen war und dort bis heute geblieben ist.

Sie öffnet eine der Kisten, darin liegen Bilder mit Buntstiften gezeichnet und mit Tusche gemalt. Einige sind vergilbt und zerknittert. Sie leert die Kiste über dem Bett aus und zieht einzelne Blätter hervor. Auf einigen ist das Datum vermerkt. Ein Sammelsurium, teils aus neueren, teils aus mehrere Jahre alten Bildern. Regenbögen und Einhörner, Schiffe auf dem Kanal, Häuser mit qualmenden Schornsteinen, Himmel mit blau ausgemalten Wolken, Sonnen mit lachenden Gesichtern. Doch zwischen den bunten Bildern blitzen merkwürdige, düstere Zeichnungen hervor. Frauen in bodenlangen Kleidern, mit langen Haaren. Sie scheinen durch einen Wald zu gehen. Knorrige Bäume mit struppigen Zweigen. Die Frauen sehen aus, als würden sie in den Wind hineingehen, er zerrt an ihren Haaren. Sie zählt, sechs, sieben, acht Bilder sind es. Sie mustert die Details, doch ihre Augen sind müde, ihre Brille liegt unten in der Handtasche. Sie legt die Bilder zu den anderen zurück, schließt die Kiste und stellt sie auf den kleinen Tisch neben das Bett. Vielleicht wollte ihre Tante die Kisten hier oben haben, um sich die Zeichnungen ebenfalls anzusehen.

7

TheDarlings, sie liegen zu fünft im Bett, Nachthemden und Schlafanzüge in Pastell, ein Bauch ist sichtbar gewölbt, hundertfünfzigtausend und mehr Leuten wird verkündet, dass sie bald zu sechst sein werden.

Kleine_Wanderer, vier Töchter in Tüllröcken, auch die Einjährige, die kaum auf ihren Beinchen stehen kann, trägt rosa Tüll, ein Fingertippen verrät, wo Röcke, Tapete und ein Puppenhaus im Hintergrund zu bestellen sind.

Hör auf damit, leg es weg, sagt Julia sich und scrollt trotzdem weiter durch die Bilder.

Mother_Mary, was für ein Name, eine Frau steht mit ihren Kindern im frisch verschneiten Garten, im Hintergrund ist ein Holzhaus mit Veranda und Lichterketten zu sehen, der Säugling schläft im Tragetuch, alle haben rosige Wangen.

Linus_und_Mette zeigen dreihundertzwanzigtausend und mehr Leuten ihr Neugeborenes, in der Vase blühen Kirschzweige, auf dem Tisch wartet eine Torte aus Schichten von Creme und kandierter Rote Bete.

Wildcrowd; sie glauben an *Jesus, Family and Home*, und zeigen alle neun Kinder auf einem Foto, in einer Reihe stehen sie, von groß nach klein, es ist Abend, gleich wollen sie zur Messe, irgendwo in Virginia.

Leg es jetzt endlich weg, sagt sie sich wieder, doch sie scrollt ungerührt weiter.

Rose hatte eine Frühgeburt, ein winziger Körper kämpft

ums Überleben, achtzigtausend Leute werden auf dem Laufenden gehalten über Leberwerte und Fieber, manche schicken Herzen, neben dem Brutkasten ist ein Stofftier drapiert, man kann es bestellen bei –

»Wollen wir los«, ruft Chris von unten.

Sie holen die Fahrräder aus der Garage, Julia hört Lizzy hinter der Tür leise winseln, doch die Hündin ist zu alt für eine Radtour, sie haben es einmal versucht, und obwohl sie langsam gefahren waren, ging Lizzy bald die Kraft aus, Chris musste sie zu Fuß zurück nach Hause tragen.

»Schau mal, wie neblig es ist«, sagt er euphorisch. Sie mögen Ausflüge durch den Nebel, darin sind sie sich einig, sie lieben es, durch die verschwommene Landschaft zu radeln.

Nebeneinander fahren sie am Ufer entlang, die Landschaft wirkt weich gezeichnet, in sanftem Grau, sie sind eingehüllt in gedämpfte Stille. Tief atmet sie die kühle, schwere Luft ein, beobachtet einen Frachter, der sich wie ein dunkler, verschwommener Riese durch den Kanal schiebt.

Sie muss an ihre Nachbarin, Mona, denken. Die Leute sind noch immer nicht zurück, Chris und sie haben gestern geklingelt. Sie fragt sich wieder, wann sie Mona das letzte Mal gesehen hat, wann genau, in welcher Situation. Kurz vor Weihnachten, auf der anderen Seite, am Imbiss neben dem Fähranleger. Das ist die letzte Begegnung, glaubt sie. Mona saß mit Luis an einem der Tische, eine Schale Pommes vor sich. Sie wirkte übernächtigt, sie trug Leggings und eine Wolljacke, die Haare waren zu einem zerzausten Knoten gebunden. Luis saß auf ihrem Schoß. Es war später Vormittag, Julia erinnert sich, sie war mit Lizzy eine Runde gegangen und hatte sich am Imbiss einen Kaffee bestellt. Während sie an der Ausgabe wartete, konnte sie Luis beobachten, wie er mit seinen kleinen Fingern ein einzelnes Pommes hielt und daran knabberte. An dem Tag regnete es, kalte spitze Nieselregentropfen waren es. Mona wirkte, als würde sie es nicht bemerken, Luis schien es nicht zu stören.

Sie konnte sich nicht daran sattsehen, wie zufrieden und selbstvergessen der kleine Junge wirkte, während er aß und die Schiffe beobachtete. Er hielt Mona ein angebissenes Stück seiner Pommes hin, doch sie reagierte nicht, sie schien mit ihrem Telefon beschäftigt. Julia weiß noch, dass sie sich vorstellte, den kleinen warmen Körper auf dem Schoß zu haben, mit Luis zu reden, seine klebrigen Hände zu halten. Mona und sie grüßten sich, doch nachdem sie ihren Kaffee bezahlt hatte, ging sie sofort weiter, drehte sich nicht mehr um. Es tat ihr leid, so kurz angebunden, womöglich sogar unfreundlich zu wirken. Bald, irgendwann bald wird es anders sein, sagte sie sich, bald würde sie sich nicht mehr nach kleinen Kindern sehnen und deshalb vor ihnen flüchten, bald würde sich das hoffentlich ändern.

Sie ist sicher, das war es, das letzte Mal, dass sie Mona und Luis gesehen hatte, am Imbiss, kurz vor den Feiertagen.

Chris hält an und zieht sein Telefon aus der Jackentasche, um ein Foto zu machen. In einiger Entfernung ist die Eisenbahnbrücke zu sehen, eine hohe Stahlkonstruktion, die im selben Jahrzehnt wie der Eiffelturm gebaut worden war. Die Streben und Bögen verschwinden fast im Nebel, von hier aus sieht es aus, als wäre die Brücke aus dünnen Fäden gebaut.

Nach dem Klingeln sind Chris und sie um das Haus gegangen, Chris fand, dass die Zimmer unbewohnt wirkten. Wenige Möbel, das Sofa und der Tisch, auf dem etwas Kleines, Rundes lag, das aussah wie ein Ball, sie konnten es nicht erkennen. In der Küche stand zwar Geschirr an der Spüle, aber nur weniges, und die Pflanzen auf der Fensterbank waren lange nicht gegossen worden. Sie zeigte Chris die Stelle, an der sie den Zettel gefunden hatte, er klemmte noch unter der Tür.

»›Denkt nicht mehr an das Wasser. Ich habe es verschluckt‹«, sagt sie jetzt laut, »ist dir dazu noch etwas eingefallen?«

»Ja, das ging mir vorhin auch wieder durch den Kopf. Aber mir sagt diese Nachricht immer noch nichts«, antwortet er.

»Wenn wir die Schrift überhaupt richtig entziffert haben.«

Sie kommt einfach nicht darauf, was wirklich gemeint sein könnte. Wasser; immer wieder kreist sie um die gleichen Bilder, sieht ein Kind, das gierig ein Glas Wasser leer trinkt, sieht das Planschbecken, das vergangenen Sommer für Luis aufgebaut worden war, sieht den Kanal und die sich im Wind kräuselnde Wasseroberfläche, strahlend blau im Sonnenlicht, mattgrau bei Regen, schwarz wie Öl bei Nacht, sieht das Foto von dem Schwimmbecken, unten, im Keller des Hauses.

»Aber *falls* das da so stand, scheint es nicht um einen Mangel zu gehen. Sondern um ein Zuviel«, sagt Chris. »Der Hinweis auf Wasser, um das sich jemand keine Gedanken mehr machen muss, weil jemand anders sich darum gekümmert hat. Auf mich wirkt es so, als ob die Botschaft, aus welchen Gründen auch immer, ausdrücken soll – ›Mach dir keine Sorgen.‹«

Das wäre eine schöne Interpretation, denkt sie. Mach dir keine Sorgen.

»Ich könnte mir vorstellen, dass sie weggezogen sind. Sie

haben einfach keine große Sache daraus gemacht«, sagt Chris. »Vielleicht hat sich ein Käufer für das Haus gefunden, und es musste schnell gehen. Sie haben an einem Vormittag, als wir bei der Arbeit waren, einen Möbelwagen kommen und alles einpacken lassen. So was lässt sich in wenigen Stunden erledigen, wenn alles vorbereitet ist und man eine Spedition beauftragt. Und die letzten Sachen holen sie noch. Oder das Haus wird geräumt, weil sie das restliche Zeug nicht haben wollten.«

»Aber hätten sie uns nicht erzählt, dass sie wegziehen? Und hätten die Mädchen es nicht ihren Freunden erzählt? Zum Beispiel dem Jungen, der im Garten stand?«

Chris zuckt mit den Schultern. »Keine Ahnung, vielleicht war der Junge kein enger Freund. Also, wir zumindest, kannten sie nicht besonders gut. Sechs Monate sind wir jetzt hier. Man lernt die Menschen aus dem Ort viel langsamer kennen, als ich gedacht hätte«, sagt er und steigt wieder auf sein Fahrrad. »Außerdem waren unsere Nachbarn auch nicht besonders freundlich. Vor allem der Typ nicht. Der war eigentlich ziemlich eigenartig drauf.«

An einem Abend, im Spätsommer, es war warm und verregnet, da hatte Chris auf dem Heimweg vom Fähranleger Luis auf der Straße entdeckt, etwa hundert Meter vom Garten entfernt. Luis, barfuß, in T-Shirt und Windeln, weinend. Er war offenbar durch die Pforte unbemerkt nach draußen gelangt. Chris trug das Kind auf dem Arm, tröstete es und brachte es zum Lachen. Chris mit Luis, sie weiß noch genau, wie der Anblick an ihr zerrte, wie sie sich wünschte, dass *das* endlich ihr Leben sein würde. Dann stand Erik im Garten und blaffte Chris an, »Was machst du mit meinem Jungen auf dem Arm?«, und Chris antwortete trocken, »Ich habe ihn an der Straße entdeckt, hätte ich ihn dort stehen lassen sollen?« Erik hatte nicht bemerkt, dass sein Kind entwischt war. Am Tag darauf stand er mit einem Karton Wein vor der Tür, um sich zu bedanken, dann legte er ein Faltblatt dazu. »Die Weine könnt ihr bei mir bestellen. Gern weitergeben die Infos, an eure Freunde und Bekannten.« Er erzählte, er würde den Weinvertrieb gerade aufbauen und bräuchte Unterstützung. Am Abend öffneten sie eine Flasche, der Wein schmeckt lieblich, auch muffig, sie mochten ihn nicht. Von da an hatten sie ein schlechtes Gewissen, weil sie nie etwas bei Erik kauften. Einige Wochen später hatte ein weiterer Flyer in ihrem Briefkasten gelegen. Sie fand das eigenartig, auch etwas unheimlich. Es kam ihr wie eine nachdrückliche Aufforderung vor. Nun bestellt schon was. Als hätte Erik im Blick, dass sie noch immer nichts gekauft hatten.

Luis strahlte jedes Mal, wenn er Chris erblickte. Das Selbstverständnis im Umgang mit Kindern, darum beneidet sie Chris. Es liegt an seiner großen Familie, drei Geschwister, acht Cousinen und Cousins, mehrere Neffen und Nichten. Jedes Jahr kommt ein Baby dazu, hat sie den Eindruck. Seine Kindheit und Jugend war davon geprägt, ständig von anderen Menschen umgeben zu sein, sich nie allein die Zeit vertreiben zu müssen. Ferien bei den Großeltern oder Großtanten, zusammen mit seinen gleichaltrigen Cousins und Cousinen. Jede Familienfeier eine große, laute Veranstaltung, Säle werden gemietet, Buffets bestellt, Tafeln gedeckt. Sie mag diese Feste, auf denen alles unkompliziert erscheint, weil die Stimmung nicht von den Befindlichkeiten einer einzelnen Person abhängt. Ständig gibt es irgendwo Streit, aber auch das scheint nicht schlimm, gehört dazu. Sie selbst kennt nur das Gegenteil. Keine Geschwister, geschiedene Eltern, nach Schulschluss jeden Tag allein zu Hause. Ihre Mutter trennte sich schon in der Schwangerschaft. Sie versteht bis heute nicht wirklich, warum ihre Mutter so früh einen Schlussstrich zog. »Ein Kind *und* eine Ehe. Beides hätte ich nicht geschafft«, lautete die knappe Antwort. Familie, ihre Mutter hat dafür wenig übriggehabt. Sie suche sich die Menschen selbst aus, mit denen sie verbunden sei, sagte sie, nachdem Julia ihr das erste Mal davon erzählt hatte, wie wohl sie sich zwischen den vielen Verwandten von Chris fühlte.

Seit einiger Zeit wird sie ein Bild nicht los, wie ein Foto, das ihr jemand geschickt hat: Sie sieht Chris vor sich, in einigen Jahren, ein Säugling im Tragegurt vor der Brust, dazu ein Kleinkind an der Hand, eine schwangere Frau neben sich, doch nicht sie ist diese Frau. Sie fürchtet sich davor, dass es eines Tages so kommen könnte.

Chris fährt inzwischen ein gutes Stück vor ihr, sie kann ihn im Nebel nur noch unscharf sehen und tritt stärker in die Pedale, um aufzuholen.

An einem Parkplatz in der Nähe der Strandpromenade stellen sie die Räder ab, außer ihnen ist niemand unterwegs. Über der Bucht hat sich die Sicht wieder aufgeklart, die Wolkendecke ist an einer Stelle aufgebrochen, ein schmaler Sonnenstrahl kommt durch. Sie betrachtet das seltsame Zwielicht. Hinter ihnen, am Kanal, hängt das schwere Grau, vor ihnen dringt die Sonne langsam durch, als hätte jemand hinter dunklen Wolken ein Licht angeknipst.

Sie gehen eine Weile am Wasser entlang, dann nehmen sie den schmalen Weg weiter ins Naturschutzgebiet. Der Pfad führt durch hohes gelbes Schilf, der seichte Wind erzeugt ein feines Rascheln. Sie geht ein paar Schritte vor Chris, den Blick auf den Boden gerichtet, es ist rutschig, sie muss vorsichtig auftreten. Auf einmal entdeckt sie kleine bunte Flecken zwischen den Halmen, sie sehen wie Konfetti aus. Sie bleibt stehen und bückt sich, um die Schnipsel zu betrachten, rote, blaue, gelbe und schmutzig weiße Fetzen, sie nimmt einige mit der Fingerspitze auf, sie sind dünn wie Folie, sie sehen aus wie zerkleinerte Reste von Verpackungen.

»Was ist das?«

Chris nimmt ihr eines der Teile aus der Hand und mustert es, dann bückt er sich, schiebt die Schilfhalme auseinander und streicht durch das Wasser.

»Hier ist alles voll davon«, sagt er. »Kunststoffpartikel.«

Aus seinem Rucksack holt er einige Behälter für Wasserproben hervor, sie ist jedes Mal wieder überrascht, dass er sein kleines Set auch auf Ausflügen dabeihat.

Er sei gleich wieder da, sagt er und wandert den Pfad ein Stück weiter, kurz darauf ist er hinter dem hohen Schilf verschwunden.

Je länger sie das Wasser betrachtet, desto mehr Plastikteilchen erfasst ihr Auge, sie sammeln sich zwischen dem Schilf zu Inseln, sie kleben an den Halmen, hängen in einem Teppich aus welkem Gras und angeschwemmten Zweigen fest.

Nach einer Weile kommt Chris wieder zurück. »Das ist ziemlich übel, da hinten ist es noch schlimmer als hier.« Er beschriftet die Behälter und legt sie zurück in den Rucksack. »Darum würde ich mich gern sofort kümmern. Wenn es okay ist, würde ich kurz ins Institut fahren, von da kann ich die Drohne holen und hier Aufnahmen machen, bevor sich das Wetter vielleicht wieder verschlechtert.«

»Jetzt, sofort?«

»Am besten, ja. Solange es hell ist. Einmal alles dokumentieren. Vor allem, bevor die Polizei kommt. Die muss benachrichtigt werden. Solche Plastikteile regnen ja nicht auf einmal vom Himmel. Da ist jemand für verantwortlich.«

Sie kehren zurück zum Parkplatz.

»Du meinst, ich soll schon mal zurückfahren.«

»Es sei denn, du willst stundenlang am Strand abhängen, aber das wird mit der Zeit doch kalt und langweilig.«

»Was ist das?«, fragt sie wieder und schaut zurück über die Bucht.

Er schüttelt den Kopf, holt sein Telefon hervor und prüft die Wetter-App. »Kein Regen, immerhin« murmelt er, »das ist gut.« Er reibt sich die Hände, pustet hinein und zieht die Handschuhe über. Er sieht besorgt aus, doch da ist noch etwas anderes in seinem Ausdruck, vielleicht täuscht sie sich, aber er wirkt auch etwas euphorisch.

»Es sieht aus wie Müll, in kleinste Teile geschreddert. Fragt sich bloß, wer den in die Förde geleitet hat.«

Er holt die Thermoskanne aus dem Rucksack, schüttet Tee in den Becher und reicht ihn ihr, abwechselnd nehmen sie einen Schluck. Dann gibt er ihr die Dose mit den belegten Broten. »Nimm dir eins für den Rückweg«, sagt er und drückt ihr einen Kuss auf die Lippen.

Sie steigen auf die Räder und fahren los, Chris in die eine Richtung, sie in die andere.

8

Durch die Tür dringt Musik, es klingt wie Jazz, leise Trompete und Klavier. Astrid stellt sich einen kleinen Kreis von Leuten vor, die gemeinsam zu Abend essen. Sie fragt sich, ob sie wirklich klingeln soll. Sie würde Marli und die Gäste in Verlegenheit bringen damit. Marli würde sich verpflichtet fühlen, sie hereinzubitten, und sie würde das Angebot natürlich ablehnen. Was sollte sie auch bei einer Geburtstagsrunde, zu der sie nicht eingeladen worden ist?

Sie dreht sich unentschlossen um, im Fenster gegenüber flackert das Blau eines Fernsehers. Die meisten von ihnen wohnen seit dreißig oder vierzig Jahren in dieser Straße. Sie haben die Kinder, die eigenen und die der anderen, groß werden sehen. Sie haben verfolgt, wie diese Kinder als junge Erwachsene Umzugskartons in Transporter luden und sich von da an nur noch zu Geburtstagen, zu Ostern und zu Weihnachten blicken ließen. Einige Ehen haben in diesen leeren Nestern nicht gehalten. Für viele hat der Ruhestand begonnen, die ersten schweren Krankheiten sind überstanden. Die Zeit verstreicht ihr zu schnell, diese gemeinsam durchlebten Kapitel lassen das, was noch kommen kann, so vorgezeichnet wirken.

Wie viele Leute wohl um Marlis Tisch sitzen und jetzt gerade genüsslich ihren Wein trinken? Sie macht sich nichts vor, natürlich würde sie das jetzt gern wissen. Da taucht Marli nach all den Jahren wieder auf, gibt ein Fest und lädt sie nicht zu sich ein. Sie könnte klingeln, das Geschenk überreichen, einen Blick ins Wohnzimmer werfen und sagen, dass sie sofort weitermüsse. Damit Marli sich gar nicht erst verpflichtet fühlt, ihr ein Glas anzubieten. Sie schüttelt den Kopf, es ist fast halb zehn, wo würde sie jetzt eilig hinmüssen, außer vielleicht zu einem Notfall? Und hätte sie einen Notfall, könnte sie hier nicht in aller Ruhe klingeln und ein Geschenk überreichen.

Der Karton mit der Keramikschale liegt ihr schwer in den Armen. Sie sollte sich jetzt entscheiden. Sie könnte ihn vor der Tür abstellen, Marli würde das Geschenk später oder morgen früh finden.

In einem kleinen, neuen Laden in der Altstadt hat sie die Schale entdeckt, glasiert in einem rauchigen Blau. Marli mag gebrochene Farben. In einem einzigen Winter hat Marli sich einmal vier Pullover gestrickt. »Aber die sind alle grau«, hat Astrid damals gesagt. Nein, der eine sei grünlich, der andere mit etwas Flieder, der dritte, der vierte. Marli hat auch für sie und ihre Jungen gestrickt, kleine und größere Schals, Mützen und Fäustlinge. Und die schwere blaue Wolldecke, mit der sie sich noch immer zudeckt, wenn sie auf dem Sofa liegt.

Marli würde der Laden gefallen, oder sie hat ihn längst entdeckt. Mit den alten Sesseln und dem langen Tisch, auf dem die Becher, Teller und Vasen verteilt waren, wie zufällig abgestellt, und der Werkstatt mit dieser Pinnwand, an der Postkarten und Skizzen hingen. Der Laden wirkte wie eine Mischung aus Wohnung und Atelier. Dass so ein Geschäft hier möglich war. Der Keramikerin schien es nicht wichtig zu sein, ob sie etwas verkaufte oder nicht, sie wirkte fast schüchtern. In einem Jogginganzug, Wollstrümpfe an den Füßen, kniete die junge Frau im Schaufenster und stapelte kleine Tonsteine. Zusammen mit der Schale hat Astrid ihr zwei Sets dieser Steine abgekauft. Sie wusste nicht, was sie damit anfangen sollte, aber die bunten Dinger sahen interessant aus. Vor allem wollte sie großzügig sein und Geld im Laden lassen. Die Frau war offenbar zuversichtlich genug gewesen, um hier ein Keramikstudio zu eröffnen. Da musste man alles dafür tun, dass der Laden nicht nach wenigen Monaten wieder dichtmachte.

Sie wird jetzt klingeln, das Geschenk überreichen und Marli einfach bitten, dass sie beide sich bald in Ruhe treffen, nach so langer Zeit. Sie malt sich die Situation aus. Sie würde im Flur stehen, die Gäste im Wohnzimmer sehen, womöglich gemeinsame Bekannte und Nachbarn.

Was will sie hier eigentlich? Auf einmal kommt das Gefühl wieder durch, Trotz und Enttäuschung. Sie fühlt sich vor den Kopf gestoßen. Was hat sie so Schlimmes verbrochen, dass sie jetzt noch nicht einmal zu einer kleinen Party eingeladen wird? Vielleicht sollte sie akzeptieren, dass diese Freundschaft nur noch aus Erinnerungen besteht.

Eine Art Erschöpfungsdepression hatte Marli durchgemacht, einige Monate, nachdem herausgekommen war, dass Tobias mit den gequälten Tieren zu tun gehabt hatte. Marli war wochenlang krankgeschrieben gewesen. Richard ging weiterhin zur Arbeit, er ließ für eine Weile seine Mutter kommen, um den Haushalt am Laufen zu halten. Ansonsten veränderte sich nichts. Richard arbeitete und am Wochenende ging er angeln. Marli zerbrach sich derweil den Kopf über Jugendtherapie, Gewaltprävention, ging regelmäßig zu Gesprächen bei der Familienberatung, mal mit Tobias, mal mit beiden Kindern, mal allein, aber nie mit Richard. Der hatte sich aus allem offenbar herausgezogen, als hätte er mit all dem nichts zu tun. Astrid sprach Marli einige Male darauf an. Dann fiel dieser Satz, »Du könntest dich etwas weniger einmischen.« Von da an schien Marli sich zurückzuziehen. Sie sagte Verabredungen ab, ging seltener ans Telefon, im Garten trafen sie sich auch nicht mehr. So verging ein Jahr, dann zwei Jahre. Anna machte Abitur und zog nach Leipzig zum Studieren, dann machte Tobias seinen Abschluss und zog ebenfalls aus. Und Marli, die trennte sich von Richard und war weg. Umzugskartons und tschüs. Für Astrid kam das völlig überraschend.

Alles Liebe; *Glückwunsch*; *wir gratulieren.* Astrid hat vorhin nicht gewusst, was sie auf die Karte schreiben sollte. Das Übliche schien ihr zu wenig. *Ich wünsche Dir*, sogar dieser Satz kam ihr auf einmal kompliziert vor. Sie fühlt sich befangen. Was wünschte sie Marli wirklich? Woher sollte sie wissen, was Marli fehlte und was sie brauchte? Wollte Marli überhaupt noch, dass sie ihr etwas wünschte?

Vorsichtig stellt sie die Schale neben die Tür, damit später niemand darüberstolpert. Ihr ist kalt geworden vom Herumstehen. Der Frost auf den Blättern des Rhododendrons glitzert, der Strauch ist riesig geworden, fällt ihr jetzt auf, ein Ungetüm, das den halben Vorgarten ausfüllt.

Aber wen hat Marli zu sich eingeladen? Es lässt sie nicht los.

Leise geht sie nach hinten in den Garten, unter ihren Schritten knistert gefrorenes Gras. Spärliches Licht fällt von innen auf die Terrasse. Von der Seite aus wagt sie sich so weit an das Fenster, dass sie einen Teil des Wohnzimmers sehen kann. Eine Tischlampe taucht den Raum in schummriges Licht, noch immer läuft die Jazzmusik, sie scheint aus kleinen Boxen zu kommen, die neben einem Laptop auf der Kommode stehen. Sie wagt sich noch einen Schritt nach vorn und beugt sich so, dass sie nun fast das gesamte Zimmer sehen kann. Soweit sie erkennen kann, sitzt niemand auf dem Ecksofa. Marli kommt rein, sie trägt Jeans und einen langen dunklen Pullover mit Silberfäden, in denen sich das Licht fängt. Astrid, noch immer etwas gebeugt, bleibt wie eingefroren stehen und hält den Atem an. Langsam beginnt Marli, sich zur Musik zu bewegen, sie wiegt die Hüften. Astrid schaut gebannt zu. Marli scheint völlig versunken zu sein. Das rote Haar wieder hochgebunden. Der glitzernde Pullover. Was für ein Anblick. Astrid muss an die Studienzeit denken, an Partys an der Uni. Wie Traumwandlerinnen tanzten manche Frauen, allein für sich, unerreichbar für die tapsigen Männer um sie herum. Als würden sie sich in einer anderen, interessanteren Sphäre aufhalten.

So sieht Marli aus, wie eine dieser Frauen.

Astrid geht noch näher ans Fenster, im Nebenzimmer, wo der Esstisch steht, ist es dunkel. Immerhin feiert hier nicht die halbe Nachbarschaft. Ein gesetztes Essen scheint auch nicht stattzufinden. Wahrscheinlich halten sich einige Leute in der Küche auf, oder im Partykeller, mit dem kleinen Tresen und den holzvertäfelten Wänden. Auf einmal vibriert es in ihrer Manteltasche, sie zuckt zusammen. Das Telefon, die Melodie dringt durch den Stoff. Sie hat nicht daran gedacht, es leise zu stellen. Sie greift in die Tasche, holt das Handy hervor, zwei, drei elende Sekunden platzen die Töne in die Stille hinein. Ungeschickt wischt sie über das Display. Endlich verstummt das Telefon.

Doch da öffnet Marli schon die Terrassentür und leuchtet Astrid mit einer grellen Taschenlampe ins Gesicht.

»Du? Was machst du hier?«

Astrid kneift die Augen zu und versucht, mit der Hand das Licht abzuschirmen.

Marli lässt die Taschenlampe sinken. »Kannst du dir vorstellen, wie sehr ich mich erschreckt habe?« Sie klingt vorwurfsvoll.

Einen Moment lang starrt Astrid sie nur an, beide schicken sie ihre Atemwolken in die Luft.

»Wieso stehst du hier im Dunkeln auf der Terrasse herum?«

Vor Aufregung fällt Astrid keine sinnvolle Erklärung ein.

»Ich wollte nicht stören«, fängt sie an. »Sondern eigentlich nur ein Geschenk für dich an der Tür abstellen.« Ihr ist klar, dass sie damit nicht erklärt hat, was sie hier am Fenster gesucht hat. Marli schaut links und rechts von der Terrassentür, ob dort ein Päckchen steht.

»Nein, ich habe es vorne an der Haustür gelassen.«

»Und warum klingelst du dann nicht?« Marli blickt sie skeptisch an. »Wie lange hast du denn jetzt da am Fenster gestanden?«

»Ich bin eben erst in den Garten gekommen«, schwindelt Astrid. »Ich wollte nur nachsehen, ob überhaupt jemand da ist. Es tut mir leid, dass du dich meinetwegen erschreckt hast.«

Bevor gleich einer von Marlis Gästen im Wohnzimmer auftaucht und die Situation für sie noch unangenehmer wird, sollte sie jetzt wirklich zusehen, dass sie wegkommt. »Ich will dich und deinen Besuch nicht weiter aufhalten. Habt alle zusammen noch einen schönen Abend.«

Während sie es sagt, ist ihr schon klar, dass es wie ein in Freundlichkeit verpackter Vorwurf klingt. Feiert noch schön, ohne mich. Wie ungeschickt von ihr.

»Wie auch immer«, sagt Marli, »danke für das Geschenk.«

Astrid hebt halbherzig die Hand, als wolle sie abwinken, keine Ursache. Marli zieht die Terrassentür zu. Das war's. Nun hat sie alles noch einen Tick schlimmer gemacht, jetzt wird Marli sich in ihrer Gegenwart erst recht nicht mehr wohlfühlen.

Sie dreht sich um, steigt die Stufen hinunter in den Garten, sie kann jetzt auch genauso gut von hier aus zu sich rübergehen. Noch immer spürt sie das Herzklopfen und den hohen Puls. Hinten, am Schuppen bleibt sie stehen. Hier haben sie und Marli sich früher getroffen, meistens vor dem Schlafengehen, manchmal auf eine Zigarette. Sie setzt sich auf die Holzbank vor der Schuppenwand, starrt in die Dunkelheit.

Marli war schwanger mit dem zweiten Kind, mit Tobias, als sie mit Richard hier einzog. Astrid war damals ebenfalls schwanger, das dritte Kind. Sie mochten sich sofort. Sie tauschten sich über Übelkeit und Sodbrennen aus, Dammrisse und Wochenfluss, über Aggressionen während langer Nächte mit brüllenden Säuglingen. Über das Hin und Her zwischen Verlangen und Abneigung, das sie ihren Männern gegenüber empfanden. Sie gingen zusammen schwimmen und in die Sauna. Sie liehen sich gegenseitig Bücher und Filme aus. Sie taten alles dafür, damit die Kinder sich anfreundeten und mal bei der einen, dann bei der anderen Familie übernachteten. Sie tauschten sich über finanzielle Vorsorge für das eigene Alter aus. Sie stellten sich dieses

Alter vor, zwei Witwen in einer Wohngemeinschaft, und dann spielten sie durch, wen sie in ihre WG noch aufnehmen würden.

An einem Abend, das war kurz bevor das erste Tier auf dem Spielplatz gefunden worden war, sagte Marli: »Geht es dir auch so, dass deine Erinnerungen an dein jüngeres Ich verschwinden? Ein Teil von mir wirkt wie ausradiert. Vor allem körperliche Empfindungen, mein Gedächtnis hat sie nicht gespeichert.«

»Welches von unseren jüngeren Ichs meinst du? Das aus der Kindheit und Jugend? Oder aus den Jahren in den Zwanzigern?«, wollte sie von Marli wissen. Sie konnte mit der Frage nicht viel anfangen.

»Ich meine die Zeit als junge Mutter.« Marli sprach von ihren Schwangerschaften, von dem Gefühl erster Kindsbewegungen unter der Bauchdecke. Sie könne sich das alles nicht mehr vorstellen. Ein Säugling an der Brust, das Gewicht des Körpers auf dem Arm. Alle Erinnerungen daran schienen verschwunden. »Wenn ich meine Kinder betrachte, Jugendliche, fast Erwachsene, kann ich kaum glauben, dass ich die beiden zur Welt gebracht habe. Dass *ich* das war.« Seit einiger Zeit wäre sie für ihre Familie ohnehin wie unsichtbar, sagte sie. »Ich bin ein Geist im eigenen Haus.«

»Das bildest du dir ein, du weißt nicht, wie wichtig du ihnen bist.« So etwas in der Art hatte Astrid geantwortet.

Ein Geist im eigenen Haus. Astrid fand die Vorstellung bedrückend, aber auch etwas befremdlich. Dann passierte die Sache mit den Tieren, Marli ging es nicht gut und bald darauf wollte sie nichts mehr von Astrid wissen. *Du könntest dich etwas weniger einmischen.*

Doch es scheint Marli jetzt gut zu gehen, besser denn je. Sie sieht fantastisch aus, jünger als vor sieben Jahren, als sie gegangen ist.

Astrid schaut noch einmal zurück zur Terrasse und zum Fenster. Da trinken sie jetzt zusammen ihren Wein und hören Musik. Marli feiert Geburtstag und sie, Astrid, sitzt hier draußen. Sie versteht es nicht.

9

Sie erzählt dem Beamten alles, was ihr wichtig erscheint. Dass sie ihre Nachbarn seit Wochen nicht gesehen hat, dass sie bis nach Silvester gedacht hätte, sie wären verreist. Dass nun aber die Ferien seit mehr als einer Woche vorbei wären, der Briefkasten noch immer nicht geleert worden sei. Und dass ein Junge nach der Familie gefragt und einen Zettel an der Terrassentür hinterlassen habe. *Bitte meldet euch!*

»Sie wollen eine Vermisstenanzeige aufgeben?«

Sie zögert, sie ist nicht sicher, sie will Mona und Erik keine Unannehmlichkeiten bereiten, ihnen nicht die Polizei ins Haus schicken und für Aufregung sorgen, während die Familie womöglich nur länger verreist, oder, wer weiß, vielleicht weggezogen ist. Sich einmischen. Sie fühlt sich unwohl bei dem Gedanken, sie würde sich in das Leben anderer einmischen. Und zugleich fühlt sie sich unwohl bei dem Gedanken, dabei zuzusehen, wie der Briefkasten nebenan voller und voller wird.

»Ich bin nicht sicher, ob das angemessen ist. Auf jeden Fall scheinen sie schon eine Weile nicht mehr da zu sein.«

Er öffnet einen kleinen Block und macht sich Notizen.

»Das Haus steht seit längerer Zeit zum Verkauf«, sagt sie der Vollständigkeit halber.

»Dann könnten Ihre Nachbarn weggezogen sein?«, fragt der Beamte.

»Aber es stehen noch einige Möbel im Wohnzimmer und Kleinigkeiten in der Küche.«

»Aber Sie sind sicher, dass lange niemand mehr zu Hause war.«

Sie nickt. Obwohl, *sicher*, auch das wäre zu viel gesagt. »Es brennt abends kein Licht, soweit ich das mitbekomme. Und immer, wenn ich nachgesehen habe, stand kein Auto in der Einfahrt.«

»Aber von einem Umzug haben Sie nichts bemerkt? Ein Lastwagen, Möbelpacker?« Er macht sich wieder Notizen.

»Nein, unsere Nachbarn haben auch nichts von einem Umzug erwähnt. Allerdings kennen wir sie nicht besonders gut. Wir wohnen erst seit ungefähr sechs Monaten dort.«

»Wir können einen Wagen vorbeischicken. Und wir prüfen, ob die Familie unter der Adresse noch gemeldet ist«, sagt er. »Aber wäre etwas passiert und würde da jemand vermisst, hätten uns wahrscheinlich schon vor Tagen oder Wochen Angehörige kontaktiert. Auch die Schule hätte angerufen, wenn die Töchter mehrere Tage unentschuldigt im Unterricht gefehlt hätten.« Er schaut jetzt auf seinen Monitor. »Das liegt hier alles nicht vor. Aber ich kann auch das gern noch einmal überprüfen.«

Er sagt es freundlich, mit nachdrücklichem Kopfnicken.

Heute früh war es wieder windig, die Gärten im Dämmergrau, das Wanken und Bewegen machte die Bäume und Sträucher zu Gestalten. Es sah aus, als würde jemand durch den Nachbargarten gehen.

»Oder könnten Sie vielleicht gleich nachsehen, ob die Familie unter einer neuen Adresse gemeldet ist?«, bittet sie. Es jetzt sofort zu wissen, würde sie ungemein erleichtern.

Der Beamte schüttelt den Kopf. »Das kann ich leider nicht. Erwachsene haben das Recht, ihren Aufenthaltsort selbst zu wählen, ohne ihn Angehörigen oder Bekannten mitzuteilen«, erklärt er. »Wir sind kein Dienstleister für Aufenthaltsermittlungen.«

Er schaut sie abwartend, etwas skeptisch an.

»Es sei denn, Sie vermuten eine akute Gefahrenlage.«

Sie weiß nicht, was sie darauf antworten soll. Ihr ist nichts aufgefallen, das nach einer akuten Gefahrenlage aussieht, was genau bedeutete das überhaupt? »Was meinen Sie damit?«

»Wissen Sie von Problemen in der Familie – eine schwierige Trennung zum Beispiel, gab es Streit um das Sorgerecht für die Kinder? Also, könnte einer mit den Kindern untergetaucht sein?«

Sie schüttelt den Kopf, davon wäre ihr nichts bekannt.

»Oder leidet einer der Erwachsenen an einer ernsten psychischen Erkrankung? Oder unter einer anderen Erkrankung und braucht dringend Medikamente? Haben Sie davon vielleicht etwas mitbekommen?«

»Das weiß ich nicht. Aber wenn es so wäre, hätte sich doch wohl längst jemand bei Ihnen gemeldet?«

»Ja, davon würde ich jetzt auch ausgehen.« Er macht sich wieder Notizen. »Ist da vielleicht etwas anderes, das die Familie belastet hat? Gab es zum Beispiel massive finanzielle Probleme? Oder kam es mal zu auffälligen Auseinandersetzungen zwischen den Erwachsenen?«

Sie schüttelt den Kopf. Sie kann zu keiner seiner Fragen auch nur das kleinste Detail beitragen. Etwas Vergebliches liegt in diesem Gespräch, auch wenn sie nicht sagen könnte, wie es anders hätte ablaufen sollen. Ein gelernter, wahrscheinlich bewährter Fragenkatalog, der ihr aber wie eine Schablone erscheint. Hinzu kommt, dass ihr Wissen über ihre Nachbarn wirklich spärlich ist. Womöglich wirkt sie wie eine übermäßig alarmierte Dorfbewohnerin, die gleichzeitig keine Ahnung hat, was um sie herum eigentlich passiert.

In Gedanken geht sie die Kleinigkeiten durch, an die sie sich erinnert, doch nichts davon scheint ihr erwähnenswert. Eriks ruppige Art, vielleicht nur eine Momentaufnahme. Monas erschöpfte Erscheinung, auch nur alltäglich, welche Mutter war nicht hin und wieder erschöpft. Die Zettel für den Weinversand, die Erik im ganzen Dorf immer wieder verteilt hatte. Aufdringlich, aber nichts Besonderes, er bemühte sich halt um Kundschaft.

Eine Trennung, ein Streit um das Sorgerecht, psychische Erkrankungen, finanzielle Probleme, die meisten Familien bemühten sich doch eher darum, jede Art von Schwierigkeit so lange wie möglich mit sich allein abzumachen. Wie gut musste man einen Menschen kennen, um etwas zu bemerken, um sicher sein zu können, dass etwas nicht stimmte? Und wie konnte man sicher voneinander unterscheiden, was Vermutungen und was Vorurteile waren? Wie nah musste man einem Menschen sein, um aus einem Verdacht heraus eine Frage stellen zu können, ohne neugierig oder aufdringlich zu wirken?

10

Sie nimmt wieder den Geruch wahr, er scheint durch die Holzdielen zu kommen, eine modrige Süße, sie muss an Äpfel, die in Kisten lagern, denken. Vor allem morgens taucht dieser Geruch im Wohnzimmer auf, doch sie hat nicht herausfinden können, woher er kommt, sie bewahren keine Äpfel in Kisten auf, weder in der Küche noch im Keller. Der Geruch scheint zum Haus zu gehören, wie die Mauern, Dielen und Türrahmen, wie das Knacken der beiden unteren Treppenstufen und das Ächzen der Schuppentür.

Sie greift nach der Strickjacke auf der Sofalehne, zieht sie über das Nachthemd. Chris hat sich schon auf den Weg zur Arbeit gemacht, draußen ist es stockfinster. Es ist kalt hier unten, sie dreht die Heizung hoch, sofort ertönt das sanfte Rauschen in den Leitungen.

Lizzy liegt auf ihrer Decke vor dem Sofa, die Hündin sieht an ihr vorbei hoch zur Zimmerdecke, schaut wie gebannt in eine Ecke, mit diesem wissenden, schwermütigen Blick. Als würde da oben ein vertrauter Dämon sitzen, er sagt *Hi, da bin ich wieder.* Wie jedes Mal blickt Julia sich um, als wäre es nur eine Frage des richtigen Augenblicks, Lizzys Geister zu erwischen.

Im Tierheim wusste man nicht, wie alt die Hündin ist. Mit ihrer Arthritis und ihren grauen Barthaaren wirkt sie ziemlich betagt, deshalb wollte sie auch niemand haben. Man öffnet sein Herz, und bald darauf stirbt das Tier, darauf wollten die Leute sich nicht einlassen, sagte der Pfleger, und Chris und sie waren sich sofort einig, dass Lizzy zu ihnen gehören sollte.

Julia setzt sich im Nebenzimmer an den Schreibtisch, lässt das Licht aus und schaut in den Garten. Die Sträucher und Bäume verschwimmen in der Dunkelheit, nur das Dach der Nachbarn zeichnet sich schwarz vor dem Himmel ab. Mehr als vier Wochen sind vergangen, seitdem sie Mona zuletzt gesehen hat. Im Ort scheint sich niemand Gedanken über die Familie zu machen.

»Wisst ihr, ob die Winters verreist sind?«, hat sie einige Male wie beiläufig gefragt, wenn sie mit jemandem aus dem Dorf ins Gespräch kam. Sie wollte nicht alarmiert klingen, um kein Gerede zu erzeugen. Doch einige scheinen die Winters nicht einmal zu kennen.

»Ach so, die hagere Frau mit den dunklen Haaren.«

»Sind das die beiden Mädchen, die ihrer Mutter wie aus dem Gesicht geschnitten sind?«

»Der Mann, der überall seine Weinprospekte auslegt.«

»Die Familie mit dem weißen Kombi?«

»Der Wagen ist geleast, aber wie heißen die Leute noch mal?«

»Wir dachten, das Haus ist längst verkauft.«

»Den Mann haben wir lange nicht gesehen, der muss viel unterwegs sein.«

Es ist seltsam, aber seitdem sie weiß, dass nebenan niemand zu Hause ist, fühlt sie sich beobachtet, sobald es dunkel wird und sie im hellen Zimmer sitzt. Als würde jemand hinter der Hecke stehen.

Sie zieht die Vorhänge zu und klappt dann erst den Laptop

auf. Eine Mail von Chris ist eingegangen, er ist noch auf der Fahrt zum Institut, sein Zug hat Verspätung, zwei Filmdateien aus den vergangenen Tagen hat er ihr von unterwegs geschickt. *Den Ort wirst du sofort erkennen*, schreibt er dazu.

Sie klickt den ersten Film an, es ist die Bucht, in der sie im Sommer schwimmen waren. Danach hatten sie vom Ufer aus beobachtet, wie ein Rehkitz von der Landzunge zur anderen Seite der Bucht schwamm. Sie hatte nie zuvor ein Reh schwimmen sehen, der kleine, fein geformte Kopf, der aus dem Wasser ragte, die weit aufgerissenen Augen.

Das Surren der Drohne ist zu hören, dazu leises Plätschern, das Gerät fliegt nah an der Wasseroberfläche. Sofort springen sie ins Auge, die bunten Partikel, sie sind auf den Grund gesunken, verteilen sich über den hellen, sandigen Boden. »Es werden gerade täglich mehr«, hat Chris gestern gesagt. »Eine Katastrophe, zwischen so vielen Katastrophen, deshalb regt sich niemand wirklich mehr auf.«

Bald wird das Plastik nicht mehr zu sehen sein und dann vergessen werden. Es wird in den Mägen der Fische und Vögel landen, wird in diesem Organismus aus Lebendigem, aus Tieren, Wasser und Pflanzen überleben, tausend Jahre und länger.

Die Drohne überfliegt einen Küstenstreifen mit Schilf, leuchtend setzen sich die Fetzen von dem Teppich aus gelben Halmen und Blättern ab. Auf einer Sandbank kauern Möwen und Austernfischer, umgeben von bunten Schnipseln, als hätte jemand Konfetti über ihnen abgeworfen. Julia erinnert sich an einen verwesten Vogel am Strand, ein Körper, der nur noch aus Federn und Knochen bestand. An der Stelle, an der sich die Innereien befunden hatten, lagen eng beieinander bunte Hülsen und Fasern, ein ganzes Knäuel aus Plastik, als wäre der Vogelkadaver ein Nest.

Sie schließt die Filmdatei mit diesem bleiernen Gefühl, sie muss sich auf etwas konzentrieren, das ihr Zuversicht gibt, um sich nicht gleich zurück ins Bett zu legen. Sie steht auf, geht ins andere Zimmer, zieht auch dort die Vorhänge zu und rollt die Yogamatte aus. Den Laptop stellt sie vor sich auf dem Boden ab und gibt in die Suchmaske *Luna Yoga* ein.

Im Forum haben einige Frauen erzählt, es hätte ihnen geholfen, es hätte wahre Wunder bewirkt. Zwei Monate Luna Yoga, Test positiv, endlich hätte es geklappt, sagten sie.

Sie entdeckt eine Serie von Clips aus einem Studio in München. Wäre Chris jetzt in der Nähe, würde sie das Video nicht abspielen. Es ist besser, diesen Kosmos aus Bemühungen von ihm fernzuhalten. Ganz zu schweigen von den Teststäbchen, die sie verbraucht, jeden Monat vier oder fünf, weil sie immer wieder zu früh damit beginnt. Sie wirft die Stäbchen schon gar nicht mehr in den Müll, sondern bewahrt sie in der Handtasche auf, um sie später, irgendwo in der Stadt in einen Abfalleimer zu entsorgen. Welche Summen sie für Tests ausgegeben hat, anfangs noch für die digitalen, die sie irgendwann aber nicht mehr kaufte, weil sie die unmissverständliche Anzeige, *Nicht schwanger,* einfach nicht mehr ertragen konnte. Ein fehlender Strich auf einer kleinen weißen Fläche ließ sie wenigstens noch verzweifelt hoffen. Wie oft hat sie ein Stäbchen in alle Richtungen ins Licht, gegen das Licht, halb ins Licht gehalten, ob da nicht doch der Hauch einer zweiten Linie zu sehen war. Wie oft hat sie einen Test in den Müll geworfen, um ihn nach einer halben Stunde wieder herauszuklauben, ob sich wirklich kein zweiter Strich gebildet hatte.

Chris hat keine Ahnung, womit sie sich jeden Monat befasst. Wenn er den echten, den uneingeschränkten Einblick hätte, wäre er erschüttert. Sie ahnt, dass es bei Chris eine Grenze gibt, der Umgang mit dem Thema muss maßvoll sein. *Entspannt*, würde er sagen.

Das erste Video, eine Frau ruht im Schneidersitz auf einer Matte. Hinter hohen Fenstern ist ein grüner Innenhof zu sehen. Julia nimmt ebenfalls den Schneidersitz ein, die Frau erzählt, sie sei sechsundvierzig, sie hätte vor drei Jahren ihr erstes Kind bekommen und vor einem halben Jahr ihr zweites. »Es ist möglich. Und das will ich an euch weitergeben.«

Es klingt, als würde die Frau von einer geheimen Zauberkraft reden. »Was zählt, ist die Atmung.« Sie demonstriert es, ein Schnaufen und Pusten. »Dein Bauch wird ein Blasebalg«, sagt sie, zieht und stößt zum Beweis noch einmal laut zischend die Luft ein und aus. Julia schnauft und pustet ebenfalls, so gut sie kann, ein leichtes Schwindelgefühl stellt sich ein.

Die Frau kauert sich nun auf alle viere, dabei zieht sie das eine Knie etwas nach vorn und winkelt das Bein an, während sie das andere lang ausstreckt, dann lässt sie den Oberkörper sinken. »Bauch und Brust berühren den Oberschenkel.«

Julia macht es ihr nach, es zieht in der Hüfte.

»Gib dich der Dehnung hin, atme in den Bauch, das drückt gegen die Leiste und regt die Durchblutung an.« Wieder ein Schnaufen, ein Pusten.

»Wecke deinen Eierstock, rufe ihm ein fröhliches Hallo zu«, hört Julia die aufmunternde Stimme der Frau. »Der freut sich!«, *freut*, bei dem Wort springt die Stimme eine Tonlage nach oben.

Julia hält das Video an und schiebt den Cursor ein Stück zurück, um die Stelle noch einmal zu hören. *Der freut sich.* Tatsächlich, sie hat sich nicht verhört. Sie spürt, wie sich eine Spur Verachtung in ihr regt.

Sie löst sich aus der Position, bleibt auf allen vieren, lässt den Kopf sinken, berührt mit der Stirn den Boden und muss leise lachen. Was tut sie hier? Was, um Himmels willen, tut sie hier? Wie kann es sein, dass sie hier kauert, während ihre Freundinnen und ehemaligen Kolleginnen, einige über vierzig, andere Kettenraucherinnen, schwanger geworden sind, einfach so?

Lizzy erhebt sich von ihrer Decke und stellt sich an den Vorhang, dort, wo sich die Terrassentür verbirgt, die Hündin spitzt die Ohren und fängt an, leise zu winseln. Julia steht auf und schaltet die Stehlampe aus, durch einen Spalt zwischen den Vorhängen kann sie sehen, dass es angefangen hat zu dämmern, fahles graublaues Licht. Was hat die Hündin gehört?

Sie spürt sofort die Anspannung im Nacken. Immer mal wieder erwischt es sie, dass ein einziges Geräusch, ein Knarren in den Dielen, ein Rauschen in den Rohren, sie unruhig werden lässt. Die Furcht, jemand könnte sich hier irgendwo verstecken. Einige Male ist sie vom Keller bis zum Obergeschoss gelaufen, hat jede Tür geöffnet, jedes Zimmer, sogar jeden Schrank überprüft. Ein winziges Geräusch, und das Haus erscheint ihr auf einmal zu groß. Sie kann nichts dagegen tun. Auch wenn ihr klar ist, das einzig Unheimliche in dieser Situation ist sie selbst, sind ihre Gedanken. Eine Frau, die leise und ängstlich durch das eigene Haus wandert. Chris findet ihr Verhalten kurios. »Du schaust also in jedes Zimmer, weil du Sorge hast, dort könnte sich ein Einbrecher verstecken. Aber eigentlich gehst du fest davon aus, dass sich niemand dort verbirgt. Sonst würdest du ja nicht ohne Vorsicht in jedes Zimmer deine Nase stecken. Richtig?« »Ich denke nicht, dass da ein Einbrecher ist.« »Sondern?« »Ich weiß es nicht. Es ist nur ein Gefühl, ich brauche Kontrolle über das Haus.« Chris hat den Widerspruch gut zusammengefasst. Sie fürchtet sich, und zugleich glaubt sie, dass alles in Ordnung ist.

Sie zieht die Vorhänge ein kleines Stück auf und weicht vor Schreck sofort zurück. Im Garten steht eine Gestalt. Lizzy stößt ein raues, tiefes Bellen aus und bleibt dicht an der Tür sitzen.

Eine alte, schmächtige Frau steht im hohen Gras, der Wind zerrt an ihrem langen grauen Haar. Sie trägt ein Kleid oder ein Nachthemd. Jetzt erkennt Julia sie, es ist Elsa, sie wohnt über die Straße, schräg gegenüber. Wie kommt sie hierher, in den Garten? Braucht sie Hilfe?

Julia öffnet die Terrassentür und geht auf sie zu, während Lizzy drinnen wartet und leise winselt. Lizzy ist kein Tier, das auf Menschen zustürmt.

»Kann ich Ihnen helfen? Sind Sie gestürzt oder haben Sie Schmerzen?«, fragt sie.

Elsa scheint immerhin nicht wackelig auf den Beinen zu sein.

»Es ist zu kalt hier draußen. Wollen Sie zu mir hereinkommen?«

Sie berührt Elsa vorsichtig am Arm. Nebeneinander gehen sie zur Terrasse. Elsa sagt etwas, leise und undeutlich.

»Ich habe Sie leider nicht verstanden, was meinen Sie?«, Julia beugt sich näher zu ihr.

»Wo sind meine Mädchen? Haben Sie die beiden gesehen?« Elsa klingt unglücklich, fast verzweifelt.

»Ihre Mädchen? Meinen Sie die beiden Mädchen von nebenan? Aus dem Haus da drüben?« Julia dreht sich um, zeigt zum Grundstück ihrer Nachbarn, doch Elsa reagiert nicht.

Zusammen gehen sie hinein. Lizzy beschnüffelt zaghaft Elsas Kleid.

»Möchten Sie sich setzen?«, fragt Julia, und Elsa nickt.

Sie bringt die alte Frau zum Sofa, faltet die Wolldecke auseinander und legt sie ihr über die Beine. Sie überlegt, ob sie den Notruf wählen sollte, ob es besser wäre, Elsa untersuchen zu lassen.

»Sind Sie gestürzt, ist Ihnen schwindelig oder haben Sie Schmerzen?«, fragt sie, doch Elsa schüttelt den Kopf. Sie wirkt, als wäre sie aus einem Traum erwacht und noch nicht wieder in der Gegenwart angekommen. Erst jetzt sieht Julia, dass Elsa keine Schuhe trägt.

»Wir sind uns schon einige Male begegnet, vielleicht erinnern Sie sich. Ich heiße Julia.« Sie kniet sich vor das Sofa und wickelt Elsa die Decke um die nackten Füße, dann setzt sie sich zu ihr. Elsa schiebt die Hände unter die Wolldecke und murmelt, »Vielen Dank, es geht mir gut.«

»Haben Sie die Mädchen von nebenan gesucht?«, fragt Julia noch einmal. Sie kommt sich aufdringlich vor, doch nach dem Jungen, der den Zettel unter die Tür geklemmt hat, wäre Elsa jetzt die zweite Person, die sich Gedanken um die Familie macht.

Sie wartet eine Weile, doch Elsa reagiert nicht, sie scheint müde zu sein, sie hat ihre Augen geschlossen und atmet gleichmäßig, immerhin wirkt sie jetzt, als würde sie sich wohlfühlen.

»Ich mache uns einen Tee«, schlägt Julia vor, »ich bin gleich zurück.«

In der Küche setzt sie Wasser auf und schneidet etwas Kandiskuchen ab, bestreicht die Scheiben mit Butter. Sie erinnert sich an die erste Begegnung mit Elsa, im Juni, kurz nach dem Einzug. Eine kleine, schmale Frau, das Gesicht unter einem Baumwollhut versteckt, in ihrem Vorgarten stand sie am Zaun und goss Rosenstauden. »Ich heiße Elsa«, sagte die Frau, »und ich glaube, ich bin inzwischen die Älteste im Dorf.«

Der Kessel pfeift, Julia gießt Tee auf. Sie versucht, sich vorzustellen, was passiert sein könnte, Elsa verlässt im Morgengrauen das Haus, ohne Schuhe, ohne Mantel. War sie wirklich drüben bei den Winters, machte sie sich Sorgen um die Mädchen, oder war sie verwirrt und hatte die Orientierung verloren?

Sie trägt das Tablett ins Wohnzimmer, stellt es auf den Tisch vor dem Sofa. Elsas Gesicht wirkt entspannt, sie scheint eingeschlafen zu sein. Julia betrachtet sie, ihr dichtes graues Haar, die Sommersprossen um Nase und Mund.

Lizzy hat sich vor das Sofa gelegt. Leise nimmt Julia die Kanne vom Tablett, dazu einen der Becher, geht hinüber ins Nebenzimmer, setzt sich an den Schreibtisch. Eine zweite Mail von Chris ist in der Zwischenzeit angekommen, weitere Aufnahmen von der Bucht.

Ich will das nicht sehen, denkt sie und klickt stattdessen auf das Fenster mit dem Yoga-Clip, setzt die Kopfhörer auf, hört die leise Musik und die Stimme der Frau, die ihr sofort wieder auf die Nerven fällt. Ziellos klickt sie zwischen den beiden Videos hin und her. Von den Atemübungen für bessere Eizellreifung zu den Bildern eines zerstörten Naturschutzgebiets. Fruchtbarkeit, Umweltschäden, Fruchtbarkeit, Umweltschäden, hin und her. Der Schatten der Drohne über dem Wasser, auf dem die Schnipsel treiben, sie schaut hin, als wäre es eine Pflichtübung, wenn sie den ganzen langen Drohnenflug bis zum Schluss anguckt, darf sie sich weiter ein Kind wünschen.

Sie klappt den Laptop zu und blickt ins andere Zimmer, Elsa scheint noch immer zu schlafen. Auf den Dielen sind ihre Fußspuren zu sehen, schmale, ein wenig erdige Abdrücke. Als wäre nach ihr eben noch ein Geist durch die Tür gekommen.

11

»Es handelt sich um wen? Meine Mutter, sagen Sie? Wie war noch mal Ihr Name? Entschuldigen Sie, ich habe ihn eben nicht verstanden.«

Die Frau hatte sich vorgestellt, doch Astrid hat nicht richtig hingehört, zu verwundert war sie von Doris' Ankündigung, da sei ein Anruf, »angeblich wegen deiner Mutter«.

Die Frau wiederholt ihren Namen, er kommt Astrid bekannt vor, aber sie kann nicht sagen, woher. Eine Patientin wahrscheinlich nicht, das hätte Doris erwähnt. Draußen tobt wieder der Lärm, wie eine Lawine aus Steinen, die auf die Straße rollt. Kurz darauf ein derber Schlag, Astrid zuckt zusammen, wie eine Explosion klingt es. Der Boden bebt, die Scheiben zittern in den alten Fenstern. Sie dreht den Stuhl und sieht hinaus, die beiden Kräne haben eine der Grundmauern zum Einsturz gebracht. Erst hat das leere Gebäude die Menschen vertrieben, nun ist es der Abriss, und je nachdem was als Nächstes geplant ist, wird es dann eine Großbaustelle sein, von der die Leute abgeschreckt werden. Die Suche nach Interessenten für ihre Praxis kann sie für die nächste Zeit abhaken.

»Ihre Mutter wollte nicht, dass ich bei Ihnen anrufe«, auch die Stimme der Frau kommt Astrid vertraut vor. »Sie stand heute früh bei mir im Garten. Sie hat sich bei mir ausgeruht, es schien ihr eigentlich gut zu gehen. Dann habe ich sie nach Hause gebracht, die Tür war zum Glück offen. Ich bin noch eine Weile bei ihr geblieben. Es scheint also kein Notfall zu sein. Ich dachte, es wäre aber trotzdem gut, wenn Sie Bescheid wissen.«

Astrid hat noch immer nicht verstanden, um wen es sich dreht. Ihre Mutter lebt seit zwanzig Jahren nicht mehr. Es muss sich um einen Irrtum handeln. *Ihre Mutter*, der Klang der beiden Worte kommt ihr wie aus einer längst vergangenen Zeit vor. Ich bin alt, denkt sie.

»Welchen Garten und welches Haus meinen Sie? Könnten Sie mir eine Adresse nennen?« Eigentlich kann es sich nur um Elsa handeln. »Sprechen Sie von meiner Tante? Eher zierlich, Mitte achtzig, mit langem grauen Haar?« Die Frau nennt ihr die Adresse. Jetzt ergibt der Anruf endlich Sinn. »Was, sagen Sie, ist mit ihr passiert? Sie stand bei Ihnen im Garten? Was hat sie denn dort gewollt?« Sie schaut auf die Uhr über der Tür, es ist fast halb zwölf, die Frau hat sich offensichtlich Zeit gelassen, bei ihr anzurufen. »Hallo? Sind Sie noch da?«, fragt sie und horcht angestrengt, der Lärm macht es nicht leicht. Sie geht die Straße in Gedanken durch, die Frau müsste schräg gegenüber wohnen, im kleinen Efeuhaus. Oder in dem Gelbklinker, dahinter, vor dem sie neulich stand. Nein, die hießen mit Nachnamen *Winter*.

»Ja, ich bin noch da«, hört sie die Stimme der Frau. »Was sie gewollt hat, weiß ich nicht genau. Ich glaube, sie hat jemanden gesucht.«

»Gesucht? Kam sie Ihnen verwirrt vor? Das kenne ich von ihr eigentlich nicht.« Das klingt alles nicht gut. Astrid rüttelt an der Maus, damit der Monitor anspringt, dann klickt sie auf den Terminkalender. Zwei Patienten hat sie noch vor der Mittagspause, in einer Stunde könnte sie sich auf den Weg zu Elsa machen.

»Ihre Mutter, ich meine, Ihre Tante«, die Frau räuspert sich, »kam mir eigentlich nicht verwirrt vor. Eher ein bisschen erschöpft. Sie hat sich bei mir ausgeruht, sogar etwas geschlafen.«

Elsa, die durch die Gärten der Nachbarschaft läuft. Astrid kann sich das beim besten Willen nicht vorstellen. Was für einen Grund sollte ihre Tante haben? Amnestische Episoden, die hat es bei ihr bisher eigentlich nicht gegeben.

»Können Sie mir genau beschreiben, was für einen Eindruck meine Tante gemacht hat? Also, sah es nach einem Spaziergang an der frischen Luft aus? Trug sie warme Sachen?«

Wieder zögert die Frau, Astrid wird nervös.

»Sie war nicht wie für einen Winterspaziergang angezogen, wenn Sie das meinen. Eher, wie wenn man kurz bei den Nachbarn klingelt, um etwas zu fragen oder auszuleihen.«

Etwas stimmt hier nicht, doch sie kann nicht sagen, was. Gab es nun Grund zur Sorge oder nicht? Die Frau hatte es immerhin für nötig gehalten, bei ihr anzurufen.

»Wenn Sie möchten, schreiben Sie sich meine Nummer auf. Ich kann gern zwischendurch nach Ihrer Tante sehen, wenn Ihnen das hilft.«

Sie tauschen Telefonnummern aus und Astrid bedankt sich.

»Ach so, sie weiß übrigens nicht, dass ich mich bei Ihnen gemeldet habe. Sie hatte mich gebeten, Ihnen nichts zu sagen.«

»Sicher, ich verstehe. Der Anruf bleibt unter uns.« Das wird ja immer besser. Obwohl, Astrid kennt diesen Zug an ihrer Tante. Elsa, die sich nicht anmerken lassen will, wenn es ihr schlecht geht. Die nicht zeigen will, wenn sie sich schwach fühlt. Die ungebetene Hilfe als Bevormundung empfindet.

Sie legt auf und wählt als Nächstes Elsas Nummer. Es dauert lange, bis ihre Tante ans Telefon geht. Sie klingt matt und verschlafen.

»Hast du im Bett gelegen?«, fragt Astrid sofort besorgt.

»Das Wetter. Ich bin doch hellwach, wenn nachts draußen der Wind so tobt. Deshalb habe ich mich eben ein Stündchen hingelegt.«

»Aber sonst ist alles in Ordnung?«

»Ja, ich muss nur etwas Schlaf nachholen. Eine alte Frau wie ich steckt eine schlechte Nacht nicht mehr so gut weg.«

»Warst du heute eigentlich mal draußen?« Astrid versucht, so arglos wie möglich zu klingen.

»Nein.«

»Aha.«

»Oder nur kurz, im Garten.«

»Und was hast du da gemacht?«

»Was ich gemacht habe? Willst du das wirklich wissen?« Ihre Tante seufzt demonstrativ. Astrid schweigt hartnäckig. »Also gut – auf der Terrasse ist ein Stapel Plastiktöpfe umgekippt, und der Wind hat sie verteilt. Ich musste sie einsammeln, weil sie gescheppert haben. Zufrieden?«

»Und hast du auch einen Spaziergang gemacht?«

»Nein, bei dem Wetter gehe ich ungern spazieren«, antwortet Elsa etwas spöttisch.

Entweder ihre Tante schwindelt sie an oder leidet auf einmal tatsächlich an Gedächtnisverlust. Oder sie sagt die Wahrheit, und es ist die Nachbarin, die ihr eine merkwürdige Geschichte aufgetischt hat. Aber warum sollte die Frau das tun?

»Und sonst ist alles okay? Keine Taubheit oder Kribbeln in den Fingern? Kein Schwindelgefühl? Bauchdrücken, Übelkeit?« Ein leichter Schlaganfall, ein stummer Infarkt. Elsa durchschaut natürlich, dass sie die Anzeichen abfragt. Ihre Tante hat selbst oft genug Symptome abgefragt während ihrer viereinhalb Jahrzehnte im Krankenhaus.

»Ich habe wegen des Sturms schlechter geschlafen als sonst, du musst deshalb nicht gleich den Notarzt spielen«, antwortet ihre Tante.

»Ich könnte nachher, am frühen Abend vorbeikommen. Was meinst du?«

»Das passt mir nicht. Wir wollen es heute mit einem Poker-Abend im Gemeindehaus versuchen.«

»Tatsächlich? Das ist eine schöne Idee.«

Elsa kann es nicht allzu schlecht gehen, wenn sie vorhat, auf die andere Dorfseite zum Kartenspielen zu gehen.

»Wie viele kommen da?«

»Sechs Leute wahrscheinlich.«

Vielleicht reicht es aus, wenn sie morgen bei ihr vorbeifährt und dann auch gleich die Gelegenheit nutzt, bei der Nachbarin zu klingeln, um sich zu bedanken.

»Holt dich jemand ab oder gehst du allein rüber?«

»Ich werde die paar Schritte zur Fähre und zur Kirche wohl noch allein schaffen.«

Astrid greift nach dem Stapel Post, den Doris ihr auf den Schreibtisch gelegt hat. Elsa beginnt von der Tochter der Bürgermeisterin zu erzählen. Astrid hört zu und öffnet währenddessen nacheinander die Umschläge. Der Newsletter einer Pharmafirma, ein Flyer zum Thema Pollenallergie von einer Krankenkasse, eine Einladung zu einem Treffen der Ärztekammer. Die Einladung legt sie beiseite, die Werbung wirft sie in den Papierkorb.

»Ihre Tochter hat sich scheiden lassen, nun hat sie oft die Enkelkinder bei sich«, erzählt Elsa, während Astrid nach dem nächsten Umschlag greift. Es klebt keine Marke darauf, auch ein Stempel ist nicht zu sehen, jemand hat ihn offenbar direkt unten in den Briefkasten geworfen. Sie reißt den Umschlag auf und faltet den Bogen Papier auseinander.

Sie halten sich für besonders schlau. Sie spielen sich als Ärztin auf. Sie ziehen andere in den Dreck und machen Familien kaputt.

»Wann bekommst du deine Enkel eigentlich mal wieder zu sehen?«, fragt Elsa.

Wer mit Ihnen zu tun hat, wird nicht gesund, sondern krank.

»Bist du noch dran, du sagst gar nichts?«

»Ja, ich bin noch da«, antwortet Astrid, »ich vermisse die Jungs auch. Ostern können sie aber leider nicht kommen. Wir überlegen, ob wir zu ihnen fahren.«

Sie betrachtet den Brief. Er wurde am Computer geschrieben, gedruckt von einem nicht gut funktionierenden Gerät, die Schrift wirkt blass und faserig.

»Ich muss jetzt leider Schluss machen, ich habe noch zwei Patienten«, sagt sie.

»Meine Kleine, dann sei fleißig«, antwortet ihre Tante, *Kleine*, hin und wieder nennt Elsa sie noch so. Wie früher, als sie zur Schule ging und ihre Tante eine dreißigjährige Frau war. Jetzt gerade, mit dem Brief in der Hand, versetzt es Astrid einen Stich. Elsa ist die letzte, die allerletzte lebende Person, die mit ihrer Kindheit verbunden ist. Außer natürlich ihrer Schwester, aber die wohnt weit weg in Kanada.

»Pass auf dich auf«, sagt Astrid und bemerkt, dass ihre

Stimme belegt klingt, sie räuspert sich. »Und lass dich beim Pokern nicht abziehen.«

Ihre Tante lacht ein wenig schmutzig. Man werde sehen, wer hier wen abzieht, antwortet sie und legt auf.

Astrid starrt das Blatt Papier an, legt es vor sich auf den Schreibtisch. So etwas hat sie noch nie zuvor erhalten.

Wer mit Ihnen zu tun hat, wird nicht gesund, sondern krank.

Immerhin, ein höfliches *Sie*. Irgendjemand scheint wütend auf sie zu sein. Sie überlegt, ob jemand bei ihr in der Praxis in den vergangenen Tagen auffällig unzufrieden gewesen ist. Sie muss an die Bewertungen denken, die über sie im Internet stehen. Es sind wenige dabei, in denen sie schlecht oder mittelmäßig wegkommt, zwei oder höchstens drei. Leute, die ihr einen Denkzettel verpassen wollten, weil das Wartezimmer voll war oder sie ein Medikament nicht verschreiben wollte. Doch solche Bewertungen sind nicht verletzend. Sie sind in gewisser Weise nachvollziehbar. Natürlich gibt es Patienten, die sie enttäuscht hat, auch wenn sie es gern anders hätte.

Sie ziehen andere in den Dreck und machen Familien kaputt.

Aber so etwas hat sie noch nicht gelesen. Es kommt ihr vor, als hätte der Brief eine Stimme. Eine aufgebrachte, wütende, aber leise zischende Stimme. Schnell faltet sie das Papier wieder zusammen und steckt es zurück in den Umschlag. Sie öffnet die obere Schublade, legt den Brief hinein, schiebt ihn ganz nach hinten. Dann schließt sie die Schublade wieder.

12

»Kannst du dich an Kiba erinnern?«, fragt Andreas, als er aus der Küche kommt, Longdrink-Gläser in den Händen. Sie sind zur einen Hälfte mit tiefrotem, zur anderen mit hellem Saft gefüllt.

»Dieses Getränk, das wie Babyfruchtbrei schmeckt?«, fragt sie zurück.

Er schaut sie eine Spur enttäuscht an und reicht ihr ein Glas.

»Danke«, sagt sie, probiert schnell und nickt anerkennend. Viel zu süß, denkt sie, sagt es aber nicht.

»Kirsch, Banane. Weißt du noch, wie man das macht – dass die beiden Säfte sich nicht im Glas vermischen, sondern dieses marmorartige Muster ergeben?«, fragt er.

»Nein, darüber habe ich nie nachgedacht.«

Sie hält inne. Es ist erstaunlich, der Geschmack trägt sie in eine andere Zeit, in die achtziger und neunziger Jahre. Jetzt erinnert sie sich wieder. Als sie schwanger gewesen war und beim Ausgehen auf Alkohol hatte verzichten müssen, hatte sie es manchmal mit Kiba versucht.

»Man gießt den einen Saft ins Glas, und dann gibt man einen großen Eiswürfel dazu«, sagt Andreas. Er klingt dabei so begeistert, als hätte er das Getränk gerade eben erfunden. »Und auf diesen Eiswürfel, punktgenau, schüttet man vorsichtig den anderen Saft. So entsteht der Kontrast zwischen beiden.« Er nimmt einen Schluck. »Warum trinkt das heute eigentlich keiner mehr?«

»Weil es schwer im Mund liegt und den Leuten sicher zu süß ist. Heute trinkt man lieber Gurkenlimonade.«

»Wie bitte?«

»Habe ich jetzt nur so gesagt. Die habe ich neulich im Supermarktregal entdeckt.«

»Gurke«, er schüttelt den Kopf, als hätte er etwas Saures auf der Zunge. »Kirsch-Banane schmeckt nach«, er überlegt, »es schmeckt nach Gartenfesten im Sommer, als die Jungs noch klein waren.«

Wie zärtlich er das sagt. Es schmeckt nach Sodbrennen, denkt sie. Aber auch das behält sie für sich. Der Eiswürfel, der langsam schmilzt, macht den Bananengeschmack erträglich.

»Oder nach«, er überlegt, »nach der Zeit, als wir uns mit Freunden und Nachbarn über fast alles unterhalten konnten, sogar über Politik.«

Sie überlegt, ob sie Andreas von dem anonymen Brief erzählen soll. Sie hat den ganzen Tag darüber nachgedacht, wer ihr den geschrieben haben könnte. Doch ihr ist niemand eingefallen. Sie greift zum Glas und nimmt einen weiteren großen Schluck. Dabei betrachtet sie Andreas und beschließt, den Brief nicht zu erwähnen. Nicht hier, nicht in ihrem Zuhause.

13

Im Halbschlaf hört Julia einen Wagen vorfahren, kurz darauf das Klappen einer Autotür, wie im Traum nimmt sie die Geräusche wahr, die Familie ist zurückgekommen, von einer Reise, Ankunft im Morgengrauen nach einer nächtlichen Fahrt. Die Augen geschlossen sieht Julia den weißen Kombi vor der Garage. Erik steigt aus und streckt sich, die rotblonden Haare zerzaust, er hebt Gepäckstücke mit Schwung aus dem Kofferraum. Die Mädchen schieben schlaftrunken die Autotüren auf, steigen aus dem Wagen, das Haar fällt ihnen strähnig über den Rücken, am Hinterkopf verknotet nach den vielen Stunden unterwegs. Sie sieht Mona, in ihrem langen Wollpullover und Leggings, den schlafenden Luis auf dem Arm, seine Wange auf ihrer Schulter.

Sie sind wieder da.

Sie hört, wie Chris die Haustür aufschließt, sie hat gewusst, dass es Chris gewesen ist, der mit dem Wagen vorfuhr, nicht ihre Nachbarn. Chris ist heute früh in die Stadt geradelt, um den Mietwagen abzuholen, er muss gegen halb sieben in der Kälte aufs Fahrrad gestiegen sein. Sie öffnet die Augen und betrachtet die im Wind schwankenden Vorhänge, hört, wie Chris die Treppe hochkommt, dann öffnet er leise die Tür.

»Ich wollte dich gerade wecken«, sagt er, »in ungefähr einer Dreiviertelstunde müssten wir los.«

Er trägt den dunklen, ein wenig engen Strickpullover mit dem Zopfmuster, den sie mag, und er wirkt gut gelaunt. Sie hatte geglaubt, er würde den Termin, allein schon die Fahrt nach Hamburg, eigentlich das ganze Unterfangen als Zumutung empfinden. Doch sie hat sich getäuscht, stellt sie erleichtert fest.

»Es ist kalt draußen, die Straßen sind glatt«, sagt er, öffnet die Vorhänge und schließt das Fenster.

Sie stellt sich unter die Dusche, lässt heißes Wasser über den Rücken laufen, spielt wieder in Gedanken die Ankunft von Mona und Erik durch, sieht die schläfrigen Mädchen, jedes ein Kissen im Arm, Kopfhörer an den Ohren. Wie war es möglich, dass sie die Familie so deutlich vor sich sehen konnte, wie sie sich bewegten und was sie anhatten, während sie sich noch nicht einmal daran erinnern konnte, wann sie den Mädchen zum letzten Mal begegnet war? In ihrem halb wachen Zustand hat sie ihre Nachbarn genauer vor Augen gehabt als im wirklichen Alltag. Sie fragt sich, was ihre Wahrnehmung eigentlich taugt.

Sie trocknet sich ab, sprüht Deo unter die Achseln, zieht sich an und geht nach unten. Sie packen Tee und Proviant ein, dann fahren sie los.

»Nachher, wenn sie uns die Möglichkeiten und Kosten erläutern, musst du für eine Weile dein kritisches Biologenhirn ausschalten. Ich will dich nur warnen, ich habe keine Ahnung, was da auf uns zukommt«, sagt sie, als sie vor dem Anleger hinter zwei anderen Autos auf die Fähre warten.

Sie ist nervös, sie hatte nicht erwartet, dass sie so schnell einen Termin bekommen würden. Chris hat vor ein paar Tagen wieder gesagt, wie fast jedes Mal, wenn sie über das Thema sprachen, dass sie sich für ihn nicht unter Druck setzen solle. Er wäre auch ohne Kinder glücklich mit ihr. Wenn er ihr das versichert, löst das bei ihr gemischte Gefühle aus. Sie möchte seinem Bekenntnis trauen, aber so einfach ist das nicht, wer weiß, eines Tages würde er seine Meinung ändern. Er könnte seine Meinung noch in zehn Jahren ändern, oder in zwanzig, wenn er wollte, doch für sie wäre es dann bei Weitem zu spät.

»Mach dir keine Sorgen. Ich werde nur ein paar fachspezifische Fragen stellen und darum bitten, mir das Labor mal ansehen zu dürfen«, sagt er gespielt ernst und greift nach der Bäckertüte mit den Croissants.

Sie war sogar davon ausgegangen, das erste Gespräch in der Praxis allein zu führen, denn sie wollte Chris so wenig wie nötig behelligen. Wer wusste, was für Termine und Fahrten während der Behandlungen noch auf sie warten würden. Doch Chris schien es selbstverständlich, sie zu begleiten. Sie fanden heraus, dass ein Teil der Bahnstrecke nach Hamburg wegen Bauarbeiten gesperrt war. Sie hätten wegen des Umwegs einen Zug um sechs Uhr in der Frühe nehmen müssen. Chris schlug vor, einen Wagen zu mieten. »Wir behalten den ein paar Tage und erledigen alles, was sowieso nötig ist. Zum Baumarkt fahren, das Gerümpel aus dem Keller zum Recyclinghof bringen, einen Großeinkauf im Supermarkt machen und Vorräte auffüllen.«

Sie gleiten durch den dunklen Morgen, die Sitze sind beheizt, sie füllt Tee in den Becher der Thermoskanne. Vier Jahre ist es her, da haben sie die Entscheidung getroffen, das Auto zu verkaufen und ohne zurechtzukommen. Vor dem Umzug waren sie sich einig, es auch hier, auf dem Land, ohne Auto wenigstens zu probieren. Sie haben sich daran gewöhnt, die fünf Kilometer in die Kreisstadt mit dem Fahrrad oder dem Bus zu fahren, längere Strecken von dort aus mit der Regiobahn. Lebensmittel kaufen sie nicht in großen

Mengen, sondern besorgen alles Nötige in kleinen Etappen über die Woche verteilt, im Supermarkt hinter dem Bahnhof, und manchmal fährt sie mit dem Fahrrad zur Discountermeile. Außerdem gibt es den Lieferservice von Edeka, den sie aber selten in Anspruch nehmen, und für zwischendurch bleibt noch das Lebensmittelregal beim Imbiss, Milch, Butter, Pasta, Toast und ein paar andere Dinge gibt es da. Nur den eigenen Gemüsegarten, den hat sie vergangenen Sommer nicht angelegt.

Sollten sie ein Kind bekommen, oder zwei, oder drei, sie darf ja träumen, dann würden sie ohne Auto wahrscheinlich nicht zurechtkommen. Bei ihnen im Ort gibt es keinen Kindergarten, keine Grundschule. Sie werden im Dorf jetzt schon belächelt, wenn sie tapfer die Pakete mit Klopapierrollen, die Milchtüten und Kartoffelsäcke auf dem Fahrrad anschleppen.

Es ist ihr unangenehm, vor sich selbst, aber es gefällt ihr, mit Chris in diesem großen, nagelneuen Wagen über die Autobahn zu fahren. Wie ein Paar, das den Besitz eines Kombis, die jährliche Flugreise auf eine sonnige Insel und den Kurzurlaub nach London, Stockholm oder Barcelona mit Billigflieger für sich als Normalität beansprucht. Ein Paar, das seine CO2-Bilanz eigentlich nur beim Stromverbrauch streng im Auge hat, und sich dabei in Wahrheit aber um die Jahresabrechnung und die Rückzahlung sorgt, nicht um den Ausstoß von Kohlenstoffdioxid. Ein Paar, das auf der Rückbank Kinder sitzen hat, zwei, im Altersabstand von zwei Jahren.

Ich sehe deine Kleinen schon durch den Garten tollen, hat eine Freundin geschrieben, als Reaktion auf die ersten Fotos vom Haus, die Julia nach dem Einzug im Bekanntenkreis verschickt hatte. Immerhin hat sie keine Eltern, die ihr mit der Hoffnung auf Enkelkinder im Nacken sitzen, mit Sprüchen wie, *Zu einem Haus gehört eine Familie*. Obwohl, ihre Mutter hätte so etwas nicht gesagt, nicht einmal gedacht.

Sie muss eingeschlafen sein, denn als sie die Augen wieder öffnet, liegt vor ihnen schon die Ausfahrt. Bald darauf kommen die vertrauten Straßen, auf dem Weg zum Stadtzentrum. Ihre Nachbarschaft, sie sieht den Park, in dem sie an warmen Tagen auf einer Decke gelegen, Bier getrunken und Backgammon gespielt haben. Sie fahren unter der S-Bahn-Brücke hindurch, unter der meistens Straßenbands spielen, sie wirft einen schnellen Blick durch die Einfahrt in den Hinterhof mit dem Kino, wo unter bunten Lampions im Sommer Tische stehen. Die Drogerie, der Eisladen, die Floristin, der Second-Hand-Shop, die überteuerte Konditorei mit den Himbeer-Baiser-Tartes. Es ist, als würde sie aus einem Traum erwachen und zurück in der Gegenwart landen. Der Efeu vor dem Fenster, der Apfelgeruch unter den Dielen, das Brummen der Fähre auf dem Kanal, das leere Nachbarhaus und die dunklen Dachfenster, alles das gehört zu diesem Traum. Und jetzt fühlt es sich an, als würde sie nach Hause kommen. Sie ist überrascht, sie sollte das Gefühl gleich wieder vergessen, am besten gar nicht erst länger darüber nachdenken.

Chris steuert direkt den Tresen an und begrüßt die Mitarbeiterin, er stellt sie und sich vor und erwähnt den Arzt, bei dem sie den Termin haben. Sie ist erstaunt, dass er sich den Namen gemerkt hat.

Durch einen langen Gang gehen sie zum Wartezimmer,

Kunstdrucke hängen an der Wand, sie bleibt stehen und betrachtet die Bilder.

Paula Modersohn-Becker, *Liegende Frau mit Kind;* die nackten Körper nah beieinander, der Kopf des Säuglings gebettet auf dem Arm der Mutter. Gerhard Richter, *S. mit Kind*, die verschwommene Impression einer Frau, die ihr Baby auf dem Arm trägt, das Kind mit geöffnetem Mund, ganz nah an der nackten Schulter der Frau, die Berührung ist beim Anschauen spürbar. Warmes, helles Licht, Julia muss an Morgenstunden im Sommer denken. Auch das dritte Bild erkennt sie; *The Child's Bath* von Mary Cassatt, spätes neunzehntes Jahrhundert, eine Frau im gestreiften Kleid, ihr Kind auf dem Schoß, die kleinen Füße werden in einer Emaillewanne gebadet.

Der Arzt hat ein freundliches, zerknautschtes Gesicht, sie schätzt ihn auf Anfang sechzig, sie muss an Basset-Hunde denken, die gutmütig und etwas melancholisch wirken. Er bittet sie an seinen Schreibtisch, hinter ihm auf einem Sideboard stehen zwei gerahmte Fotos, auf denen kleine Kinder zu sehen sind, eine junge Frau und daneben er. Die Bilder stehen so, dass der Arzt sie von seinem Sessel aus nicht sehen kann, den Leuten, die ihm gegenübersitzen, müssen sie aber sofort ins Auge fallen. Sie fragt sich, ob er die Fotos mit Absicht so hingestellt hat, ob er jede Frau hier an seinem Schreibtisch daran erinnern will, dass Vaterschaft keine Frage des Alters ist, anders als Mutterschaft.

Er stellt seine Fragen und tippt Daten in den Computer, dann bittet er sie zum Ultraschall nach nebenan, kurz darauf sitzen sie wieder an seinem Schreibtisch.

Er schaut sie und Chris abwechselnd an. »Sie dürfen nicht zu viel erwarten.« Viele Paare würden davon ausgehen, sie spazierten hier herein und wenige Wochen später mit einer Schwangerschaft wieder hinaus. »Man muss realistisch sein. Ich zeige Ihnen eine Grafik. Das hier«, er deutet auf seinen Monitor, von dem sie aber nur die Rückseite sehen können, »ist die Eizelle einer Zwanzigjährigen. Und das hier«, nun dreht er seinen Bildschirm so, dass sie einen Blick darauf werfen können, »das hier ist die Eizelle einer Vierzigjährigen. Also, einer Frau ungefähr in Ihrem Alter.« Auf der Grafik ist ein Kreis zu sehen mit glatter Kontur, daneben eine leicht ovale Variante, die etwas zerklüftet wirkt. Eine eingedellte Weintraube oder eher noch eine Rosine, denkt Julia. Der Arzt wartet einen Moment, als wollte er den Kontrast zwischen Kreis und Rosine auf sie wirken lassen.

Chris legt die Hand an das Kinn, wie er es macht, wenn er Zweifel äußern möchte. »Was ich mich aber frage«, beginnt er höflich.

»Ja, fragen Sie, immer gern!«, antwortet der Arzt.

»Ich verstehe ja, dass Sie uns demonstrieren wollen, wie dringend wir Ihre Unterstützung brauchen. Aber Ihnen ist doch auch klar, dass man das so nicht verallgemeinern kann. Oder?«

Der Arzt blickt ihn interessiert an. »Wie meinen Sie das konkret?«

»Keine Zelle gleicht einer anderen. Und in welchem Zustand sich Zellen befinden, hängt von genetischen, aber auch von äußeren Einflüssen ab. Kein Mensch gleicht dem anderen, nicht wahr?«

»Sind Sie auch Mediziner?«, fragte der Arzt freundlich, womöglich interessiert. »Warum haben Sie das vorhin nicht gesagt?«

»Nein, Biologe.«

»Ah, welches Spezialgebiet?«

Ihr Blick wandert zwischen Chris und dem Arzt hin und her, als würde sie eine Podiumsdebatte verfolgen. Sie kann sich nicht entscheiden, ob sie den Austausch unterbrechen, oder besser nichts sagen und Gelassenheit vortäuschen soll, sie, die Frau mit den zerklüfteten oder vielleicht wenigstens nicht allzu zerklüfteten Eizellen.

»Das ist, glaube ich, nicht so wichtig«, antwortet Chris. »Ich wollte nur betonen, dass wir keinen Anlass zu Pessimismus haben, solange wir hier sitzen und nichts weiter als eine einfache Grafik vor uns haben.«

»Da stimme ich Ihnen natürlich zu«, der Arzt lächelt. »Wichtig ist *mir* vor allem, dass Sie Vertrauen haben. Das ist die Grundlage für Sie und mich.«

Chris lächelt zurück. »Sicher, ich wollte Ihre Seriosität nicht in Zweifel ziehen, wenn Sie das meinen.«

Der Arzt winkt ab, eine Geste der Großzügigkeit, er scheint Chris den Kommentar nicht übel zu nehmen. Sie ist nicht sicher, ob es auch so gelaufen wäre, wenn sie die Bedeutung der Grafik infrage gestellt hätte.

Zurück im Flur bekommt Chris einen Anruf und verschwindet nach draußen. Sie setzt sich wieder ins Wartezimmer, bis sie zur Blutabnahme geholt wird. Ein weiterer Kunstdruck hängt gegenüber an der Wand. *Mutter und Kind,* Helene Schjerfbeck. Sie erinnert sich an ein Seminar, das sich um Mütterbilder drehte, Rollenmuster und Abweichungen. Die Mutter auf diesem Bild wirkt still und fürsorglich. Im Vordergrund das Kind, runde Wangen, den Blick gesenkt, mit wenigen Strichen geschaffene Konturen. Dahinter die

Frau, dem Kind zugeneigt. Der Farbauftrag ist sparsam, die hellbraune Leinwand schimmert durch, ein Gewebe, das die Körper wie in Bewegung erscheinen lässt, die Szene wirkt flüchtig und schön, und Julia spürt, wie sich in ihr Hoffnungslosigkeit breitmacht. Es hat nicht mit den Kunstwerken zu tun, sondern eher mit der Tatsache, dass sie *hier* hängen. Sie haben hier nichts verloren, sie werden benutzt. Sie fragt sich, was die anderen Frauen im Wartezimmer bei diesem Anblick empfinden, ob sie sich durch die Bilder gut aufgehoben fühlen, ob sie glauben, wer Kunst aufhängt, dem kann man vertrauen, ob die porträtierten Mütter ihnen Zuversicht geben, dass *es* bald klappen wird. Ihr selbst gibt es keine Zuversicht, sie fühlt sich auf seltsame Art ausgebeutet, sie empfindet auch so schon genug, ihre Gefühle müssen nicht noch durch Kunstwerke, die eine Klinik wie eine Marketing-Maßnahme aufhängt, aufgewirbelt werden.

Eine Frau kommt ins Wartezimmer, sie lächelt scheinbar nervös, nickt zur Begrüßung, ohne Julia anzublicken. Die Frau nimmt ein Magazin vom Tisch und setzt sich, fast lautlos blättert sie die Seiten um, als wollte sie sich so wenig wie möglich bemerkbar machen. Auf einmal fällt Julia die eigene Körperhaltung auf. Wie sie hier sitzt, ein wenig gekrümmt, mit überschlagenen, fest verschlungenen Beinen, als wollte sie so wenig Raum einnehmen wie möglich, am besten gar nicht anwesend sein.

14

Innenstadt – Quo Vadis?, steht auf einem Pappschild vor der Schultreppe, darunter ein Pfeil mit dem Hinweis *Turnhalle, durch das Foyer und über den Hof.*

Vor allem der nördliche Teil der Altstadt ist schon lange ein Thema, nun kommt noch die Diskussion um das Grundstück am Marktplatz dazu. Die Kaufhausruine wurde jetzt bis auf die letzte Mauer abgerissen, eine große, von Schutt bedeckte Fläche ist geblieben, die alten Häuser drum herum wirken auf einmal noch schiefer und schutzbedürftiger.

Beim Eintreten ins Foyer kommt Astrid der vertraute Geruch entgegen, aus der Schulzeit der Jungs, Essigreiniger und muffige Turnbeutel. Knapp unter der Decke schweben Vögel aus Pappe, ihre Flügel sind an Fäden befestigt und bewegen sich, sobald jemand die Tür aufschiebt. Eine Reihe von Collagen hängt an der Wand, *Winter* lautet das Thema. Weiße Dächer und Pferdeschlitten, Kinder, die Schlittschuh fahren, verschneite Wälder. Sie bleibt stehen, eine Collage sticht aus all dem Schönen heraus, mit Fotos von braunem Schneematsch auf der Straße, von senfgelben Spuren im Schnee, wenn Hunde gepinkelt haben, von Abfall unter der Eisfläche eines Teichs. *NIKO, 7c*, steht unten auf der Pappe. Astrid stellt sich einen Jungen vor, zwölf oder dreizehn Jahre alt, der genau hinsieht, wie es um die Dinge im Alltag steht.

Sie überqueren den Hof und betreten die Turnhalle. Eine kleine Sporthalle, die auch als Aula dienen muss, mit Bühne und Vorhang. Sie suchen sich einen Platz an der Seite, in einer der letzten Reihen. Überwiegend sind ältere Menschen gekommen. Leute wie sie. Die Buchhändlerin mit ihrer Mutter, seit über hundertvierzig Jahren gibt es diesen Laden in der Stadt, familiengeführt, ein Altbau mit hohen Bogenfenstern, die Dekoration ist ein Magnet für Kinder, vor allem in der Adventszeit.

Drei Tische stehen auf der Bühne. Jemand pustet in ein Mikrofon. Astrid muss an Aufführungen zu Weihnachten denken. Geraschel hinter dem Vorhang, schiefe Flötentöne, verzagte Stimmen, die Gedichte vortragen. Sie blickt sich um, an den Fenstern klebt tatsächlich noch der Weihnachtsschmuck, bunte Sterne und vertrocknete Tannenzweige. Auch das hat sich nicht verändert.

Die Arbeitsgruppe Stadtentwicklung stellt sich vor. Die Mitglieder kommen aus unterschiedlichen Ausschüssen, Bauen, Kultur, Umwelt. Es hatte Bemühungen gegeben, aus dem Kaufhaus einen sozialen Ort zu machen, mit Kindertagesstätte, Cafés, Bücherhalle und Räumen für die Volkshochschule, dann wurde aber dagegen entschieden. Nun steht der große Kasten nicht mehr.

Sie mochte das Gebäude nie besonders, aber sie verbindet viele Erinnerungen damit. Die Jungs hat sie Winter wie Sommer dort eingekleidet, Schneeanzüge, Pyjamas, Badehosen. Einmal hat sie dabei ihren jüngsten Sohn aus den Augen verloren. Sie hatte sich unterhalten und dann, völlig in Gedanken versunken, das Geschäft verlassen. Vor dem Eingang bemerkte sie, sie hatte kein Kind an der Hand. Jemand fand den Fünfjährigen im Untergeschoss, wie hypnotisiert stand er an der Fischtheke und betrachtete die Langusten mit ihren Greifern und die Aale mit ihren Zähnchen.

Oder wie sie einmal Andreas beobachtet hat, als er einige Tage vor ihrem Geburtstag ein Geschenk kaufte. Es war ihr dreißigster. Sie entdeckte Andreas in der Schmuckabteilung und dachte: Nein, kauf da nichts, ich verliere jeden zweiten Ohrring sofort. Er fuhr hoch zu den Haushaltswaren. Sie folgte ihm und beobachtete, wie er sich einen Schmortopf ansah. Ein großes, teures Ding aus Frankreich, zweihundert Mark, sie dachte: Wehe, Andreas, den wünschst *du* dir, nicht ich. Er ließ den Topf im Regal und fuhr ein Stockwerk höher in die Damenabteilung. Sie fuhr hinterher und sah ihm dabei zu, wie er Spitzenslips in den Händen hielt und die seidigen Teilchen skeptisch betrachtete. Sie musste lachen, in dem Moment liebte sie ihn so sehr. Schließlich fuhr er nach ganz oben, Konzertkasse und Reisebüro. Sie war erleichtert. Ein Theaterbesuch oder ein Wochenendausflug, sie wusste, sie würde sich über alles freuen, was er dort aussuchen würde. Er schenkte ihr drei Tage in Kopenhagen, sogar in einem Luxushotel, das *Angleterre*. Mehrmals hatten sie die Reise verschieben müssen. Mal war ein Kind krank, dann war es Andreas, der mit einem Infekt im Bett lag. Eigentlich war das Geschenk übertrieben, denn sie waren finanziell klamm. Sie hatten das Haus von Andreas' Großeltern geerbt, keiner sonst in der Familie hatte Interesse bekundet. Das Dach war undicht, der Keller feucht, Küche und Bäder waren auf dem Stand der fünfziger Jahre. Eine Zeit lang lebten sie wie auf einer Baustelle. Kopenhagen, sie verschliefen einen ganzen Tag in ihrem schönen Hotelzimmer, weil sie so übermüdet waren. Überhaupt blieben sie die meiste Zeit im Bett und bestellten Club-Sandwiches.

Der Sprecher der Arbeitsgruppe heißt alle willkommen. Etwas mehr als die Hälfte der Plätze ist belegt. Die Expertin für Stadtplanung beginnt mit ihrem Vortrag und fasst die aktuelle Situation zusammen. Leere Geschäfte führten zu weiteren leeren Geschäften. »So einen Rückgang aufzuhalten und ein Stadtviertel neu zu beleben ist ein schwieriger Prozess. Auch sozial ist in vielen Regionen ein Vakuum entstanden. Das wurde von der Politik unterschätzt und wird auch jetzt noch nicht genau genug beobachtet.«

Ein Architekt spricht über die Zukunft des Bauens, über Bürgerbeteiligung, mehr Grünflächen und mehr Raum für Kultur. Sie hört fasziniert zu. Es ist, als würde er eine ideale Gemeinschaft beschreiben, die nicht von Shopping und Parkplätzen geprägt ist. Er spricht von frauengerechter Stadtplanung, bis eben hatte sie davon noch nie etwas gehört. Dunkle Ecken und Durchgangstunnel, schlecht beleuchtete Parks vermeiden, für mehr Licht und besser einsehbare Plätze und Wege sorgen. Natürlich, denkt sie, warum hat früher nie jemand über so etwas geredet?

In einer der ersten Reihen hebt jemand die Hand. »Was mich bekümmert, ist die Atmosphäre. Man fühlt sich nicht mehr wohl am Marktplatz und in den Straßen drum herum.«

Wie es vor zwanzig Jahren hier ausgesehen hat, daran erinnert sie sich noch genau, bunt und lebhaft. Jedes aufgegebene Geschäft ist jetzt eine Leerstelle, nichts Altes und nichts Neues ist dort zu finden, nur Stillstand.

»Dönerbuden, Handyshops, Shishabars«, fährt der Mann vorn im Publikum fort. »Dazu der Ärger aus dem Freizeithaus. Die ausländischen Jugendlichen gehen da ein und aus, und wenn die Einrichtung geschlossen hat, belagern sie den Marktplatz. Meine Frau hat Angst, über diesen Platz zu gehen.«

Ach so, darauf will er hinaus. Astrid schüttelt den Kopf, das ist Unsinn, ihre Praxis liegt am Marktplatz. Sie hat noch nie von ihren Patienten gehört, dass sie sich auf dem Weg zu ihr fürchten oder unwohl fühlen.

»Danke für Ihren Beitrag. Ist der mit einer Frage verbunden?«

»Ja, ich frage mich, ob nicht ein Verdrängungsmechanismus das Problem ist. Ob unsere Politik in einer Sackgasse steckt.«

Einige Leute nicken.

»Was haben marodierende Innenstädte auf einmal mit Jugendhäusern und Einwanderung zu tun?«, fragt Andreas ohne Mikrofon in den Raum hinein.

Eine Frau neben der Bühne hebt die Hand. Sie trägt ein Baby in einem Tuch vor dem Bauch. »Wir sind eine Gemeinschaft aus mehreren Familien und haben etwas außerhalb einen Hof gekauft. Einige würden hier gern Läden eröffnen, wie sieht es da mit Förderprogrammen aus? Die Banken sind mit Krediten zurückhaltend, besonders wenn es um Handwerksnischen geht.«

»Förderung ist ein gutes Thema, das wir in der Arbeitsgruppe diskutieren wollen. Was meinen Sie mit Handwerksnischen?«

Die Frau beginnt aufzuzählen. Sie würden eine Weberei eröffnen, auch eine Buchbinderei und eine Bürstenmacherei.

»Klingt wie ein Mittelaltermarkt«, sagt jemand hinter ihnen.

»Zur Frage der Förderung«, meldet sich jemand einige Plätze neben ihnen, sie kennt das Gesicht, der Mann hat etwas mit der Hafen GmbH zu tun, »Ideen haben viele, aber es muss sich um tragfähige Konzepte handeln. Wenn man keinen soliden Geschäftsplan hat und keinen Kredit bekommt, nützt auch Förderung nichts. Das Gesetz von Angebot und Nachfrage lässt sich nicht aushebeln.«

»Was heißt denn *solide* in einer Innenstadt, die im Koma liegt? Was hier funktioniert oder nicht, das weiß doch niemand mehr!«, kommt es von der Seite. »Außerdem, Förderung, das Wort ist austauschbar. In der Landwirtschaft heißt das Subventionen. Und in der Autoindustrie sind es Konjunkturprogramme.«

»Oder Abwrackprämie«, ruft jemand, einige lachen.

»Ist vielleicht ein Einzelfall, aber ich will es trotzdem erzählen«, meldet sich eine Frau vor ihnen zu Wort. »Eine Bekannte möchte ein Café eröffnen. Sie ist auf der Suche nach Räumlichkeiten. Sie hat gedacht, das muss doch leicht sein. Aber keineswegs! Viele Läden müssen saniert werden, aber die Mieten sind unverschämt hoch. Wie passt das zusammen?«

»Der Maurer schreitet frisch heraus, er soll dich niederbrechen.«

Eine merkwürdige Antwort, woher kam das? Astrid dreht sich irritiert um, auch einige andere scheinen es gehört zu haben.

»Da ist es mir, du altes Haus, als hörte ich dich sprechen.«

Die Stimme kommt von der Seite, in der Nähe der Tür. Ein älterer Mann steht dort, in einem zerschlissenen Mantel. Astrid kennt ihn, weiß aber nicht, woher.

»Sanieren ist teurer als neu bauen«, ruft jemand. »Da lässt man lieber alles vergammeln und wartet auf den Abriss.«

Andreas hebt die Hand und lässt sich das Mikrofon geben. »Eben war die Rede von Angebot und Nachfrage. Aber hier ist es doch so, wir haben ein großes Angebot an mäßig attraktiven Ladenflächen, die den Interessenten zu teuer sind. Warum passen Eigentümer ihre Mietvorstellungen nicht dem Markt an und gehen mit dem Preis runter? Würde das nicht dem System von Angebot und Nachfrage entsprechen?«

»Sie tun es nicht, weil sie den Leerstand von der Steuer absetzen können, Leerstand ist lukrativer, als die Miete zu senken«, antwortet jemand, einige nicken wieder.

»Ich weiß um alles wohl Bescheid, um jede Lust, um jedes Leid, was ihnen widerfahren«, ertönt auf einmal wieder die Stimme des alten Mannes. Nicht laut, aber offenbar so gut zu verstehen, dass außer ihr einige andere Leute sich zu ihm umdrehen. Sie knufft Andreas in die Seite. »Hast du das gehört?«, flüstert sie, doch er reagiert nur mit einem leisen *Pst*.

»Da liegt dann wohl der Fehler im System«, sagt die Frau neben Andreas. »Der Markt regelt nichts, wenn Leerstand sich finanziell lohnt.«

Sie hört nur mit halbem Ohr zu und beobachtet weiter den Mann. Er steht noch immer neben der Tür, verfolgt das Geschehen, jetzt erkennt sie ihn, seine Eltern und er hatten ein Bekleidungsgeschäft in der Stadt, vor sehr langer Zeit.

»Außerdem gehören internationale Firmen zu den Eigentümern. Denen ist doch egal, wie es hier aussieht. Von denen muss ja niemand hier leben.«

»Noch lange Jahre kann ich steh'n, bin fest genug gegründet …«

Da, jetzt hat er sich wieder zu Wort gemeldet.

»… und was ich auch an Schmuck verlor, gewann ich's nicht an Würde?«

»Würde, wie passend, wie schön«, sagt Astrid leise zu Andreas. »Aber was redet er da, es klingt wie Zeilen aus einem Gedicht. Und was ich auch an Schmuck verlor«, wiederholt sie.

»Das ist von Hebbel«, flüstert Andreas, »›Das alte Haus‹. Kennst du. Das Gedicht hast du bestimmt auch früher in der Schule auswendig lernen müssen.«

Sie nickt, doch kann sich daran nicht erinnern. Nur an Schillers ›Glocke‹. Die musste sie aufsagen, unter dem strengen Auge eines Lehrers, der ihr so alt vorkam wie ihr Großvater. Sie weiß noch jede Zeile, auch wenn es keine glücklichen Erinnerungen sind. *Die Räume wachsen, es geht sich das Haus. Und drinnen waltet/Die züchtige Hausfrau.*

»Das Thema würde uns ins Steuerrecht führen, da ist die Sachlage aber komplexer, als es sich hier darstellt«, antwortet jemand.

»Aus der Sicht der Leute, die hier leben, ist es nicht komplex. Ladenflächen bleiben leer und Häuser verfallen, weil es für wenige steuerlich von Vorteil ist«, antwortet die Frau. »Solange das so bleibt, können wir noch jahrelang auf Versammlungen diskutieren, ohne dass die Situation hier auch nur einen Deut besser wird.«

Astrid und einige andere klatschen Beifall.

»Und hab ich denn nicht manchen Saal und manch geräumig Zimmer?«, hebt der alte Mann wieder seine Stimme, diesmal etwas lauter und sehr deutlich. Mehr und mehr Leute in den Reihen blicken sich nach ihm um, einige schütteln anscheinend verständnislos den Kopf. Dabei ist es doch treffend, was er sagt, denkt Astrid und lässt ihn nicht aus den Augen.

»Und glänzt nicht festlich mein Portal in alter Pracht noch immer?«

Es ist, als wollte er ihnen allen eine Nachricht überbringen, als hätte die Vergangenheit der Stadt ihm das aufgetragen.

»Vielleicht wäre es an der Zeit«, ruft jemand, »mal endlich …«

Auf einmal geht das Licht aus, vollkommen dunkel ist es jetzt in der Halle. Andreas tippt auf das Mikro, das er noch immer in der Hand hält, doch es gibt keinen Ton von sich. Der Strom ist ausgefallen.

»Entschuldigen Sie, wir kümmern uns sofort darum«, ruft jemand von der Bühne herunter.

In den Reihen regt sich Gemurmel, einige schalten ihre Lampen an den Telefonen an.

»Indessen ist der Mauermann schon ins Gebälk gestiegen«, ertönt wieder die Stimme des alten Mannes. Nun muss er wirklich für alle hörbar sein, auch für die am anderen Ende der Turnhalle. Tatsächlich, das allgemeine Gemurmel versiegt. Auf einmal ist es absolut still. Astrid spürt, dass sie Gänsehaut bekommt, ein Schauer jagt ihr über den Rücken.

»Er fängt mit Macht zu brechen an, und Stein' und Ziegel fliegen.«

Klar und deutlich schwebt der Satz über ihnen. Es kommt ihr vor, als hätte der Mann die Bühne übernommen. Als hätte er genau das vorgehabt. Als hätte er den Strom ausfallen lassen, um die Versammlung in eine Vorstellung zu verwandeln. Der Moment dehnt sich. Es bleibt dunkel. Sie sind das Publikum, und gemeinsam warten sie darauf, was als Nächstes passiert.

15

Fast drei Stunden hat sie geschlafen. Vorhin, auf dem kurzen Weg vom Auto zur Haustür, konnte sie kaum aufrecht laufen. Chris ist für den Nachmittag noch zur Arbeit gefahren, er hat ihr Schmerztabletten und ein Glas Wasser neben das Bett gestellt. Sie spült zwei Tabletten hinunter und schiebt sich ein Kissen in den Rücken. Sie hat es hinter sich. Gefroren vor Anspannung hat sie, als sie im Flügelhemd auf die Narkose wartete. Auf einmal fürchtete sie sich vor Komplikationen und wurde den Gedanken nicht los, sie könnte nach dem Eingriff nicht wieder aufwachen. Obwohl sie ja wusste, solche Dinge passierten so gut wie nie. Selbst schuld, sagte sie sich, es hatte sie ja niemand zu etwas gezwungen, ein Chor altvertrauter Kommentare gesellte sich dazu.

Besser, du akzeptierst das Schicksal, sei lieber dankbar, dass –

Nicht jede Frau muss eigene Kinder –

Vielleicht gibt dein Körper dir ein Zeichen, das du nicht ignorieren –

Es soll vielleicht nicht sein, wer weiß, wofür es gut –

Du versuchst dein Glück mit aller Macht zu erzwingen.

Sie saß in diesem grünen Hemd in der Kabine mit dem Gefühl, einen Fehler zu begehen. Sie versuchte, an etwas Schönes zu denken, sie erinnerte sich an einen Feriensommer, als sie zehn oder elf Jahre alt gewesen war. Eine Reise auf eine dänische Insel, ihre Mutter, einige Freunde, eine Horde Kinder. Eine alte, ehemalige Dorfschule war gemietet worden, einfach eingerichtete Zimmer, ein großer Raum mit Küche, ein Atelier, in dem gearbeitet wurde, vor allem getöpfert und gemalt. Ein riesiger Garten, in dem sie Verstecken spielten. Auf klapprigen Fahrrädern fuhren sie zum Strand, gingen schwimmen, saßen abends am Lagerfeuer. In dieser großen Runde fühlte sie sich geborgen. Falls es diesen *einen* Sommer gibt, der für das Schöne in der Kindheit steht, dann war das ihrer.

Sie steht vorsichtig auf und öffnet die Vorhänge, später Nachmittag, und es ist noch hell. Wie immer wandert ihr erster Blick zu den Dachfenstern gegenüber, beide Jalousien halb unten, die eine etwas mehr als die andere. Es hat sich nichts verändert. Einmal hat sie sich eingeredet, die linke Seite wäre ein Stück weiter oben als am Tag zuvor, und mehrmals hat sie sich eingebildet, hinter der Scheibe wäre ein Umriss zu sehen.

Sie zieht den Wollpullover über und steigt langsam in die Jeans, noch etwas wackelig auf den Beinen, jede Bewegung schmerzt. Aus der Gesäßtasche holt sie ihr Telefon und fotografiert die Dachfenster. Dass sie darauf nicht eher gekommen ist. So braucht sie sich wenigstens nicht mehr zu fragen, ob die Jalousien anders hängen als am Tag zuvor.

Langsam geht sie in den Flur, die Tür zum anderen Zimmer steht offen. Im Sommer ist das Licht am späten Nachmittag und frühen Abend hier besonders schön, dann steht die Sonne tief und wirft Schattenspiele an die Wand. Eine Schlafcouch und eine alte Kommode aus der Werkstatt ihrer Mutter stehen hier, ansonsten ist das Zimmer leer. Im April wird es ein Jahr her sein, dass sie das Haus gekauft und mit der Renovierung begonnen haben. An vielen Wochenenden haben sie geschuftet, haben Schichten von Tapeten abgekratzt. Ihr gefiel diese Arbeit, es war, als würde sie die Spuren früherer Bewohner freilegen, und sie konnte sich Geschichten dazu ausdenken. In diesem Zimmer kam unter der Raufaser eine Schicht mit Rautenmuster in Orange und Beige zum Vorschein. Unter einer weiteren Schicht entdeckte sie die bunte Tapete mit den Märchenfiguren, Rotkäppchen, Hänsel und Gretel, Sterntaler, alles mit feinen Strichen gezeichnet und blassen Farben gemalt. Der Anblick berührte sie, als wäre die Tapete ein gutes Zeichen, ein Kind hatte hier geschlafen und gespielt, vor Jahrzehnten, ein Kind, das vielleicht heute so alt war wie ihre Mutter wäre, oder noch älter. Einen Fetzen der Tapete hat sie behalten. Sie haben den Raum neu verputzt, jetzt ist alles weiß. Es ist das wartende Zimmer.

Ein Informatiker aus Berlin hat ihnen das Haus verkauft, ohne Makler, er hatte es von einer Tante geerbt, hatte es einige Jahre behalten, aber nicht genutzt und wollte es dann auf einmal schnell loswerden. Er hätte ihnen am liebsten noch das Inventar gelassen, er schien kein Interesse an den Sachen zu haben, doch sie baten ihn, alles räumen zu lassen. Sie wusste, dass sie mit dem Nachlass nicht zurechtgekommen wäre. Sie hätte sich in den fremden Sachen verloren, hätte jeden Teller, jede Vase betrachtet und überlegt, was damit zu tun sei. Einmal, an einem Samstag, sie hatten schon den Schlüssel, fuhr sie hierher, um etwas auszumessen, da begegnete sie den Männern, die mit der Räumung beauftragt waren. Sie zogen die Dinge aus den Schränken und schütteten sie aus den Schubladen, stopften sie wahllos in Müllsäcke.

Bücher, Porzellanfiguren, Wollreste, Spitzendeckchen, alles landete in den blauen Säcken.

»Wird das weggeworfen?« Sie fragte, ob es nicht in einen Trödelladen oder auf den Flohmarkt käme, Haushaltsauflösungen, bestand nicht der Zweck darin, das Brauchbare weiterzugeben?

»Solches Zeug nicht«, sagte einer der beiden. Ihnen schien es vor allem darum zu gehen, beim Einpacken keine Zeit zu verlieren, zügig schleppten die Männer die Müllsäcke zum Transporter.

Sie öffnete einen der Säcke, die noch im Wohnzimmer lagen, und holte ein schwarz lackiertes Kästchen hervor. Eine Spieluhr verbarg sich darin, sie beschloss, das Kästchen zu behalten, als Andenken an die unbekannte Frau, die hier gewohnt hatte. Sie öffnete einen weiteren der Müllsäcke, unter einer Ansammlung alter, klebriger Shampoo-Flaschen, die allesamt leer und offenbar in einem der Schränke gehortet worden waren, lag ein dickes Album mit Schwarz-Weiß-Fotos. Wer konnte ein Buch, in das jemand irgendwann einmal sorgsam Bilder eingeklebt und beschriftet hatte, wegwerfen? Wie gern hätte sie ein solches Album, eine Sammlung chronologisch aufgeklebter Bilder ihrer eigenen Familie besessen. Sie selbst verfügte nur über Schuhkartons mit einem Durcheinander aus Fotos, das ihre Mutter ihr hinterlassen hat. Ein kleines Album gab es, mehr nicht. Sie legte das Fotobuch zur Seite und schickte es später an den Mann in Berlin.

Manchmal wundert sie sich wieder. Sie haben ein Haus gekauft. Wer hätte das vor zwei Jahren gedacht? Sie nicht. Sie werden bis an ihr Lebensende einen Kredit in kleinen Raten abzahlen. Wenn alles gut geht, wenn nichts dazwischenkommt.

Wenn sie nicht kinderlos –

Wenn der Wunsch sie nicht erdrückt.

Wenn sie an den Wochenenden hier oben die Wände bearbeitete, standen gegenüber manchmal die Fensterluken weit offen. Sie konnte sehen, wie die Mädchen durch das Zimmer tanzten, ein einziger Song lief in Endlosschleife, die beiden schienen eine Choreografie zu üben. An einem Nachmittag sah sie den Mädchen beim Tanzen zu, ihre dünnen Arme grazil in der Luft, die langen Haare wirbelten umher, doch auf einmal schloss jemand energisch die Dachluken. Sie hatte sich ertappt gefühlt. Was starrte sie auch so hinüber, sie hatte sich den Nachbarn nicht einmal vorgestellt. Sie nahm sich vor, beim nächsten Mal, wenn sie aus Hamburg käme, Kuchen mitzubringen und zu klingeln. Am Wochenende darauf stand sie an der Tür, doch nur die Mädchen waren da. »Richtet euren Eltern Grüße aus, wir renovieren gerade und ziehen im Sommer ein.« Sie sieht es noch genau vor sich, wie die Mädchen vor ihr standen, die eine etwas kleiner als die andere, sie sahen sich ähnlich, herzförmige Gesichter, beide ein spitzes Kinn. Sie trugen T-Shirts und Gymnastikhosen, die an den Knien zerrissen waren. Selma, die Jüngere, nahm den Kuchen an, warf das Haar zurück, bedankte sich, sagte, *Sweet.* Julia kam sich auf einmal alt und bieder vor. Agnes, die Ältere, lächelte nur und sagte, *Na dann.* Das war es, das war eigentlich das einzige Mal, dass sie persönlich mit den beiden Mädchen zu tun gehabt hatte.

Die Schmerzmittel wirken endlich. Lizzy steht unten am Treppenabsatz und verfolgt genau, wie Julia langsam die Stufen hinuntersteigt. Sie könnten einen kleinen Spaziergang machen, sie könnte es wenigstens versuchen, etwas frische

Luft wäre jetzt sicher gut. Sie legt Lizzy das Halsband um, zieht Stiefel und Mantel an.

Über den Pfad zwischen den Bäumen geht sie mit der Hündin hinunter zum Anleger und ein Stück am Ufer entlang. An einer Bank macht sie schließlich halt, setzt sich und betrachtet die Kritzeleien und Aufkleber auf dem Holz. *Blasen und schlucken*, liest sie, dazu eine Handynummer, mit silbernem Edding geschrieben. Sie stellt sich vor, jemand würde ihre Nummer auf eine Bank kritzeln, auf einmal kämen Anrufe von fremden Leuten, und sie könnte sich das nicht erklären. Sie stellt sich ein junges Mädchen vor, das nicht versteht, woher diese Anrufer kommen. Sie stellt sich einen Jungen vor, der von anderen gemobbt wurde, der sein Telefon nicht mehr anschalten mag. Sie hebt einen Stein vom Boden und kratzt auf dem Holz herum, bis ein Teil der Nummer nicht mehr zu erkennen ist.

Es dämmert, sie schaut auf die Uhr, kurz nach halb sieben. Die Landschaft ist in kaltblaues Licht getaucht. Ein riesiger Frachter schiebt sich durch das Wasser, zwischen Schiffswand und Kanal liegen nur wenige Meter. Auf der Brücke steht jemand, er winkt, sie blickt sich unsicher um, aber es scheint, als wäre sie gemeint, und sie winkt zurück. Portugiesische Flagge, sie stellt sich eine Route vor, von Porto nach Le Havre, weiter nach Antwerpen, Rotterdam und Amsterdam, durch den Kanal, und weiter über die Ostsee nach Riga, Tallinn und Helsinki bis nach St. Petersburg.

Als das Containerschiff nicht mehr zu sehen ist, geht sie weiter und biegt in den Weg hoch ins Neubaugebiet, sie dreht einen Bogen um die hinteren Gärten, bis sie die Rundung der Straße erreicht, die lang gezogene Acht. Sie verlangsamt ihre

Schritte, als sie an dem weißen Kubushaus vorbeikommt, denn hinter den breiten Fenstern brennt Licht. Zwei Kinder sitzen an einem Tisch, beide in Hochstühlen, sie scheinen ihr Abendbrot zu essen. Sie bleibt stehen und beobachtet die Szene, das eine Kind spielt mit seinen Brotschnittchen, schiebt eines über den Tisch, als wäre es ein Auto oder eine Eisenbahn, sie tragen beide Schlafanzüge, bald wird sie jemand ins Bett bringen und ihnen vielleicht eine Geschichte vorlesen. Auf einmal reißt sie wieder dieses Gefühl mit, die Sehnsucht, jetzt in diesem Raum zu sein, dorthin zu gehören, sich augenblicklich aufzulösen, um wie durch Zauber an diesem Tisch, bei den beiden Kindern aufzutauchen und ein Leben zu haben.

Schnell setzt sie ihren Weg fort und erreicht den alten Teil der Straße, in Elsas Küche brennt Licht. Seit der Begegnung, frühmorgens im Garten, vor einigen Wochen, hat sie Elsa zweimal auf der Straße getroffen. Es scheint ihr gut zu gehen, doch über diesen Morgen haben sie beide Male nicht gesprochen.

Sie erreicht Mona und Eriks Auffahrt, sie kann es nicht lassen und geht wieder den Weg hoch zum Haus. Eine Amsel zetert und fliegt davon, es ist inzwischen dunkel geworden. Erstaunt bleibt sie stehen, das Garagentor steht offen. Jemand war hier, sie sind zurück, durchfährt es sie. Doch ein Auto ist nicht zu sehen, die Garage ist leer, und aus dem Briefkasten quellen noch immer die Zeitungen. Sie klingelt, der mittlerweile so vertraute Dreiklang ertönt, sie wartet, doch es öffnet niemand. Sie schaut sich die Garage genauer an, ein altes Kinderfahrrad, einige Bretter, ein zerknautschtes Planschbecken, ansonsten ist sie leer.

Sie dreht sich zu Lizzy um, die in der Einfahrt sitzt, mit gleichmütigem Blick. »Bin sofort wieder da.« Wieder biegt sie um die Ecke in den Garten und schaut noch einmal durch das Fenster ins Wohnzimmer. In der Dunkelheit ist nichts zu sehen, sie holt ihr Telefon aus der Tasche, leuchtet in das Zimmer und schämt sich sofort. Alles unverändert, das Sofa, der Couchtisch, auf dem Tisch liegt noch immer der runde Gegenstand. Sie tastet unter dem Türrahmen nach dem Zettel. Falls sie ihn findet, wird sie ihn mitnehmen und noch einmal versuchen, ihn zu entziffern. Doch da ist nichts, sie kniet sich auf den Boden und tastet noch einmal ganz langsam die gesamte Kante ab. Der Zettel ist nicht mehr da. Jemand muss ihn an sich genommen haben. Sie dreht sich um, betrachtet den Garten und fühlt sich auf einmal wieder beobachtet. Doch niemand ist zu sehen, das ist nur ihr schlechtes Gewissen, weil sie sich hier an dieser Tür zu schaffen macht.

Wenn Mona und Erik nicht mehr hier wohnen, warum haben sie vorher nichts erwähnt. Eine knappe Bemerkung hätte doch genügt. »Wir ziehen bald aus, alles Gute.« Auch wenn sie sich nicht gut kannten, einfach, weil sie sich täglich gesehen haben, von Fenster zu Fenster, von Garten zu Garten, weil sie nebeneinander gewohnt haben.

16

»Ich bin's, nicht erschrecken«, ruft sie in den Flur hinein, doch Elsa antwortet nicht. Auch das gewohnte Radio ist aus der Küche nicht zu hören. Astrid beginnt sofort, nervös zu werden. Gestern, mitten in der Nacht, hatte das Telefon geklingelt. Im Halbschlaf sagte sie sich träge und beschwichtigend, *Ich hab keinen Notdienst mehr.* Dann fuhr sie aus dem Bett und dachte sofort an Elsa. Sie lief die Treppe hinunter, suchte fahrig nach dem schnurlosen Ding, machte sich gefasst auf einen Anruf ihrer Tante, die mit letzter Kraft um Hilfe bat, weil sie gestürzt war. Oder, noch schlimmer, ein Anruf aus dem Krankenhaus. Es sei etwas passiert. Sie fand das blöde Ding endlich auf dem Sofa, unter einer Zeitung. Ein Piepen dröhnte aus dem Hörer, wie ein Faxgerät. Faxgeräte, die sich nachts um drei verwählten, so etwas gab es offenbar.

Mehrmals hat sie vorhin versucht, ihre Tante zu erreichen. Schnell wirft sie einen Blick in die Küche, dann ins Wohnzimmer, hier unten ist niemand. Während sie die Treppe hochsteigt, sieht sie Elsa schon leblos im Bett. Mit der Schuhspitze bleibt sie an einer Treppenstufe hängen und stolpert. Sie kann sich gerade noch mit den Händen abstützen, stößt sich das Knie, fast wäre sie aus dem Gleichgewicht geraten. »Ja, fall du jetzt noch die Treppe runter, das wird die Lage augenblicklich verbessern«, raunt sie sich verärgert zu.

Elsa liegt im Bett, ihr Brustkorb hebt und senkt sich, Astrid kann den Blick nicht abwenden, die Brust hebt und senkt sich, hebt und senkt sich gleichmäßig.

Meine Güte. Sie spürt, dass sie losheulen könnte, was ist nur auf einmal los mit ihr. Sie hört sich selbst ausatmen, lang und schnaufend. Ihr steigen Tränen in die Augen. Leise tritt sie noch näher ans Bett und betrachtet Elsas Gesicht. Die dichten Augenbrauen, in die sich wenige graue Haare mischen, die Falten zwischen Nase und Mundwinkel, die Elsa lächelnd wirken lassen, auch wenn sie schlecht gelaunt ist. Wie ungewöhnlich, dass Elsa ihr Klingeln und Rufen nicht gehört hat. Sie schläft wie ein Teenager nach einer durchfeierten Nacht. Kurz nach zehn, ihre Tante ist sonst eigentlich schon seit Stunden wach.

Sie schaut sich im Zimmer um, hinten stehen immer noch die Kisten. Einige Schachteln und Stapel mit alter Bettwäsche sind hinzugekommen, Elsa scheint weiterhin Sachen zu sortieren. Auch unten im Wohnzimmer standen Schachteln und Kartons. Sie weiß nicht, was sie davon halten soll.

»Und, wie lange willst du da noch herumstehen?«

Sie zuckt zusammen, ihre Tante blinzelt sie an.

»Wie wäre es, wenn du nach unten gehst und uns einen Kaffee kochst. Ich brauche einen Moment. Ich hätte sehr gern noch ein Stündchen länger geschlafen. Aber du musstest hier ja hereinstürmen wie ein Notfallteam. Hätte nur gefehlt, dass du mir noch den Puls fühlst und meine Pupillen untersuchst.« Sie kichert leise.

»Ich hab mir Sorgen gemacht«, sagt Astrid mit einem Anflug von Ärger.

»Dann rufe nächstes Mal hier an, bevor du kommst.«

»Das habe ich vorhin versucht.«

»Wirklich«, antwortet Elsa überrascht. »Ach nein, das Telefon ist leer, da klingelt nichts.« Ihre Tante gähnt verstohlen und lächelt.

»Ich habe Mittagessen für später mitgebracht, vegetarische Chilisuppe«, sagt Astrid. Sie spürt Erleichterung, es ist ja nichts passiert, gleich werden sie beide unten einen Kaffee zusammen trinken, es ist alles wie immer.

»Die Küche. Da sieht es aus! Ich will dich nur vorwarnen.«

Astrid setzt Kaffee auf und räumt die herumstehenden Tassen, Teller und Schalen in den Geschirrspüler. Zwei verkrustete Töpfe weicht sie ein, in denen Elsa offenbar viele Male hintereinander ihren Brei gekocht hat, den sie frühstückt, seit Astrid denken kann, Haferflocken mit Milch und Rosinen.

Der Kühlschrank ist spärlich gefüllt. Ein Glas Marmelade, im Gemüsefach Möhren und Brokkoli. Zwei angebrochene Dosen Erbsen und Mais. Wie viel und wie regelmäßig ihre Tante isst, weiß sie nicht, auf Fragen bekommt sie keine klare Antwort.

Sie öffnet die Speisekammer. Elsa wäre gekränkt, wenn sie diesen kontrollierenden Blick mitbekommen würde. Anders als im Kühlschrank zeigt sich in den Regalen noch immer dieser unverständliche Überfluss. Vor einigen Monaten hat Elsa verkündet, sie würde jetzt Lebensmittel online bei Edeka bestellen und sich liefern lassen. Astrid bräuchte keine Einkäufe mehr für sie zu machen. Doch ihre Tante scheint für eine Großfamilie bestellt zu haben. Fünf Pakete Cornflakes stehen da seit November, und noch immer, sie zählt, zehn Liter H-Milch, viele Päckchen Spaghetti, einige Gläser Tomatensauce, dazu Kekse und Schokolade. Ein Vorrat, der an die Zeiten erinnert, als Astrids Söhne klein waren und hier die Wochenenden oder Ferien verbrachten. Cornflakes, Spaghetti, Kekse. Sie fragt sich, für wen Elsa das alles bestellt hat.

Sie setzt sich an den Küchentisch. Vor ihrer Nase stapeln sich mehrere Ausgaben des Wochenblatts, dazwischen Werbesendungen, sie wirft das meiste davon ins Altpapier. Unter den Zeitungen liegt ein Brief, er wirkt zerknittert und schmutzig. Sie liest die Adresse des Absenders, eine Kanzlei in Frankfurt. Das Schreiben ist nicht an ihre Tante gerichtet, sondern an Monika Winter, Hausnummer drei. Es ist der Brief, den sie auf dem Acker gefunden hat. Elsa hat vergessen, ihn den Leuten zu bringen. Wie unangenehm. Wie lange hat der jetzt hier gelegen? Seit weit mehr als zwei Monaten.

Sie zieht den Mantel über, verlässt das Haus, überquert die Straße und geht eilig die Auffahrt hoch. Die Garage steht offen. Sie klingelt, und während sie wartet, spielt sie in Gedanken durch, wie sie gleich erklären wird, unter welchen Umständen sie den Umschlag gefunden hat und warum sie erst jetzt damit auftaucht. Der Briefkasten wurde nicht geleert. Wie beim letzten Mal, als sie hier gewesen ist.

Wie beim letzten Mal wirft sie einen vorsichtigen Blick durch das Küchenfenster. Da hat sich nichts verändert. Trockene Pflanzen auf der Fensterbank. Das Geschirr neben der Spüle. Sie schaut genauer hin. Am Kühlschrank hängen Fotos und eine Zeichnung, bunte Kreise mit Wachsstift gemalt. Eigentlich sieht es aus, als wäre seit Januar niemand hier gewesen. Oder noch länger. Der volle Briefkasten, das Geschirr, die trockenen Pflanzen, das Bild am Kühlschrank. Das alles zusammen kommt ihr eigenartig vor. Wer zieht denn aus und lässt schmutzige Teller und eine Kinderzeichnung zurück? Was soll das für ein Umzug sein, bei dem man einen Teil seiner Sachen nicht mitnimmt? Sicher, eine trockene Pflanze lässt man vielleicht stehen. Aber ein Bild, vom eigenen Kind gemalt, würde sie nicht am Kühlschrank kleben lassen.

Sie blickt sich um, nebenan wohnt die Frau, die bei ihr in der Praxis angerufen hat, nachdem Elsa morgens den Spaziergang durch die Gärten gemacht hatte. Sie könnte dort klingeln, sich endlich persönlich bedanken und bei der Gelegenheit fragen, ob im Gelbklinker noch jemand wohnt. Die müssten es doch wissen.

Das Efeuhaus, dort haben früher die Ahrens-Schwestern gewohnt, Hilda und Rieke, zuletzt nur noch Rieke allein. Im Garten hatte es vor langer Zeit einen Teich gegeben, in dem war ein Mädchen ertrunken. Das muss in den Sechzigern gewesen sein, sie selbst war da zehn oder elf Jahre alt. Damals wusste so gut wie niemand, dass ein Kleinkind in einer Pfütze ertrinken konnte, wenn sein Gesicht im Wasser landete. Hilda und Rieke hatten nichts dafür gekonnt, das Mädchen war unbemerkt in den Garten gelaufen, jemand anders hatte nicht achtgegeben. Der Teich wurde nach dem Vorfall zugeschüttet. Sie und Kerstin durften auch nach dem Unglück weiterhin zu den beiden Frauen gehen und dort im Garten spielen. Doch viele im Ort machten einen Bogen um das Haus, als würde von den Ahrens-Schwestern ein böser Zauber ausgehen. Dann bekam Hilda überraschend selbst noch ein Kind. Vater unbekannt, verheiratet, wurde herumerzählt. Nach Hildas Tod lebte Rieke noch eine Weile allein hier. Soweit Astrid weiß, wohnt Hildas Sohn in Berlin.

Sie klingelt und hört ein tiefes, raues Bellen, doch niemand öffnet. Samstagmittag, ohnehin keine gute Zeit, die meisten Leute erledigen ihre Einkäufe für das Wochenende. Sie wartet einen Moment, dann geht sie zurück.

Elsa sitzt in der Küche, eine Tasse Kaffee vor sich, das Radio läuft.

»Du bist aufgestanden. Fühlst du dich besser?«

»Mir ging es nicht schlecht, ich wollte nur etwas schlafen.«

Elsa trägt eines ihrer Haus-Kleider. Astrid stellt sich das Wort immer in zwei Teilen vor, seitdem ihre Tante es so ausgesprochen hat. Haus-Kleid. Elsa hat für heute das dunkelrote ausgewählt, das Haar hat sie sich zu einem Zopf geflochten. Nebeneinander würden sie beide von hinten ein lustiges Bild abgeben. Zwei Frauen, beide mit langem graudunklem Zopf. Die eine groß und kräftig. Die andere klein und zierlich.

»Du hast vergessen, den Brief drüben abzugeben«, Astrid wedelt mit dem Umschlag.

»Welchen Brief?«

»Den ich auf dem Feld gefunden hatte. Nachts, Anfang Januar.«

»Ach so.«

»Was ist mit den Leuten, wohnen die da noch oder nicht?«

»Das hast du mich schon mal gefragt.«

»Ja, der Briefkasten wurde lange nicht geleert. Aber es stehen Sachen im Haus. Ich werde den Brief jetzt öffnen, weil mir das komisch vorkommt.«

»Was kommt dir komisch vor?«

»Es sieht da drüben bewohnt aus – und dann wieder nicht.«

Sie nimmt ein Messer und öffnet den Umschlag vorsichtig mit der Spitze. Elsa protestiert nicht und blickt sie abwartend an.

Androhung einer Räumungsklage. Das Schreiben ist vom 15. Dezember. *Sehr geehrte Frau Winter*, liest sie weiter. Der Anwalt fordert Monika Winter auf, bis zum 28. Februar den Mietrückstand von 5 620 Euro zu zahlen. Sollte der Betrag nicht beglichen werden, würde die Räumungsklage erfolgen. Eine Kündigung des Mietverhältnisses sei bereits ausgesprochen worden.

»Du meine Güte. Die sind in Schwierigkeiten. Und so ein Schreiben lag hier Monate herum«, sagt Astrid. Sie versucht, sich die Situation vorzustellen. Fast sechstausend Euro, wie viele Monatsmieten mögen das sein? Fünf oder sechs vielleicht. Die Familie hat offenbar finanzielle Probleme. Sie fragt sich, wie die Sache ausgegangen ist, denn die Frist ist ja längst verstrichen.

Sie überfliegt das Schreiben noch einmal. Die Kanzlei meldet sich im Auftrag des Eigentümers, Sven Thomsen, sie kennt den Namen, es ist der Sohn des früheren Hausbesitzers. Der alte Thomsen besaß eine Schlepp- und Fährgesellschaft am Industriehafen. Wie er an das schöne Grundstück mit Kanalblick kam, ist sein Geheimnis geblieben. Ein öffentliches Flurstück, das auf einmal in Bauland umgewandelt werden konnte. Diesen protzigen Gelbklinker hat er sich dorthin gestellt, mit Schwimmbad im Keller. Sie ist nie dort gewesen, die Thomsens sind unter sich geblieben. Inzwischen sieht dieser Bau miefig und unmodern aus. Gelbklinker altert nicht gut.

»Wir hätten uns darum kümmern müssen, so eine Räumungsklage ist eine ernste Sache. Ich fühle mich irgendwie verantwortlich.«

»Ohne dich wäre der Brief auf einem Feld liegen geblieben.«

»Das kann man so nicht sagen. Die Polizei hat die Post

aufgesammelt und wahrscheinlich dafür gesorgt, dass alles nachträglich zugestellt wurde. Ohne mich wäre es genau anders herum gelaufen, die Leute hätten das Schreiben rechtzeitig erhalten.«

Die Androhung der Räumungsklage ist nur an die Frau adressiert, anscheinend ist sie die alleinige Mieterin.

»Weißt du, was Monika Winter beruflich gemacht hat?«

»Nachtdienste, als Pflegerin«, antwortet Elsa.

»Im Krankenhaus?«

»In einem Altenheim«, sagt sie. »Ich weiß aber nicht, in welchem«, fügt sie schnell hinzu. Danach hätte Astrid als Nächstes gefragt. Vielleicht wäre sie auf dem Heimweg sogar hingefahren, um herauszufinden, ob Monika Winter noch dort arbeitet, und ob sich die Mietangelegenheit geklärt hat.

»Sie sind ausgezogen, da bin ich sicher. Ich könnte mir außerdem vorstellen, dass der Mann sich schon vorher aus dem Staub gemacht hat«, sagt Elsa und nippt an ihrem Kaffee.

»Wirklich? Wie kommst du darauf?«

»Ich habe ihn sehr lange nicht gesehen, länger als die Frau und die Mädchen. Er hat allen hier im Dorf versucht, seine komischen Weine anzudrehen. Er war übrigens nicht der Vater der Mädchen, nur von dem kleinen Jungen.«

»Woher weißt du das?«

»Haben die Mädchen erzählt.«

»Und wo sind die jetzt?«

»Sie sind ausgezogen, glaub mir.«

»Dann hätten die Leute aber einige Sachen zurückgelassen. Findest du das nicht merkwürdig? Wäre es besser, wenn wir bei der Polizei anrufen, nur, um zu fragen, ob da alles in Ordnung ist?«

Elsa schüttelt den Kopf. »In dem Fall nicht.«

Astrid blickt unschlüssig auf den Umschlag. Der Kreis, den manche Familien um sich ziehen, ist undurchdringlich. Wie oft hat sie das bei Hausbesuchen erlebt. Eine Wohnung, in der die Probleme oder das Leid förmlich in der Luft lagen. Wo die Überforderung greifbar war. Wo das Wohl der Verletzbarsten am seidenen Faden hing. Wie oft konnte sie nur eine Visitenkarte oder einen dezenten Hinweis auf eine Notfallnummer hinterlassen. Ein Anruf beim Jugendamt, wenn es um Kinder ging.

Elsa schüttelt noch einmal nachdrücklich den Kopf.

»Ist nicht nötig, wirklich.«

Astrid kann ihrer Tante eigentlich glauben. Elsa hat in ihren mehr als vierzig Berufsjahren selbst genug erlebt, um einen Blick für die Probleme anderer zu haben. Ganz zu schweigen von ihrer eigenen Kindheit. Elsa ist bei ihrem Großvater, väterlicherseits, aufgewachsen. Während ihre Mutter sich die Finger wund gearbeitet hat, in einer Fischfabrik in Flensburg. Astrid weiß nicht, was für ein Mensch Elsas Großvater gewesen ist, doch Elsa ist mit siebzehn ausgezogen und hat ihre beiden jüngeren Schwestern gleich mitgenommen. Das sagt ja schon einiges. Zu ihrem Vater konnte Elsa nicht, er sei wie ein Landstreicher durch die Städte und Dörfer gezogen, hieß es. Jahrgang 1902, als Sechzehnjähriger hatte er sich zum Wehrdienst gemeldet, war nach Frankreich geschickt worden und schon nach kürzester Zeit mit einer Schusswunde und unzähligen traumatischen Eindrücken zurückgekehrt. Elsa glaubt, er hatte sich für den Dienst gemeldet, um vom Vater wegzukommen. Eines Morgens, Elsa war neun Jahre alt, fand man ihn. An einer Landstraße. *Trunksucht, gestürzt und erfroren*, wurde gesagt. Elsa hat ein Foto von ihm im Schlafzimmer hängen. Sie nennt die Sache einen Unfall, aber sagt Un-Fall. Genau wie Haus-Kleid. Ein *Un-Fall*, nichts, das aus heiterem Himmel kommt, kein unglückliches oder tragisches Geschehen, nein, so war Elsas Wort nicht gemeint, sondern es ging um etwas Vermeidbares, etwas war abwendbar gewesen, mehrere Menschen hatten es gesehen und sich schuldig gemacht.

17

Eine Frau bleibt am Schaufenster stehen und mustert für eine Weile die Auslage, und als sie weitergeht, anstatt die Ladentür anzusteuern, ist Julia erleichtert. Entgegen ihrer eigenen Interessen hofft sie meistens, dass die Tür sich nicht öffnet, wenn jemand am Fenster die Steine, Vasen oder Teller betrachtet. Sie weiß nicht, woran es liegt, vielleicht hat es damit zu tun, dass sie fürchtet, die Leute könnten enttäuscht sein, wenn sie den Laden begutachtet oder mit ihr gesprochen haben. Es ist leichter, sich hinter einem geschönten Foto auf ihrem Account zu verstecken und Bestellungen abzuwarten.

Sie klickt durch die Bildergalerie einer Künstlerin, die Skulpturen menschlicher Organe aus Keramik herstellt, es sind weiße, filigran gearbeitete Gebilde. Lungenflügel, in denen kleine Vögel sitzen, Nieren, um die sich dünne Blätter ranken, ein Herz, an einer Seite so geöffnet, dass man ins Innere sehen kann. Die Kammern, Venen und Arterien sind genau nachgearbeitet, es könnte fast als medizinisches Modell durchgehen, wäre da nicht die Oberfläche. Das Herz, weiß glasiert, ist von winzigen schwarzen Tierchen bedeckt, bei näherem Hinsehen kann Julia erkennen, dass es Ameisen sind. Sie legt die Hand auf die linke Brust, als müsste sie ein Kribbeln unterdrücken, spürt das eigene Herzpochen.

Sie wandert weiter zu einem Museum für Medizingeschichte, das eine Ausstellung ankündigt, in der es um körperliche Darstellungen in der Keramikkunst geht, wo neben anderen Organen auch dieses Herz gezeigt wird. Sie öffnet ein neues Suchfenster und gibt die Begriffe *Ceramics* und *Fetus* ein, auf einer Website entdeckt sie die weiße Skulptur eines Apfels. In seinem Inneren befindet sich ein Hohlraum mit einem Fötus darin. Fasziniert betrachtet sie das Bild, der Apfel selbst wirkt wie ein schützender Körper, das Ungeborene darin geborgen. Sie klickt auf *Ausdrucken*, um sich das Bild an ihre Pinnwand zu hängen.

Einnistung tippt sie ins Suchfenster –

symptome

schmerzen

dauer

definition

blutung

bietet ihr das System an, *pflanzlich unterstützen*, gibt sie ein, doch erfährt nichts Neues dabei; *anzeichen*, tippt sie als Nächstes und springt von Forum zu Forum, liest und überfliegt die Einträge. Nach einer Weile wirken die immer gleichen Beschreibungen ermüdend, sie fragt sich, worum es ihr eigentlich geht. Es ist, als würde sie im weltweiten Netz nach dem einen, magischen Detail suchen, das ihr verrät, wie es in ihrem eigenen Körper aussieht.

Sieben Tage sind vergangen, seitdem ihr die beiden Zellen eingesetzt worden sind. Mit einem Glücksgefühl fuhr sie nach Hause, sie hatte Gewissheit, wenigstens für diesen Moment, die Gewissheit, dass sich zwei Sechszeller, »Kategorie A, ausgezeichnete Qualität«, wie der Arzt es ausdrückte, in ihrem Inneren befanden. Doch das Gefühl hielt nicht lange. Vielleicht hatten sich die Zellen nicht weiter geteilt, vielleicht waren sie inzwischen verkümmert, vielleicht war alles längst vorbei. In fünf Tagen ist der Test zuverlässig, fünf Tage, die erscheinen ihr gerade wie eine Ewigkeit.

Der Arzt hatte für sie ein Foto der beiden Eizellen ausgedruckt, Mikroskopansicht, schwarzweiß, es hatte sie gewundert, denn das Foto konnte schon in zwei Wochen seine Bedeutung verloren haben, falls der Test negativ war. Doch dann hatte sie sich doch gefreut über die Geste, der Ausdruck erinnerte sie an die Ultraschallbilder, die ihre schwangeren Freundinnen von Arztterminen mitbrachten und verschickten, um die Freude über weiße Gebilde in schwarzen Höhlen zu teilen und zu analysieren, ob Füße oder Hände, eine Nase oder das Herz zu sehen waren.

Das Bild der beiden Zellen hängt an ihrer Pinnwand, nicht sichtbar für andere Leute, sondern versteckt unter anderen Zetteln und einer Postkarte. Obwohl sich ohnehin nicht viel erkennen lässt. Zwei hellgraue Kreise, wie Monde sehen die beiden Zellen aus, rund und blass. Zwei Monde, die weit weg und unnahbar scheinen, ungerührt von Wünschen und Hoffnungen.

Mona Winter, tippt sie wieder ins Suchfeld, zum fünften oder sechsten Mal in diesen Wochen. Sie hat dabei nicht viel entdeckt, weder auf einem Social-Media-Profil noch einer anderen Seite, kein Foto oder Posting, das einen Hinweis darauf geben würde, wo die Familie sich aufhält, wo sie hingezogen sind, ob sie von hier weggezogen sind. Sie hat nur ein verwaistes Profil von Mona entdeckt, mit alten Bildern von ihr und den Mädchen, das eine ein Baby, das andere ein Kleinkind. Mona als junge Mutter, das Gesicht weicher und voller, als Julia es kennengelernt hat.

Sie geht die Bestellungen durch, zwölf Sets müssen verschickt werden. Die neuen Farben kommen gut an, Steine glasiert in Rot, Blau und Grün. Sie holt die Pappen aus dem Regal und faltet sie zu Kartons. Ab und zu ist sie noch verblüfft, dass es diese einfachen Sets sind, die den Laden am Laufen halten. Sie hat sich offenbar wirklich diesen Ort geschaffen, an dem sie tun kann, was sie will. Kein Traumgespinst, sondern eine Idee, mit der sie Rechnungen bezahlen kann.

Sie stellt sich vor, wie ihre Mutter zu Besuch kommen würde. Sie holt ihre Mutter am Bahnhof ab, zusammen gehen sie durch die Altstadt. Sie stellt sich vor, wie ihre Mutter zum ersten Mal vor dem Laden steht, wie sie das dunkelrot gestrichene Haus mit dem Schaufenster betrachtet, wie sie durch die Tür tritt und sich umschaut, und Julia würde an einer Kleinigkeit, einem Zucken um den Mund oder einem heiseren Räuspern erkennen, dass ihre Mutter beeindruckt wäre.

Sie würden hier am Tisch sitzen und Tee trinken, später würden sie etwas kochen und Musik hören, und nach dem Essen würden sie einen Block Ton anbrechen und arbeiten, jede würde sich still in etwas vertiefen und nach einer Weile schauen, was die andere macht. Es ist lange her, als sie das letzte Mal mit ihrer Mutter an einem Tisch gesessen und mit Ton gearbeitet hat, da wohnte sie noch bei ihr und war keine achtzehn Jahre alt.

Wenn ihre Mutter die Wunde desinfiziert hätte, wenn sie zum Arzt gefahren wäre, wenn sie wenigstens an dem Abend, als das Fieber stieg, den Notruf gewählt hätte, dann. Dann würden sie zusammen hier sitzen. Sie könnte ihrer Mutter die Fragen stellen, die sie ihr jetzt so gern stellen würde: Woran hast du bemerkt, dass du schwanger warst? Kannst du dich an die ersten Anzeichen erinnern? Hast du dir die Schwangerschaft gewünscht? Oder war sie eine Belastung, an die du dich erst gewöhnen musstest? Hattest du in den ersten Wochen Sorge, das Kind zu verlieren? Oder hast du dir keine Gedanken um so etwas gemacht?

Sie weiß nicht einmal, wann im Verlauf der Schwangerschaft ihre Mutter sich getrennt hatte, in welchem Monat sie gewesen war. Erst jetzt wird ihr klar, dass es einen Unterschied macht, ob sie in den ersten Wochen oder kurz vor der Geburt noch gegangen war. »Ich habe an einem Morgen gewartet, bis er zur Arbeit gefahren ist. Dann habe ich einen Koffer gepackt und mir ein Hotel gesucht«, etwas belustigt und mit gespieltem Trotz in der Stimme hatte sie das erzählt. Ihre Mutter hat ansonsten wenig über die Trennung geredet. Ein Kind und eine Ehe, beides hätte sie nicht geschafft. Dazu ein Lachen, wie über einen Scherz. Eine trockene, ironische Bemerkung darüber, dass eine Ehe auch nichts weiter als eine langwierige Aufgabe war, genau wie ein Kind, und manche Frauen wollten eben nicht beides bewerkstelligen, lieber nur das Kind, so hörte es sich an.

Als sie Chris, da waren sie noch nicht lange zusammen, das erste Mal von ihrem unbekannten Vater erzählte, reagierte er erstaunt.

»Was, du kennst ihn nicht, weil deine Eltern sich *getrennt* haben? Ist das wirklich der Grund?«

Sie wusste nicht, was sie antworten sollte.

»Warum hast du keinen Kontakt zu meinem Vater gehalten? Damit ich ihn hätte treffen können?«, hatte sie ihre Mutter daraufhin gefragt.

»Ich habe mich so entschieden, und er hat sich nicht bemüht, etwas daran zu ändern«, kam als Antwort.

Sie war zu dem Schluss gekommen, dass es ihr besser ging, wenn sie sich mit den Verhältnissen zufriedengab, so, wie sie waren. Wozu sollte sie einem unbekannten Vater nachträumen, dem sie ähnlich sehen könnte oder der sie bedingungslos verstehen würde? Von solchen Fantasien hielt sie nichts. Und warum sollte sie das Verhalten ihrer Mutter weiter hinterfragen? Ihr Vater hatte kein Interesse, und das war eigentlich ja eine ziemlich gewöhnliche Geschichte. Alles, was sie hat, ist ein Name, von dem es online Hunderte Einträge im Telefonbuch gibt, ein Name, der für sie nicht mit einer einzigen Erinnerung verbunden ist.

Sie überfliegt noch einmal ihre Mails, das Set aus grünen Steinen läuft am besten. Leuchtendes Grün, wässriges, bläuliches, tiefdunkles, nach und nach legt sie die Steine in die Schachteln, wie glasierte Schokotafeln oder Kekse mit Zuckerguss sehen sie aus. Sie wickelt alles in Packpapier und klebt die Versandetiketten auf die Kartons. Sie könnte auch jetzt schon zur Post gehen und sich unterwegs in der Thai-Küche am Marktplatz ein Curry holen, und danach könnte sie am Jugendhaus vorbeigehen. »Kommen Sie uns besuchen. Wir könnten uns verbünden.« Wieder meldet sich das schlechte Gewissen. Es ist mehrere Wochen her, als der Mann, Wolfgang, bei ihr im Laden stand. Besucht hat sie ihn nicht. Sie drückt sich davor, bei ihm Kurse zu geben, sie weiß es ja selbst, sie fürchtet sich davor herauszufinden, dass sie nicht gut mit Kindern umgehen kann.

Sie wünscht sich, Mutter zu sein, doch traut sich nicht zu, mit einer Gruppe Teenager zu töpfern. Sie hat Sehnsucht nach ihren Freundinnen, hat Sorge, dass sich durch den Umzug die Verbindungen auflösen, doch wenn das Telefon klingelt, schiebt sie es vor Schreck ein Stück von sich weg, statt ranzugehen. Sie fragt sich, was Elsa wohl macht, sieht abends bei Spaziergängen mit Lizzy nach, ob Licht in Elsas Küche brennt, doch zögert zu klingeln und verschiebt es auf den nächsten Tag. Sie wünscht sich mehr Leute im Laden, doch ist erleichtert, wenn die Bestellungen online eingehen.

Sie legt alle Päckchen in einen Karton, zieht den Parka über, tritt auf die Straße und schließt die Ladentür zu. Die Luft ist warm, es scheint verfrüht für die Jahreszeit, aber angenehm ist es trotzdem.

18

Ein wenig verschwitzt und mit müden Armen vom Tragen erreicht sie die Post und gibt die Päckchen auf. Sie macht sich auf den Weg zum Imbiss, bestellt ein Curry, überreicht der Frau an der Theke ihre To-go-Schale. Die Frau lächelt und nickt, sie kennt das inzwischen, wollte anfangs wissen, woher Julia das Geschirr hätte, eine handliche, robuste Schale mit Deckel, der sich mit zwei Klemmen, wie bei einem Weckglas, befestigen lässt. Julia hat eine Reihe dieser Schalen gefertigt und bietet sie im Laden an, sie verkaufen sich dort kaum, die Bestellungen kommen überwiegend aus Berlin, und einige hat sie nach Münster verkauft, dort scheint sie treue Kundinnen gefunden zu haben.

Während sie wartet, holt sie ihr Telefon hervor und klickt auf einen Link, den ihr Chris geschickt hat. Eine Sammlung Fotos vom Strand an der Förde. Auf den ersten Blick sind es schöne Impressionen von der Küste, doch bei genauem Hinsehen zeigt sich das Plastik. Wie Suchbilder, die das Auge auffordern, *finde den Fehler*. Dazu Bilder von jungen Händen, in denen der zerkleinerte Müll liegt, als würde es sich um Mitbringsel handeln, Muscheln, Steine, vom Meer geschliffene Glasscherben. Sie klickt auf ein Video. Es zeigt ein Projekt von Schülerinnen und Schülern, die sich seit Wochen nachmittags an der Förde treffen, in Kleinarbeit sammeln sie dort stundenlang die Partikel auf, zupfen sie heraus aus dem Schilf und dem Schlick, dem Sand und dem Wasser.

Sie bezahlt ihr Essen, kehrt zurück zum Marktplatz, wo sie sich eine Bank in der Sonne sucht. Die Ursache für die Verschmutzung liegt offenbar bei den Stadtwerken, das Landeskriminalamt ermittelt. Doch die Verantwortlichen arbeiten allem Anschein nach einfach weiter als wäre nichts, während Kinder ihren Plastikdreck aufsammeln.

Und sie, sie sitzt hier herum und drückt sich davor, einem Grüppchen Teenagern einen Kurs anzubieten. Eilig isst sie auf, legt die Schale in die Tasche und macht sich auf den Weg. Schon von Weitem sieht sie die rotweißen Pfosten vor dem Jugendhaus, Absperrband wurde zwischen ihnen gespannt. Vielleicht muss an der Fassade oder am Dach gearbeitet werden. Als sie näher kommt, entdeckt sie das Schild an der Tür.

Einsturzgefahr

Betreten verboten

Sie mustert die oberen Stockwerke und den Dachgiebel, alles sieht aus wie immer, die Fensterscheiben blitzen sauber, der Putz bröckelt an einigen Stellen, doch das Gebäude sieht nicht aus, als würde es bald einstürzen. Sie taucht unter dem Absperrband hindurch und klopft an die Tür, doch nichts rührt sich. Eine Frau kommt die Straße entlang, ihr langer grauer Zopf fällt Julia ins Auge, sie erkennt die Frau, sie hat vor einiger Zeit etwas bei ihr gekauft.

»Hallo«, Julia lächelt.

Die Frau blickt sie erst erstaunt, dann erfreut an. »*Sie* sind es, ich war doch vor einiger Zeit bei Ihnen im Laden.«

Julia zeigt auf die Absperrung. »Wissen Sie, was hier passiert ist? Wie kann das Haus auf einmal einsturzgefährdet sein?«

Die Frau schüttelt den Kopf. »Keine Ahnung, das Schild hängt hier erst ein paar Tage.«

»Und wo sind alle, die hier gewohnt haben?«

»Die betreute Gruppe? Ich nehme an, man hat ihnen ein anderes Haus oder eine Wohnung zur Verfügung gestellt.« Die Frau setzt ihre Brille ab und mustert das Gebäude. »Wenn Sie etwas Gutes tun wollen«, sagt sie, »schicken Sie eine Nachfrage ans Rathaus, an die Gremien Bauen und Kultur. Ich werde das auch tun. Je mehr Leute sich melden, desto besser.« Sie wendet sich zum Gehen. »Was einmal geschlossen wird, kommt so leicht nicht wieder. Man sieht es hier ja.« Sie verabschiedet sich, doch nach ein paar Schritten dreht sie sich um. »Deshalb freue ich mich so über Läden wie Ihren«, ruft sie, »bleiben Sie uns erhalten, ich werde meinen Teil dazu beitragen und bald wieder vorbeikommen«, dann geht sie weiter.

Julia blickt hoch zum Balkon im Dachgeschoss, bunte, angeschmutzte Lampions hängen am Geländer, der Platz bietet sicher einen schönen Blick über die Stadt. Einsturzgefahr, sie fragt sich, was das überhaupt bedeutet. Hieß das, ein Haus war nicht mehr zu retten, oder musste es nur an einigen Stellen saniert werden?

»Die sind jetzt weg«, hört sie eine Stimme, sie dreht sich um, doch auf der Straße ist niemand zu sehen. Sie betrachtet die Fenster der Häuserreihe, hier und da sind Gardinen und Blumentöpfe zu sehen, an denen man erkennt, welche Etagen noch bewohnt sind.

»Wurde auch Zeit«, hört sie wieder die Stimme. Schräg über ihr steht ein Fenster offen. Kurz taucht ein Gesicht auf, sie sieht weißes Haar und nackte Arme.

»Da guckst du blöd«, ruft ihr jemand zu. Kurz darauf wird das Fenster mit einem lauten Klappen geschlossen. Dann ist es still. *Wurde auch Zeit, da guckst du blöd*, sie fühlt sich seltsam verletzt, von einer Person, die ihr eigentlich egal sein könnte, deren Gesicht sie nicht einmal gesehen hat.

Sie kann sich nicht entschließen zu gehen, und blickt sich um, doch außer ihr ist niemand unterwegs. Das Absperrband glänzt in der Sonne, nicht einmal ein Türklappen, ein Wagen oder etwas Musik von irgendwoher ist zu hören. Es liegt an der Stille, ein unfreundliches Wort bekommt Gewicht, wenn es von Stille umgeben ist.

19

»Ich muss dich kurz stören, bevor ich nach Hause gehe. Ich weiß nicht, wie ich anfangen soll«, sagt Doris zögernd, als müsste sie etwas Unangenehmes loswerden.

Astrid blickt sie gespannt an, Doris arbeitet seit fast zwanzig Jahren hier und ist der Ruhepol im Team, vor allem in den Wintermonaten, wenn sich das Wartezimmer mit hustenden, fiebernden und gereizten Menschen füllt.

»Möchtest du dich setzen?«, fragt Astrid mit einer leisen Befürchtung. Jetzt ist es so weit, Doris wird in den vorzeitigen Ruhestand gehen, mit Anfang sechzig und einer Enkeltochter, die nur einen Fußweg von Doris entfernt wohnt. Eigentlich war zwischen ihnen abgemacht, dass sie so lange bleibt, bis die Praxis von jemand anderem übernommen wird. Astrid fragt sich, wie sie eine gute Sprechstundenhilfe finden soll, wenn sie ihr nur eine ungewisse Zukunft bieten kann.

»Vor einigen Wochen«, fängt Doris an, »lag ein Brief in der Post. Ohne Adresse und auch ohne Absender. Ich habe ihn geöffnet, aber konnte nichts damit anfangen.« Sie spielt an ihrem Korallenohrring und betrachtet die Post, die sie in der Hand hält. »Ich habe ihn weggeworfen und mir keinen Kopf gemacht.«

Astrid muss sofort an den Brief denken, hinten, in ihrer Schublade. Sie ahnt, worauf Doris hinauswill. Es ist ein weiterer gekommen, natürlich.

»Eine Woche später lag wieder so einer in der Post, lauter Beleidigungen, mit denen ich überhaupt nichts anfangen konnte.« Doris schüttelt den Kopf und zupft weiter an ihrem Ohrring. »Und dann kam noch einer. Ich hab die beiden zur Seite gelegt, ohne dir etwas zu sagen. Weil ich dachte, da erlaubt sich jemand einen Streich, erst mal abwarten. Aber heute lag wieder so einer im Briefkasten.«

Astrid streckt die Hand aus und versucht, so unbekümmert wie möglich zu klingen, »Gib mal her, ich hatte vor einiger Zeit auch so einen in der Hand, er lag zwischen der restlichen Post.«

Doris schiebt die drei Umschläge über den Tisch.

»Ich habe es genauso gemacht wie du. Den Brief in die Schublade gelegt und mich nicht weiter darum gekümmert. Warum auch.« Sofort bereut sie ihre aufgesetzte Sorglosigkeit. Das ist Doris gegenüber nicht aufrichtig. Sie hat *versucht*, nicht über die Sache nachzudenken. Doris verzieht das Gesicht, als hätte sie einen bitteren Geschmack im Mund. Ein Tick von ihr, das macht sie, wenn sie aufgebracht ist, aber versucht, sich zusammenzureißen.

»Ich glaube inzwischen, wir sollten Anzeige erstatten. Jemand meint es nicht gut mit …«, Doris unterbricht sich, »jemand meint es nicht gut mit uns«, spricht sie den Satz zu Ende. Mit *dir*, wollte sie sicher sagen und hat es sich aber verkniffen. In dem einen Brief, den Astrid gelesen hat, galten die Beleidigungen eindeutig ihr allein, der Ärztin.

»Unglaublich, dass ich den Ernst der Sache vorher nicht begriffen habe. Es tut mir sehr leid. Ich verstehe nicht, warum uns jemand so etwas schickt«, sagt Doris.

Astrid würde die Briefe am liebsten in der Mitte durchreißen, in den Papierkorb werfen und die Angelegenheit für erledigt erklären. Doch schon die Tatsache, dass Doris sich damit hat herumschlagen müssen, macht es unmöglich.

»Wer schreibt denn so was?«, Doris blickt sie besorgt an. »Wer ist denn so böse auf uns?«

Astrid betrachtet die Umschläge, die zusammengefalteten Briefe ragen ein Stück heraus. Sie bringt es nicht über sich, sie hervorzuholen und zu lesen. Es wäre ihr lieber, Doris würde die Sache nicht so ernst nehmen. Dann könnte sie das auch versuchen. Sie spürt das eindeutige Bedürfnis, sich jetzt nicht weiter damit auseinanderzusetzen.

»Ich muss mir das wohl erst einmal in Ruhe ansehen.« Sie wäre dabei eigentlich gern allein. »Aber tu mir den Gefallen und mache jetzt Feierabend, zerbrich dir nicht den Kopf. Irgendjemand lässt irgendeinen Ärger an uns aus, und es besteht immer noch die Möglichkeit, dass sich das von selbst wieder legt.«

»Also ich würde damit sofort zur Polizei gehen.«

»Ja, das mache ich morgen wahrscheinlich auch. Aber jetzt«, Astrid bricht ab und überlegt kurz, »muss ich sie ja erst einmal lesen.«

Doris wartet noch einen Moment, Astrid wartet ebenfalls, schließlich steht Doris auf und wendet sich zum Gehen. Sie wünschen sich einen schönen Abend, klingen aber beide angespannt. Wenig später hört Astrid, wie Doris im Vorzimmer mit ihrem Schlüsselbund klimpert, die Schranktür der Garderobe klappt zu, danach die Praxistür.

Astrid mustert die Briefe, als hätte sie ein verdorbenes Stück Fisch vor sich. Einer hatte ihr genügt, und jetzt sind da drei weitere. Je länger sie wartet und die Umschläge anstarrt, desto stärker wird ihr Widerwille. Meine Güte. Sie sollte sich nicht so anstellen. Ihr Arbeitsalltag besteht aus Begegnungen und Berührungen, die auch mal unangenehm sind. Der ungewaschene Mann, zu dem sie sonntags im Notdienst fährt, der seine Frau anblafft, während er in seinen Hosen mit Urinflecken im Sessel sitzt. Ihm horcht sie die Bronchien und das Herz ab, atmet seinen Geruch, während er ihr in den Ausschnitt glotzt. Oder die schwer kranke Frau, die sie anpöbelt, Ärztepack, Halsabschneider, die mit Diabetes, Nierenschaden und lebensgefährlich hohem Zuckerwert alle paar Wochen übersäuert im Bett liegt und Astrid mit jedem bösen Wort ihren sauren Atem ins Gesicht pustet. Auch der versucht sie, das Dasein zu erleichtern. Selbst wenn sie nicht versteht, was in der Frau vorgeht. Sie kann das. Sachlich und zugewandt bleiben, ohne etwas persönlich zu nehmen. Sie hat das gelernt. Sonst hätte sie ihren Beruf gleich an den Nagel hängen können. Und jetzt? Jetzt schafft sie es nicht, ein Stück Papier in die Hand zu nehmen. Ein paar gedruckte Zeilen zu lesen.

So, jetzt mach. Sie holt die Zettel aus den Umschlägen, faltet sie auseinander und legt sie vor sich auf den Tisch.

Brief, das Wort kommt ihr unpassend vor. Briefe sind gesammelte Gedanken, die Verbundenheit schaffen sollen.

Wieder die faserig, blass gedruckte Schrift. Sie liest und kapiert sofort. Jemand versucht ihr einzureden, sie sei ein schlechter Mensch.

Ihr wird bewusst, dass Doris das alles gelesen hat. Sie hat das Bedürfnis, sich bei Doris zu entschuldigen. Doris zu trösten und in den Arm zu nehmen. Ist doch seltsam.

Sie öffnet die obere Schublade, legt die Zettel und Umschläge hinein, schiebt sie wieder nach hinten. Sie geht zum

Wandschrank, findet im unteren Fach den alten Badeanzug, den sie hier deponiert hatte. Aus dem anderen Fach greift sie sich zwei Handtücher und stopft sie mit dem Badeanzug in einen Einkaufsbeutel.

Draußen ist es dunkel, das Straßenlicht spiegelt sich auf dem nassen Kopfsteinpflaster. Der Marktplatz ist menschenleer. Neunzehn Uhr oder null Uhr, es macht hier inzwischen keinen Unterschied mehr, so ausgestorben ist es. Sie biegt ab in den Kirchengraben, jeder Schritt kommt ihr ungewohnt laut vor. Eine Katze huscht über den Weg und verschwindet hinter dem Bauzaun. Ein schwarzer Lieferwagen parkt schräg vor ihr. Während sie an dem Wagen vorbeigeht, legt sie an Tempo zu, weil sie sich auf einmal vorstellen muss, wie gleich jemand hinter der Motorhaube hervorspringen wird. Was für ein Gedanke, lächerlich. Als sie an einer dunklen, zugigen Lücke zwischen zwei Häusern vorbeikommt, beeilt sie sich noch mehr. Etwas mehr Leben in den Straßen, das wäre schön, denkt sie verbittert. Bewusst widersteht sie dem Impuls, sich umzudrehen. Sie wird nicht damit anfangen, sich verfolgt zu fühlen, in einer kleinen Stadt, in der sie fast ihr ganzes Leben verbracht hat, in der sie jede Ecke kennt. Sie wird nicht damit anfangen. Völlig außer Atem erreicht sie das Hallenbad.

Ich komme etwas später, weil ich noch eine Runde schwimmen gehe.

Okay. Nächstes Mal bin ich dabei. Anstrengender Tag?

Ja, ein bisschen. Erzähle ich dir nachher, schreibt sie, doch löscht es wieder. *Ich muss fit bleiben, um mich gegen jeden zu wehren, der uns etwas Böses will*, tippt sie stattdessen, nur so, um es einmal geschrieben zu sehen. Dann löscht sie auch das wieder.

Im Topf schmort ein Boeuf bourguignon für uns, schreibt Andreas.

In einer Stunde bin ich zu Hause, antwortet sie und schickt zwei Herzen hinterher.

Sie zwängt sich in den alten Badeanzug, der an den Hüften zu eng und unter der Brust schon ziemlich durchscheinend ist. Die elastischen Fasern taugen nicht mehr viel. Doch für heute muss er seinen Zweck noch einmal erfüllen. Sie wickelt sich eines der beiden Handtücher um, immerhin verdeckt es einen Teil des Badeanzugs. Sobald sie im Wasser ist, wird keiner sehen, was für einen alten Lappen sie trägt. Die Neonröhre über ihr brummt leise, das Licht scheint nun doch zu flirren. Sie muss an zuckende Augenlider denken und steuert schnell die Tür an.

Sie tritt in die Halle, die schwere, von Chlor getränkte Luft schlägt ihr entgegen. Etwa zehn oder fünfzehn Leute bewegen sich im Wasser, einige ziehen langsam ihre Bahnen, andere arbeiten sportlich ihr Programm ab. Hinten springen Jugendliche ins Becken, raufen und schubsen. Das Hallenbad ist klein, es hat für Kinder und Teenager fast nichts zu bieten, nicht einmal ein Drei-Meter-Brett. Für die Jüngeren gibt es in den kalten Monaten keinen Ort, um im Wasser Spaß zu haben, erst wieder Ende Mai, wenn das Freibad öffnet. Wenn es denn öffnet, der Umbau wird wohl auch diesen Sommer nicht fertig sein.

Sie steigt ins Becken und krault einige Züge, *eins, zwei, drei*, Luftholen. Sie schwimmt kleine Kurven um die anderen, denn niemand weicht ihr aus. So ist es meistens, wenn man eben erst ins Becken gestiegen ist. Die Neuankömmlinge müssen sich anpassen. Sie sieht atmende Münder und glänzende Badekappen, sie tauchen auf und wieder ab, ein Fuß streift ihren Oberschenkel. Jemand schiebt sich mit Tempo an ihr vorbei, und eine Welle schwappt ihr ins Gesicht. Sie verschluckt sich und muss husten, dann schwimmt sie weiter.

Sie sind eine überhebliche –

Sie glauben wohl, dass Sie –

Aber da täuschen Sie sich.

Sie stößt sich wieder vom Rand ab und krault einige Züge. Jemand mit Brille und Badekappe kommt ihr entgegen, Arme pflügen durch das Wasser, sie kann gerade noch ausweichen. Ein Ellenbogen verpasst knapp ihr Gesicht. Schon jetzt fühlt sie sich außer Atem. Für einige hier scheint sie heute ganz und gar unsichtbar zu sein. Sie erreicht den Beckenrand, beginnt die nächste Bahn, krault einige Meter, schließt die Augen, *vier, fünf, sechs*, Luftholen. Sie legt etwas an Tempo zu, das Wasser trägt sie, ihr Körper fühlt sich für einen Moment endlich leicht an.

Eine Ärztin sind Sie nicht, sondern –

Knapp neben ihr springt jemand ins Becken, sie paddelt schnell ein Stück zur Seite und setzt an zur nächsten Bahn, *eins, zwei, drei*, Luftholen. Sie konzentriert sich auf die Bewegungen, bis sie wieder im Rhythmus ist. Sie schließt die Augen und stellt sich Andreas vor, wie er zwischen Küche und Wohnzimmer hin- und hergeht, wie er den Tisch deckt. Er hört Musik, gleichzeitig läuft der Fernseher, Kerzenlicht, eine Flasche Wein ist geöffnet.

Ihre Überheblichkeit werden Sie bereuen, glauben Sie mir –

Wieder erreicht sie den Beckenrand, stößt sich sofort ab, taucht und streckt den Körper. Sie versucht, an etwas Gutes zu denken. Sie sieht sich durch den Wald gehen, zusammen mit Marli, sie tragen Sportschuhe und pusten ihren Atem in die Winterluft.

Du könntest dich etwas weniger einmischen.

Marli, warum muss sie jetzt an Marli denken.

Sie atmet im falschen Moment, schluckt Wasser und schnappt nach Luft. Mit den Füßen sucht sie Halt am Boden, doch das Becken ist an dieser Stelle zu tief, ihre Zehen streifen nur die Kacheln. Sie hustet und krault ein Stück, erreicht endlich den Beckenrand und atmet tief durch.

Die Haare kleben an den Schläfen, sie friert. Sie sollte heiß duschen und nach Hause gehen. Doch das wäre wie Aufgeben. Sie wickelt sich den losen Zopf noch einmal zu einem Knoten. Entschlossen stößt sie sich vom Rand ab, taucht ein Stück, streckt den Körper, *eins, zwei, drei*, Luftholen, *vier, fünf, sechs*.

Sie muss an ein Gespräch denken, in dem sie einer Patientin eine schwere, traurige Diagnose mitteilen musste. Sie erinnert sich, die Frau erzählte, sie hätte schon länger gewusst, dass etwas nicht stimmte. Sie hatte die Symptome nicht wahrhaben wollen. Sie sei selbst schuld, sagte die Frau. Astrid antwortete, dass sie so etwas nicht denken solle. In dem Fall war es auch nicht ausschlaggebend. Aber viele Menschen waren gut darin, Symptome zu ignorieren, solange es ging. Weil das, was sie bedeuten konnten, nicht ins Leben passte. Zu bedrohlich und beängstigend.

Wie kommt sie jetzt darauf? Sind die Briefe Symptome für etwas? Ein Warnzeichen? Oder soll sie sich genau das nur einreden? Soll sich unwohl oder schuldig fühlen, ohne zu wissen, weshalb oder wofür.

20

Trinken Sie ein bis zwei Liter Flüssigkeit

Auf der Holzablage über der Badewanne steht ein Glas Zitronenwasser.

Achten Sie auf Zahnhygiene

Sie hat gestern daran gedacht, neue Zahnseide zu kaufen.

Essen Sie ausreichend frisches Obst und Gemüse

Sie hat auf fast nichts Appetit, außer Chips und Mandarinen, immerhin noch Kartoffelbrei und Karotten.

Baden ist erlaubt, aber nicht zu heiß

Sie hält das Plastikthermometer ins Wasser, es sind unter vierzig Grad, sie steigt in die Wanne, setzt sich und betrachtet ihren Bauch, versucht ihn sich rund vorzustellen, die Haut gedehnt, der Nabel ein wenig nach außen gestülpt, wie sie es von den Fotos der anderen kennt.

Achten Sie auf ausreichend Schlaf

Seit acht Tagen liegt sie um zehn im Bett, sie schläft meistens schon beim Zähneputzen fast ein.

Wie kann sie sich in Sicherheit bringen, vor dieser Freude, die so riskant und voreilig ist? Sie sollte aufhören, sich eine Zukunft vorzustellen, es ist viel zu früh.

Sie lehnt sich zurück und schlägt das Buch auf, das Elsa ihr mitgegeben hat, liest die ersten Seiten, blättert weiter, liest wieder eine Seite, Gedichte und kurze Textpassagen im Wechsel. In den beschriebenen Landschaften und Situationen findet sie die Farben und Stimmungen dieser Gegend wieder, genau, wie Elsa versprochen hatte. Das gelbe Gras der winterlichen Wiesen und Moore. Die braunen und moosigen, knorrigen und nackten Bäume an den Gräben. Der weißgraue Raureif auf den Ackerfurchen. Sie sieht Farben vor sich, ein Grün, das in Blau, das in Grau übergeht, und freut sich auf morgen, wenn sie wieder früh aufwachen, mit Lizzy nach draußen gehen und alle diese Farben sehen wird. Seit einer Woche ist sie morgens um sechs hellwach, manchmal setzt sie sich noch im Schlafanzug unten an den Schreibtisch, um Skizzen zu zeichnen. Es sind magische Tage. Es ist faszinierend, dass diese Antriebskraft nun da ist, dieses flirrende Gefühl, von dem die anderen erzählt haben. Wenn der Bauch noch nicht wächst, doch das Bewusstsein schon da ist, dass in einigen Monaten alles anders sein wird. Eine Mischung aus Vorfreude und Furcht, die dazu antreibt, in diesen Wochen und Monaten noch viel schaffen zu wollen.

Von unten hört sie leise Musik und das Klappern von Geschirr, Chris deckt den Tisch.

In der 6. Woche macht das Herz seinen ersten Schlag.

Das hat sie vor ein paar Tagen gelesen, und so hatte sie es noch nie vorher betrachtet; es gibt diesen ersten Herzschlag, diesen allerersten, ganz im Verborgenen, wie ein großes, wunderbares Geheimnis, das jede und jeder in sich trägt.

Eine schwarze Fruchthöhle hat sie gesehen, darin einen weißen Punkt. Beim nächsten Arzttermin wird sie den Mutterpass bekommen.

November, es wird ein Herbstkind, es würde, wird, vielleicht.

Sie blättert weiter durch das Buch; *aus seinem obersten Fenster kannst du über den Fluss nach Osten sehn. Im Par-*

terre hast du den Deich vor der Nase. Oder den verwilderten Garten.

Sie kann es sich genau vorstellen, sie kennt diesen Blick aus dem Fenster, unten, von ihrem Schreibtisch aus, das hohe Gras, den Sauerampfer, der sich ausgebreitet hat, die Brombeerhecken.

»Haben Sie sich hier gut eingelebt?«, hat Elsa sie gefragt. »Einleben«, hat Elsa hinzugefügt, das Wort würde sie sehr mögen. Bei ihr klang es ungewöhnlich, wie zwei Wörter, *Ein-Leben.* Ein Leben.

Ja, hatte sie Elsa geantwortet, sie hatten sich wohl endlich eingelebt, auch wenn der Kontakt zu den anderen Leuten im Ort noch etwas dünn war, sie hatte sich das einfacher vorgestellt. »Aber zu einem Teil liegt das sicher auch an mir, ich sollte mehr auf andere zugehen.«

»Immerhin haben Sie heute hier geklingelt«, sagte Elsa.

Auch dieser spontane Besuch hat mit den magischen Tagen zu tun, mit ihrer neuen Entschlossenheit. Als würde sie das Leben neu begreifen. Sie hatte am Wochenende Rosinenbrötchen gebacken, sie in eine Schale gelegt und bei Elsa endlich geklingelt, wie sie es sich schon einige Male vorgenommen hatte.

Während sie sich mit ihr unterhielt, musste sie noch einmal an den Morgen denken, als Elsa bei ihr im Garten gestanden hatte.

Wo sind meine Mädchen?

Sie zupfte an einem Rosinenbrötchen und wartete auf einen guten Moment, um Elsa zu fragen, wer damit gemeint gewesen war, *meine Mädchen*, ob es Agnes und Selma waren. Doch sie fand keine Gelegenheit, diesen Morgen zur Sprache zu bringen, es kam ihr aufdringlich vor.

Bevor sie ging, hielt Elsa ihr drei Bücher hin. »Nehmen Sie die mit, nirgendwo ist unsere Gegend so schön beschrieben wie hier«, sagte sie und zeigte auf die Buchdeckel. »Falls Ihnen hier mal die Decke auf den Kopf fällt. Bei mir hat das oft geholfen.«

Kommt der Schnee im Sturm geflogen

Sie rutscht tiefer in die Wanne und betrachtet den Einband. Die Farben erinnern an einen Nachmittag im Januar, wenn eine tief stehende Sonne alles in blasses, violettes und orangefarbenes Licht taucht.

Es ist vorgekommen, dass wir von außen ins Zimmer schauten, uns auf bunten Teppichen herumalbern sahen. Das ist die reine Wahrheit, und man gewöhnt sich daran.

So, genau so, kommt ihr diese überschaubare Welt hier vor. Besonders heute, Chris und sie, vorhin im Garten, er hat die Hecken geschnitten. Danach haben sie hinten, in einer Senke, die ein Teich gewesen sein soll, das glaubt zumindest Chris, das Gestrüpp aufgehäuft, um morgen oder in ein paar Tagen ein Feuer zu machen. Chris ging hinein und kam mit Tee, den warmen Brötchen und Schlagsahne zurück. Sie standen in der Kälte, tranken den heißen Darjeeling, schaufelten sich Hefegebäck mit süßer Sahne in den Mund. Und dann, dann betrachtete sie ihr kleines Haus, sah in das helle Wohnzimmer, und tatsächlich, so wie es hier steht, war es.

Es ist vorgekommen, dass wir von außen ins Zimmer schauten, uns auf bunten Teppichen herumalbern sahen.

Sie konnte im hellen Zimmer Chris und sich sehen, sogar ihre Mutter ging einmal durch das Bild, und ein kleines Kind spielte auf einer Decke. Einen Moment war sie von Glück erfüllt, sie standen da zusammen im Garten und blickten ins Haus, und erkannten sich selbst, *auf bunten Teppichen.*

Einleben, es stimmt, was Elsa sagt, einleben ist ein schönes Wort.

Vor dem kleinen Fenster über der Wanne wirbeln dünne, zerfranste Flocken, es hat angefangen zu schneien. Schon vorhin war die Luft so eisig, dass es auf Schnee hindeutete. Schnee im April.

Sie setzt sich wieder auf, neigt den Kopf nach unten, um den Nacken etwas zu dehnen. Zwischen ihren Beinen, auf dem Wannenboden, erkennt sie feine rote Partikel. Sie schaut genauer hin, es sieht aus wie Pigmentstaub, wie das Pulver, das sie verwendet, wenn sie Farbe zum Glasieren anrührt. Vorsichtig tippt sie mit dem Finger auf die Insel aus winzigen Punkten, sofort löst sie sich im Wasser auf.

Pigmentstaub. Sie bewegt sich nicht, den Blick weiter auf den Wannenboden gerichtet. Eine neue Insel sammelt sich an.

Rosenrot

Korallenrot

Zinnoberrot

Rubinrot

Zählt sie in Gedanken auf.

Es kann nicht sein. Es kann nicht sein, weil sie alle Regeln befolgt hat, sie hat alles richtig gemacht, so vollkommen richtig, so vorbildlich, wie es überhaupt nur möglich war. Deshalb kann es nicht sein.

Sie bewegt sich ein wenig, ganz vorsichtig, auch das Wasser gerät in Bewegung. Zwischen ihren Beinen breiten sich auf einmal dichte rote Schlieren aus. Sie schaut hin, schaut so lange hin, bis die Spuren sich nach und nach wieder verflüchtigt haben. Hinschauen, so sehr hinschauen, bis nichts mehr zu sehen ist.

Feuerrot

Kirschrot

Weinrot

Sie hält still und wartet, der Staub hat sich wieder in nichts aufgelöst, vielleicht hat sie sich getäuscht, da waren keine dichten Schlieren, sondern nur ein winziger Hauch, fast nicht vorhanden, kein Grund zur Sorge, sie hat einfach zu viele Ängste und Vorahnungen, zu viele Namen für Rot im Kopf. Noch einmal bewegt sie sich, wiegt den Körper etwas nach links, etwas nach rechts, und hofft, dass der Wannenboden hell bleibt, dass es vorbei ist, was auch immer da vor sich ging. Doch wieder ziehen rote Schwaden durch das Wasser, eindeutig und ein wenig dunkler als eben, langsam lösen sie sich auf und sammeln sich zu einer weiteren Insel aus dichtem rotem Staub am Wannenboden.

Für einen Moment hört sie auf zu atmen, sie rührt sich nicht, wie um die Zeit anzuhalten, wie um etwas festzuhalten.

21

Sie schaut sich Luftaufnahmen im Netz an, achtet darauf, ob sie irgendwo ihr Haus entdecken kann, zwischendurch fallen ihr immer wieder die Augen zu, doch dann holen sie die Krämpfe wieder aus dem Schlaf. Sie schluckt zwei Schmerztabletten. Lizzy legt die Schnauze auf das Sofapolster und berührt ihre Hand. Die Aufnahmen erscheinen ihr wie Träume, endlos viel Filmmaterial ist zu finden, die Gegend, in der sie lebt, von oben.

Die Straßen sind wie ein Netz aus grauen Kurven und Schleifen.

Der Kanal ist ein Strom aus Silber.

Die Felder sind wie ein Puzzle aus braunen, grünen und gelben Teilen. Die Häuser und Gärten sind wie Spielzeug, die Trampoline und Sandkisten wie kleine Formen ins Grün gestempelt.

Da ist die Kreisstadt, das Rathaus und der Teich sind zu erkennen, auch die Schule, sogar einige Kinder auf dem Schulhof, wie unruhige bunte Punkte.

So, von oben betrachtet, sieht alles miteinander verbunden aus, als würde alles tatsächlich zusammengehören.

22

Es riecht eine Spur nach Feuer, in den Gärten der anderen Dorfseite wurden Laub und Äste verbrannt. Der Himmel ist wolkenlos, es weht etwas Wind. Sie öffnet den Schuppen und schiebt den Rasenmäher in den Garten, das Gras steht inzwischen mehr als kniehoch, sie ist nicht sicher, ob sie sich zu viel zumutet.

Wo anfangen? Sie entscheidet sich für die Senke, in der Mitte liegen noch die verkohlten Reste des Osterfeuers, von vor ein paar Tagen. Sie stellt den Motor an und schiebt den Mäher einmal um die Senke herum, es ist mühsam, nach den sonnigen Tagen ist das Gras noch einmal ein Stück in die Höhe geschossen. Es hat sie von Neuem überrascht, mit welcher Entschlossenheit die Pflanzen sich ausbreiten, sobald es wärmer wird, in welchem Tempo das passiert. Ihre Mutter und sie hatten auf dem Balkon ein paar Töpfe mit Kräutern. Einmal, da war sie noch in der Grundschule, wünschte Julia sich, Radieschen und Tomaten anzupflanzen. Ihre Mutter ging mit ihr in den Baumarkt, kaufte zwei Kübel, einige Säcke Erde, dazu Samen und eine kleine Tomatenstaude. »So, das ist jetzt deine Sache«, sagte sie. Julia erinnert sich an die fünf oder sechs kleinen Radieschen, die sie gemeinsam an einem Abend verspeisten, und an die kirschgroßen grünlichen Tomaten, drei oder vier waren es. Mehr kam bei der Sache nicht heraus.

Sie nimmt sich vor, den gesamten Garten zu mähen, wenn

ihr nicht vorher die Puste ausgeht, sie weiß heute ohnehin nichts Besseres mit sich anzufangen. Ihr Körper kommt ihr seit Tagen nutzlos vor, da ist eine Leere, als wäre sie verlassen worden. Das Gefühl erinnert sie an Liebeskummer, wenn ihr alles sinnlos erschien und morgens aus dem Bett zu kommen schon eine Herausforderung war. Die Blutungen sind immerhin vorbei, es ist ganz von allein gegangen, sie brauchte keinen Eingriff, noch nicht einmal Medikamente. Einige Tage hatte sie sich mit Krämpfen herumgequält, hatte sich morgens mit Mühe unter die Dusche gestellt, nur, um sich gleich danach auf das Sofa zu legen. Nach einer Woche war es überstanden, der winzige Organismus und sein Nest, alles hatte sich aufgelöst und ihren Körper verlassen. Sie blutete noch einige Tage lang, doch sie wusste, es war überstanden und vorbei. Sie war wieder allein mit sich.

Für jemanden zu sorgen, wie sehr hat sie sich das gewünscht. Wie sehr wünscht sie sich das. Für jemanden zu sorgen, dieser Gedanke hat ihr während der kleinen Zeit, als alles in Ordnung schien, diese Energie gegeben.

Sie mäht einen weiteren Kreis um die Senke, atmet den Geruch von geschnittenem Gras ein, scharf und säuerlich. Meter um Meter arbeitet sie sich voran, nimmt nichts wahr, außer das monotone Geräusch des Motors und die knickenden Halme, das Knistern und Zischen beim Mähen. An den Büschen vor dem Nachbargrundstück bleibt sie stehen und stellt den Motor ab. Nebenan sieht es noch wilder aus, kräftige Disteln sprießen aus der Wiese. Die Fenster hinter der Terrasse wirken staubig und trübe.

Doch da ist Mona, langsam geht sie durch den Garten und kommt zur Hecke, »Hey«, sagt sie und lächelt, wie meistens wirkt sie etwas müde, als wäre die Müdigkeit ein unüberwindbarer Dauerzustand. »Unser Rückweg war anstrengend«, sagt sie, »alle anderen schlafen jetzt, nur ich, ich bin hellwach und komme nicht zur Ruhe.« Mona blickt sich um und zuckt mit den Schultern. »Wie es hier aussieht. Wo anfangen?«, fragt sie, *Wo anfangen*, wie ein Echo von Julias Gedanken, aber es sind ja auch nur ihre Gedanken.

Mona trägt ein dunkles Wickelkleid, unter dem engen Stoff wölbt sich deutlich ihr Bauch. Sie ist schwanger, daran besteht kein Zweifel, Julia war die kleine Rundung schon vor einigen Monaten, im November, aufgefallen, doch sie hatte nicht darauf achten, nicht darüber nachdenken wollen. Ihr kleinmütiger Neid auf Frauen, die Kinder erwarten, sie schämt sich dafür, doch schafft es nicht, das Gefühl zu unterdrücken.

»Ich werde jetzt noch einmal versuchen, ein bisschen zu schlafen. Bis bald«, hört Julia Monas Stimme und starrt über die Hecke hinweg in den Garten, in dem niemand steht, in dem nur das hohe Gras und die dichten Sträucher zu sehen sind, der Liegestuhl weiter hinten, mit dem zerfransten Stoff, das Klettergerüst, auf dem die Mädchen manchmal saßen oder auch kopfüber hingen, die Stange in den Kniekehlen, die Telefone in den Händen.

»Wenn du etwas brauchst, melde dich gern bei mir. Ich kann auch Luis nehmen und aufpassen, wenn dir das hilft. Oder überhaupt, frag mich, wenn ich etwas tun soll.« Sie stellt sich vor, wie sie Mona das anbieten würde.

Von unten hört sie die Fähre brummen, sie mag diese kleine Fähre, es hat mit der Gewissheit zu tun, dass dort unten immer jemand ist, vierundzwanzig Stunden, sieben Tage die Woche. Zwei Leute haben dort immer Schicht, einer, der die Schranke bedient und die Autos lotst, der andere auf der Brücke. Die Fähre wartet, wenn niemand fahren möchte, und hier möchte manchmal sehr lange niemand fahren, und sie setzt über, ganz gleich, ob mittags ein einzelnes Schulkind nach Hause will, oder ob um halb drei Uhr morgens ein Betrunkener angeradelt kommt.

Sie schiebt den Mäher durch die Lücke zwischen den Sträuchern in Monas Garten und beginnt auf dem Rasenstück direkt vor der Terrasse. Sie schwitzt am Rücken und ihre Schultern tun weh. Sie beschließt, einen Pfad zu mähen, von der Terrasse zur Gartenpforte, und von dort weiter zur Hecke, direkt zu der Lücke, durch die ihre beiden Gärten miteinander verbunden sind.

23

Andreas räumt den Tisch ab, im Radio spricht jemand über den *March of Science*, sie hört aufmerksam zu. Weltweit fanden vor ein paar Tagen Demonstrationen statt für die Unterstützung der Wissenschaften.

Alternative facts, anfangs haben Andreas und sie sich noch gegenseitig damit aufgezogen, »ich habe da aber alternative Fakten«, wenn es darum ging, wer zuletzt den Müll rausgebracht oder die Wäsche in der Maschine vergessen hatte. *Alternative*, früher, in den siebziger und achtziger Jahren war das ein Wort, das für sie mit guten Dingen, mit neuen Ideen verbunden war. Frauenrechte, Anti-Atomkraft, Demonstrationen gegen das Waldsterben, die Gründung des Jugendzentrums in der Altstadt mit seinen Konzepten. Ja, früher.

Dehnbar und umdrehbar scheint dieses Wort geworden zu sein.

Alternative, wenn sie es als Medizinerin betrachtet, ist der Begriff eigentlich schon oft missbraucht worden. Sie denkt an Patienten, die von schweren Diagnosen und anstrengenden Behandlungen wie ausgehöhlt waren und sich an jede Möglichkeit klammerten. Eine Alternative. Eine Suche nach Hoffnungsquellen, aus der andere Profit schlugen. Wunderheiler, die Kräutersäfte verkauften. Sie hat nichts gegen Kräuter, im Gegenteil. Es sei denn, jemand will sie als Mittel gegen Lungenkrebs oder ein Non-Hodgkin-Syndrom verkaufen. Teuer bezahlte Alternativen, die in Wahrheit keine sind.

Alternative für –, das Wort scheint seine Unschuld und sein Versprechen endgültig verloren zu haben, seitdem es in die Politik eingezogen ist.

Andreas kommt aus der Küche, zwei Schalen in den Händen, er reicht ihr eine. »Bittersüßes Schokoladenmousse«, sagt er, stellt das Radio aus, geht zum Sofa und schaltet den Fernseher ein.

Sie setzt sich neben ihn und beginnt, das Dessert zu löffeln, es schmeckt fantastisch. Von ihnen beiden ist es Andreas, der ausgesprochen gut kochen kann. Der auch noch Lust dazu hat, und genug Geduld, sich stundenlang in die Küche zu stellen, für etwas, das innerhalb von zehn Minuten verspeist ist. Als die Jungs klein waren, hätte nicht sie, sondern Andreas seine Arbeitszeit reduzieren müssen. Als Familie wäre es ihnen damit besser ergangen. Anders als sie hätte er den Alltag aus Kartoffelbrei, Fischstäbchen und Bananenmus besser im Griff gehabt. Und sie hätte die Praxis eher übernehmen und die Schulden abzahlen können. Den Kredit für die letzte Modernisierung der Ausstattung hat sie erst vor wenigen Jahren beglichen.

»Frankreich vor der Wahl, Europa vor dem Ende?«, kündigt die Stimme aus dem Off das Thema der Talkshow an.

Andreas verbringt an vielen Tagen noch immer seine Zeit mit BBC und CNN, und jetzt hat er sich auch noch bei Twitter angemeldet. Vormittags, im Schlafanzug, versinkt er im Weltgeschehen. Solange sie nicht zu Hause ist, stört es sie nicht. Aber sollte sie im kommenden Jahr weniger arbeiten, dann hat er diese Phase hoffentlich überwunden. »Du musst dich mehr bewegen«, sagt sie ihm zwischendurch. »Ja, ja, ich weiß«, antwortet er jedes Mal und klingt bedauernd, als würde ihn etwas sehr Wichtiges, auf das er keinen Einfluss hat, davon abhalten.

Die Gäste der Talkrunde werfen sich gegenseitig ihre Versäumnisse vor.

Sie legt ihre Füße auf Andreas' Beine und wartet darauf, dass er sie massiert. Erst, als sie ein bisschen mit den Zehen wippt, bemerkt er es und beginnt, ihren Ballen zu kneten. Dabei murmelt er Kommentare zur Diskussion im Fernsehen.

Heute lag wieder ein Brief in der Post. Diesmal hat sie ihn eingesteckt.

Sie haben uns ins Unglück gestürzt. Wir finden, Sie sollten das wissen. Fühlen Sie sich schuldig?

Wir, auf einmal war die Rede von einem Wir. Als hätte sie nun nicht mehr eine Person, sondern eine verschworene Gemeinschaft gegen sich. Sie hat den Brief diesmal eingesteckt, um ihn Andreas zu zeigen. Doch nun ist sie nicht mehr sicher. Die Vorstellung, wie er ihn liest und sie danach mit Fragen überhäuft – Weißt du, wer dahintersteckt? Hast du wenigstens eine Ahnung? Und das ist nicht der erste Brief? Wieso zeigst du mir den erst jetzt? Und wo sind die anderen? – die Vorstellung ermüdet sie augenblicklich. Wahrscheinlich würde er sich schrecklich aufregen. Eine Unruhe würde das erzeugen. Am Ende würden sie sich womöglich noch streiten. Die Briefe sind wie Eindringlinge, sie werden ihr Zuhause zersetzen. Wieder spürt sie es ganz deutlich, das wird sie nicht zulassen, fertig, aus.

Sie ist ja sogar bei der Polizei gewesen. Sie hat die Briefe vorgezeigt und gefragt, ob es sinnvoll wäre, Anzeige zu erstatten. Aber so einfach ist es nicht. Ein anonymes Schreiben, in dem keine direkte Drohung ausgesprochen wird, ist genau genommen noch keine Straftat. Also hat sie die Blätter wieder zusammengefaltet, zurück in die Umschläge geschoben, in der Handtasche und dann wieder in der Schublade verschwinden lassen.

»Ich glaub, ich muss noch einmal an die frische Luft«, sagt sie.

Andreas blickt sie überrascht an, »Jetzt noch?«, es ist kurz nach zehn.

»Einmal die Füße draußen vertreten.« Sie steht auf, holt ihren Mantel, schlüpft in die Holzbotten an der Terrassentür.

Hinten im Garten riecht es es nach feuchter Erde, die Nacht ist mild für Ende April. Vor wenigen Wochen hat es noch geschneit. Im Dunkeln schimmern hell die Kirschblüten. Bei Marli brennt wieder Licht.

Anklopfen, fragen, »kommst du zum Schuppen?«, so war das früher.

Sie schlendert bis nach hinten, hinüber zu Marli und setzt sich auf die Bank. Sie lehnt sich an die Schuppenwand und schaut durch die Äste hoch in den Himmel. Auf einmal packt sie die Lust auf eine Zigarette. Die alte Sehnsucht, eine Zigarette mit Marli zu teilen. In dem Nistkasten, den eines der Kinder im Werkunterricht gebaut hatte, haben sie und Marli immer ein Päckchen deponiert.

Sie kniet sich auf die Bank und öffnet den Deckel des morschen Kastens. Tatsächlich, da liegt eine zerdrückte Schachtel. Erstaunlich, ein Relikt, ein Überbleibsel aus alten Zeiten. Sie fischt das Päckchen heraus, American Spirit, die blauen, etwas milderen. Vergilbt sieht das Papier nicht aus, im Gegenteil, eigentlich wirkt es recht neu. Es glänzt und riecht kein bisschen muffig. Sie sieht nach, eine letzte Zigarette verbirgt sich darin, daneben ein kleines gelbes Feuerzeug. Meine Güte, das hätte sie nicht für möglich gehalten. Marli sitzt also abends hier, an ihrem gemeinsamen Platz. Sitzt hier, still und unauffällig.

Sie überlegt, ob sie die Zigarette rauchen soll, um Marli zu zeigen, dass sie hier gewesen ist. Doch das wäre keine schöne Geste, die letzte Zigarette zu verbrauchen, ohne für Ersatz zu sorgen. Lieber würde sie ein Zeichen hinterlassen. Sie steht auf und durchsucht ihre Manteltaschen, findet ein paar Münzen, sechs Euro und einige Cent sind es.

Kurz entschlossen holt sie das Fahrrad aus der Garage und fährt auf die Straße. Unten, an der Kreuzung, stand früher ein Automat. Sie hat keine Ahnung, ob der sich noch dort befindet. Vielleicht lohnt sich ein Automat nicht, weil in der Gegend ohnehin niemand mehr raucht. Die Väter, die vor der Tagesschau in ihren Flanellpuschen vor die Tür gegangen sind, um sich eine Schachtel zu ziehen, die schien es nicht mehr zu geben, oder sie hatten es sich alle abgewöhnt.

Sie hält an der Kreuzung, es steht tatsächlich kein Automat hier. Auch eine Kneipe gibt es um die Ecke nicht. Der Imbiss am Rathaus fällt ihr ein. Sie zieht die Holzbotten aus, damit sie ihr nicht von den Füßen rutschen, wenn sie stärker in die Pedalen tritt, und legt sie in den Korb am Lenker, dann steigt sie wieder auf und fährt los.

Barfuß Fahrrad fahren sie kann sich nicht erinnern, wann sie das zuletzt getan hat. Die warme Nachtluft macht sie auf einmal euphorisch. Sie muss an Pfingsten denken, dabei ist das noch über einen Monat hin. Die Zeit kurz vor dem Sommer ist die schönste. Wenn der Himmel abends wässrig blau ist, wenn es nicht dunkel werden will. Wenn der ganze lange Sommer erst noch kommt. Von irgendwoher weht Blütenduft, was kann das sein, für Linden ist es zu früh, aber es riecht gut, süßlich, auch ein bisschen herb. Sie legt an Tempo zu, die Straße führt bergab, der Fahrtwind streicht ihr über die Füße. Sie fühlt sich leicht und wohl, wie lange nicht, nichts ziept, nicht der Rücken, nicht die Schulter, auch nicht das Knie, nur weiche Luft weht ihr über die Stirn. Kurz schließt sie die Augen, sie fährt durch die stille, nächtliche Stadt, sie könnte wieder achtzehn Jahre alt sein. Achtzehn, kurz vor dem Abitur. Ihre Mutter Verkäuferin im Kaufhaus, abends müde, schmerzende Füße. Elsa tagsüber bei ihr und Kerstin, streng und antreibend, »Leg dich ins Zeug, wer Medizin studieren will, muss gute Noten schreiben.«

Der Imbiss neben dem Rathaus ist geschlossen und außen hängt kein Automat. Jetzt bleibt nur noch der Bahnhof, der ist ein gutes Stück entfernt, auf der anderen Seite der Altstadt. Sie zögert, doch denkt an den Moment, wenn Marli an einem der nächsten Abende zum Schuppen gehen, den Kasten aufklappen und entdecken wird, da liegt eine neue, ungeöffnete Schachtel. Mal ist Marli für einige Tage im Haus, dann wieder eine Weile weg, sie arbeitet in Hamburg. Astrid weiß noch immer nicht, was Marli vorhat, ob sie das Haus verkaufen oder bleiben wird.

Sie fährt zum Bahnhof. Der kleine Kiosk am Eingang hat noch geöffnet.

»Einmal American Spirits, die blauen«, bestellt sie bei dem Mann an der Kasse.

Er greift zum Regal und legt die Schachtel auf den Tresen.

»Sieben Euro.«

Sie betrachtet die Münzen in ihrer Hand, damit hat sie nicht gerechnet. Sie hat offenbar keine Ahnung mehr, was Zigaretten kosten. Sie wühlt in der Manteltasche und spürt die Enttäuschung, sie hat nicht genug dabei.

»Wie viel haben Sie?«

»Sechs Euro zwanzig.«

»Ist okay.«

»Wirklich?«

»Bringen Sie den Rest demnächst vorbei.«

Er notiert sich etwas auf einen Zettel.

»Sie ahnen nicht, was für eine Freude Sie mir damit machen.«

Er hebt den Blick, wirkt erstaunt, dann lächelt er und zuckt mit den Schultern.

Sie steigt auf ihr Fahrrad, dreht sich noch einmal zu ihm um, er blickt auf ihre nackten Füße, ihr Rad wackelt beim Losfahren, und sie winkt.

Barfuß geht sie durch den Garten, das nasse Gras zwischen den Zehen. Sie öffnet den Nistkasten, legt die neue Schachtel hinein. Bei Marli ist alles dunkel, vielleicht schläft sie schon.

24

»Ein Wahnsinn«, sagt Chris leise, aber gerade noch so, dass sie ihn hören kann. Sie geht zu ihm in die Küche, er steht am geöffneten Mülleimer und mustert die Plastikverpackungen. »Wirklich, Irrsinn«, murmelt er und schüttelt den Kopf.

Sofort fühlt sie sich ertappt und schuldig. Es war ein Fehler, die Verpackungen nicht vor ihm zu verstecken. Sie weiß es ja selbst, eine einzige Ampulle, in einer viel zu großen Plastikform, eingeschweißt in weiteres Plastik und das alles noch einmal verpackt in einer Schachtel. Seit einer Woche verbraucht sie täglich drei dieser Ampullen, dazu die Spritzen, die Tupfer, täglich ein kleiner Berg aus Müll, für wenige Milliliter Flüssigkeit. Bis vor Kurzem hat sie die Verpackungen unten, in ihrem Teil des Kleiderschranks gehortet, doch gestern Abend hat sie alles in den Eimer geworfen. Da liegt er nun, der dekadente Müll.

Chris wirkt gereizt, sie kommt sich neben ihm vor wie ein unvernünftiges Kind, es ist ja nicht so, als hätte sie sich die Darreichung der Medikamente aussuchen und die ökologisch verträgliche Variante wählen können. Außerdem, sein Labormaterial ist sicher auch nicht sparsamer verpackt.

»Es ist sowieso ein Irrsinn«, antwortet sie schlecht gelaunt, zieht ihr T-Shirt hoch und zeigt ihm die blauen und violetten Einstichstellen, die sich über den Bauch verteilen. Ein neuer Zyklus, ein neuer Versuch, sie bemüht sich, dass daraus keine Enttäuschung wird. Es nagen ohnehin schon Zweifel an ihr.

Sie haben Ende Mai, vielleicht hätte sie ihrem Körper mehr Zeit geben und einen weiteren Monat warten sollen. Doch der Arzt ermunterte sie, es schon jetzt wieder zu versuchen, ihre Werte sahen gut aus.

Chris zieht hektisch die Schublade auf und sucht nach dem Ladekabel für sein Ersatztelefon, das andere ist ihm vor Kurzem in die Ostsee gefallen. Auch nicht besonders umweltfreundlich, denkt sie schnippisch, das Telefon auf dem Meeresgrund.

Er hat es eilig, denn er muss sich auf den Weg zum Bus machen, weiter zum Bahnhof, nach Berlin, dann mit dem Zug nach Helsinki, zu einem Kongress. Ozeanbiologie und Ingenieurwissenschaften, ein Schwerpunkt sind diesmal Technologien, mit denen Mikroplastik aus den Meeren und von den Küstenregionen entfernt werden kann, ohne die Ökosysteme durch den Eingriff zu sehr zu stören. Durch den Fall in der Förde hat das Team, in dem Chris arbeitet, auch international für Aufmerksamkeit gesorgt. Es ist kurios, ausgerechnet durch einen Umweltskandal hat seine Karriere einen Schub bekommen, sein Vertrag wurde verlängert, seine Wochenstunden erhöht.

Anstatt ihr über den Bauch zu streichen oder etwas Aufmunterndes zu sagen, bleibt sein Ausdruck irritiert und irgendwie bedauernd.

»Dass du dir das antust, das ist eigentlich wirklich ein Irrsinn.«

Sie weiß nicht, was sie dazu sagen soll. Das, was sie schon die ganze Zeit befürchtet hatte, bestätigt sich, er versteht ihr Bemühen und alles, was damit zusammenhängt, nicht. Nun stehen sie sich gegenüber. Sie, die eine Unmenge an Plastikmüll erzeugt, und er, der gleich losfährt, um sich mit anderen seines Fachs um die Rettung der Natur vor diesem Abfall zu kümmern.

Er scheint keine Ahnung zu haben, wie sehr sie unter Druck steht, denn wie viele Behandlungszyklen sie sich noch erlauben können, ist auch eine Geldfrage. Chris und sie haben für eine Solaranlage gespart. Jeden Monat ist es knapp, sie haben gewusst, dass es so sein würde; es bedeutet, dass sie sich bald entscheiden müssen, IVF oder Solaranlage auf dem Dach. Geradezu symbolisch, dass sie jetzt auch noch vor *so einer* Entscheidung stehen. Fortpflanzung oder Klimaschutz. Aber für Chris bestand darin vielleicht schon die ganze Zeit der Konflikt, er hat es bloß nicht aussprechen wollen: Braucht die Welt noch ein Kind von uns?

Er schaut nervös auf die Uhr über der Tür, dann zum Abgleich auf sein Telefon.

»Die Küchenuhr geht sechs Minuten nach. Und, klar, ich habe mir absichtlich die Ampullen mit der größten Plastikverpackung ausgesucht. Dafür habe ich sogar extra noch draufgezahlt, weißt du?«, sagt sie, während er murmelt, er müsse sich jetzt wirklich beeilen, sonst schaffe er den Bus nicht mehr.

Sie geht ins Wohnzimmer und setzt sich nebenan an den Schreibtisch. Er entschuldigt sich laut. »Ich melde mich, wenn ich im Zug sitze.« Dann schlägt die Tür zu, Stille. Als wäre er gegangen, richtig gegangen. Soll er doch, soll er doch wegbleiben. Dann ist sie allein, dann soll es halt so sein, das wäre wenigstens die Wahrheit, sie ist allein. Dann kann sie auch gleich noch alle Entscheidungen allein treffen. Kann nach Dänemark fahren, für eine Samenspende, allein, denn die bekommen Alleinstehende da völlig problemlos, hat sie gelesen. Dann muss sie sich nicht mehr rechtfertigen und auch nicht mehr schämen.

Sie versucht, sich zu beruhigen, indem sie runde Gefäße zeichnet. Doch nichts will gelingen, sie legt den Bleistift zur Seite, öffnet den Laptop und sieht nach, ob Bestellungen eingegangen sind. Häufig passiert das über Nacht, schlaflose Menschen, die online bunte Tonsteine bestellen.

Kurz darauf landet sie wieder auf Monas Profil, mit den alten Fotos, auf denen die Mädchen noch klein sind. Erst jetzt kommt ihr die Idee, dass sie eine Nachricht schreiben könnte, das Profil sieht zwar verlassen und ungenutzt aus, aber wer weiß, auch sie selbst hat schon ewig kein Bild mehr gepostet, einen Kommentar hinterlassen oder jemandem zum Geburtstag gratuliert. Trotzdem loggt sie sich hin und wieder ein, um zu sehen, was die anderen von sich zeigen, Urlaubsbilder, Babyfotos.

Liebe Mona, wahrscheinlich wird meine Nachricht im Spam-Ordner landen, beginnt sie, *aber ich versuche es trotzdem. Hier schreibt dir Julia, deine Nachbarin.* Sie überlegt, wie sie es anstellen soll, nicht besorgt zu klingen, oder neugierig, aber auch nicht zu beiläufig.

Wie es aussieht, seid ihr weggezogen, und ich finde es schade, dass, nein, das klingt eine Spur vorwurfsvoll, sie löscht es wieder. *Ich hoffe, es geht euch gut*, schreibt sie stattdessen, das könnte vielleicht besorgt klingen, aber nicht zu sehr, sie lässt es stehen, *und ihr habt euch schön eingerichtet, wo auch immer ihr jetzt wohnt. Ich würde mich freuen, von dir zu hören und sende viele Grüße.*

Sie klickt auf *Abschicken;* selbst wenn sie keine Antwort

bekommt, wird sie vielleicht erkennen können, ob die Nachricht gelesen wurde.

Sie scrollt eine Weile weiter auf der Plattform herum, Titelzeilen ziehen vorbei, die allesamt in irgendeiner Weise mit den Dingen zu tun haben, mit denen sie sich beschäftigt hat in letzter Zeit; ein Artikel über Meeresalgen, die Plastik verdauen können, ein Porträt einer Keramikerin aus Kanada, Werbung für Säuglingsnahrung und Windeln, ein Artikel über eine neue Zyklus-App, sie scrollt weiter. Sie sollte aufhören, sollte hochgehen, duschen und sich anziehen, doch wie hypnotisiert scrollt sie weiter. Fast schon schlafwandelnd nimmt sie die Bilder und Informationen auf, als würde sie auf einen Impuls warten, der sie aufstehen und den Tag beginnen lässt. Es ist wieder faszinierend, sie kann sich selbst dabei beobachten und bleibt trotzdem wie gelähmt hier hängen.

Mutter flüchtet mit Kindern in den Wald

Auf einmal ist sie wie wachgerüttelt. Sie klickt den Artikel an, eine Frau mit vier Kindern wird von der Polizei in den Wäldern von Brandenburg gesucht. Es soll um Kindeswohlgefährdung gehen, steht dort, und einen Streit um das Sorgerecht.

Sie liest die knappe Meldung mehrmals und versucht, sich die Situation vorzustellen. Eine Frau beschließt, mit ihren Kindern in den Wald zu gehen, sie flüchtet vor den Behörden. Julia sieht sofort Mona vor sich, sie kann nichts dagegen tun, sie sieht Mona, Agnes, Selma und Luis, und auch ein kleines Bündel, das Mona sich vor die Brust gebunden hat, ihr Neugeborenes.

Sie speichert den Artikel unter ihren Lesezeichen ab und

öffnet ein neues Suchfenster. *Wald*, *Frau*, *Mutter*, *Kinder*, *Brandenburg* gibt sie alle Begriffe hintereinander ein, überfliegt die Suchergebnisse, klickt auf einige Links, doch außer diesem einen Artikel findet sie nichts, was mit der Geschichte dieser Frau zusammenhängt.

25

In der Einfahrt parkt ein roter Kastenwagen, die Türen zum Kofferraum stehen offen. Astrid stellt ihr Auto an der Straße ab und beobachtet, wie zwei junge Frauen aus der Tür kommen, sie tragen Umzugskartons und schieben sie auf die Ladefläche des Wagens. Astrid steigt aus und geht die Einfahrt hoch, die beiden nicken ihr zu und verschwinden wieder im Haus.

»Hallo, guten Tag«, sagt sie, als sie im Flur steht, »ist meine Tante irgendwo?«

Die eine Frau zeigt zur Treppe, während die andere im Wohnzimmer einen weiteren Karton auf die Schulter hievt.

Oben, in dem Raum, der das Wohnzimmer gewesen war, als ihre Mutter, Kerstin und sie die obere Etage bewohnten, steht Elsa und wickelt eine Porzellanschüssel in Zeitungspapier, vor sich einen offenen Karton.

»Ziehst du um?«, fragt Astrid zum Scherz und gibt ihr einen Kuss auf die Wange.

»Ja, zu euch. Hat Andreas dir nichts gesagt?« Elsa schaut sie gespielt überrascht, dann belustigt an und tätschelt ihr die Wange. »Keine Sorge, auf keinen Fall«, fügt sie hinzu und wickelt nun einen Emailletopf, in dem Astrids Mutter vor einem halben Jahrhundert Dosengemüse warm gemacht hat, in Zeitungspapier. »Aber ich trenne mich jetzt von den Sachen, die hier niemand mehr braucht. Geschirr, Töpfe, Handtücher, Bettwäsche, von allem ist hier zu viel. Und woanders fehlt es.«

»Wo soll das denn hin?«

»Das wird gespendet. Jetzt bin ich noch kräftig und beisammen genug, um alles zu sortieren und einzupacken.«

Beisammen genug, was soll das denn heißen?, denkt Astrid und betrachtet einen Stapel sorgfältig gefalteter Strickpullover und Blusen. Kleidung ihrer Mutter, sie nimmt einen Pullover und hält ihn unter die Nase, er riecht nach Waschmittel und etwas Lavendel.

»Fang jetzt nicht an, die Sachen zu inspizieren. Die haben dich auch vorher nicht interessiert. Und bring mir die Stapel nicht durcheinander.«

Astrid faltet den Pullover wieder zusammen und legt ihn zurück. Ihre Mutter kleidete sich sehr gepflegt, sie arbeitete noch mit Ende sechzig im Kaufhaus. Als eine Holding den Laden übernahm, wurde ihrer Mutter gekündigt. Sie schien danach nicht viel mit sich anfangen zu können. Sie, allein, hier oben, die beiden Töchter längst ausgezogen. Mehrmals im Jahr machte sie Busreisen, in den Schwarzwald, ins Allgäu, einmal nach Italien. Doch die Arbeit im Kaufhaus war das Wichtigste gewesen, dort hatte sie sich wohlgefühlt. Eine Verkäuferin, die auch ihre beiden Töchter nach der Mittleren Reife dort gesehen hatte. Doch Elsa hatte da andere Ansichten und konnte ihre Mutter überzeugen. »Die Mädchen machen Abitur. Und dann studieren sie. Wir haben schließlich 1970.«

Ihre Mutter hatte diese Möglichkeit vorher nicht in Betracht gezogen. Es war Elsa, die darauf hinwies, dass es noch andere Aussichten gab, als dass die Töchter einer Verkäuferin zu Verkäuferinnen wurden. Oder zu Sekretärinnen, das war der andere Werdegang, den sich ihre Mutter hatte vorstellen können. Elsa, die mit siebzehn Jahren bei ihrem Großvater ausgezogen war, zusammen mit ihren beiden jüngeren Schwestern. Elsa hatte die Ausbildung im Krankenhaus begonnen und hatte auch ihre beiden Schwestern dazu gebracht, nicht mit vierzehn oder fünfzehn Jahren von der Schule abzugehen. Obwohl es damals naheliegend gewesen wäre zu arbeiten, um Geld für die kleine Familie zu verdienen.

Ganz anders als Elsa war ihre Mutter nicht besonders geübt darin gewesen, die gewohnten Umstände infrage zu stellen. Veränderungen hatten sie eingeschüchtert. Als Astrid ihr Medizinstudium abgeschlossen hatte, wirkte ihre Mutter bei jedem Treffen verzagt. Sie schien Angst zu haben, etwas falsch zu machen oder etwas Dummes zu sagen.

»Warum tauchst du eigentlich schon wieder überraschend hier auf? Willst du kontrollieren, ob ich tagsüber im Bett liege?«

Elsa hat sie durchschaut, genau das hatte sie vor. Sie wollte herausfinden, wie es ihrer Tante geht, wenn sie keinen Besuch erwartet.

»Ich war in der Nähe und habe Einkäufe für dich gemacht, nur ein paar Kleinigkeiten, die du gebrauchen kannst und die sich eine Weile halten. Außerdem die Zitronenkekse, die du magst.«

Sie achtet darauf, nicht doch einen prüfenden Blick auf die Ansammlung von Tellern und Schüsseln auf dem Tisch zu werfen. Elsa hat recht. Sie hat sich mit dem Hausstand ihrer Mutter kaum beschäftigt. Also braucht sie nicht ausgerechnet jetzt damit anzufangen.

»Soll ich dir helfen? Sind in den oberen Fächern der

Schränke noch Sachen? Ich sehe dich ungern auf einer Leiter.«

»Nein, aber du könntest unten die Bücherregale leer räumen. Dann schauen wir durch, was wir weggeben, und was du behalten möchtest.«

Astrid sieht Elsa zweifelnd an. Ihr gefällt das nicht, sie findet dieses große Aufräumen übertrieben.

»Und du, was möchtest *du* denn behalten?«, fragt sie Elsa, denn außer einigen Bildbänden, Loire, Schwarzwald, Himalaja, einer Goethe-Edition in Kunstleder und einer Reihe abgegriffener Krimis gehören die meisten Bücher, so weit sie weiß, ihrer Tante.

»Ich habe alles, was ich brauche, schon zur Seite gelegt.« Sie zerreißt ein großes Stück Zeitung in zwei Hälften und wickelt die blauweiße Teekanne, die an der Tülle einen kleinen Sprung hat, ein.

Astrid mustert die Schrankwand im Wohnzimmer. Ein scheußliches, gigantisches Ensemble aus dem Möbelhaus, das schon sehr lange hier steht. Mit aufklappbarer Hausbar und in der Mitte Raum für ein Fernsehgerät, das heute lachhaft klein erscheinen würde.

Widerwillig, aber folgsam beginnt sie, einige Bücher aus den oberen Regalen zu holen und auf dem Couchtisch zu stapeln. Es ist doch erstaunlich, auch nach Jahrzehnten scheinen sich die Rollen nicht zu verändern, zwischen ihr und Elsa, einem Mädchen und einer jungen Frau, und nun einer älteren und einer noch älteren Frau.

Im Augenwinkel sieht sie, dass jemand durch den Garten huscht. Ein Junge, er trabt hinüber zur Holzhütte, sein Rucksack wippt bei jedem Schritt. Das Gesicht kann sie nicht erkennen, er hat seine Kapuze tief in die Stirn gezogen. Sie stellt sich näher ans Fenster und beobachtet, wie er im Holzhaus verschwindet. Dann kommen also doch noch Kinder vorbei und verkriechen sich in der alten Märchenbude. Sie hatte seit den Mädchen von gegenüber niemanden mehr im Garten spielen sehen.

26

Jemand hat Gartenmöbel vor dem Jugendhaus aufgestellt, hinter dem rotweißen Absperrband sitzt ein Mann an einem Tisch. Wahrscheinlich Wolfgang, denkt sie, doch beim Näherkommen erkennt sie, er ist es nicht. Der Mann wirkt älter, graues Haar, seine Brille hängt ihm tief auf der Nase. Er liest in einem Buch, auf dem Tisch vor sich eine Thermoskanne und ein Sandwich auf einem Teller.

Als er sie bemerkt, nickt er ihr zu. »Hallo, darf ich Sie kurz aufhalten? Wollen Sie eine Petition unterschreiben?«, fragt er und zeigt auf das Klemmbrett neben seinem Teller. »Es geht um das Jugendhaus, wir setzen uns für den Erhalt ein.«

Klar, gern, antwortet sie, taucht unter dem Absperrband hindurch und trägt sich unten in die noch überschaubare Liste von Unterschriften ein. Es hat angefangen zu regnen, Tropfen landen auf dem Papier.

»Steht das Gebäude jetzt leer?«

»Ja, die Jugendlichen sind in einer Siedlung am Stadtrand untergebracht, kein Vergleich zu diesem schönen Haus. Zentral gelegen, in der Nähe der Schule. Besser geht es eigentlich nicht. Deshalb müssen die auch wieder hierher, so bald wie möglich.«

Der Mann ist aufgestanden und macht sich an dem Sonnenschirm neben dem Tisch zu schaffen, schließlich hat er ihn aufgespannt, der Schirm bietet ein schützendes Dach vor dem Regen.

»Und Wolfgang, der Jugendhausleiter, hat zu viel zu tun, um sich zu engagieren. Der kümmert sich ja um die Betreuung der Wohngruppe«, sagt er und setzt sich wieder.

Sie betrachtet die Fassade, kann nirgendwo Schäden erkennen.

»Warum soll es auf einmal einsturzgefährdet sein?«

Er bietet ihr den zweiten Stuhl an, sie setzt sich und stellt die Schale mit ihrem Essen, das sie sich für die Mittagspause geholt hat, auf den Tisch.

»Angeblich Risse im Fundament. Wenn das stimmt, wird es teuer. Die Frage ist nur, für *wen*. Für den Eigentümer, für die Stadt, oder …«, er zuckt mit den Schultern. »Ein Gutachter vermutet, dass die Schäden durch den Kaufhausabriss um die Ecke entstanden sind. Die Erschütterung hat die Statik des alten Gebäudes überfordert. Ein anderer Gutachter sagt, es liege am Boden. Die letzten Sommer waren vergleichsweise trocken, absinkendes Grundwasser, das lässt wohl die Fundamente absacken. Es ist in anderen Städten auch passiert, ich habe das nachgelesen. Kostspielig und kompliziert, solche Schäden zu beheben. So viel Geld hat kaum ein Eigentümer mal eben so parat.«

Trockene Sommer, absackende Fundamente, unbewohnbare alte Häuser, auch so etwas ist dann wohl eine Folge der Erderwärmung. Inzwischen genügt schon ein Detail wie dieses, damit sich sofort wieder das Gefühl von Aussichtslosigkeit meldet, das sie jedes Mal schnell wegzuschieben versucht.

»Wollen Sie vielleicht hier essen? Damit es nicht kalt wird?«, fragt der Mann.

Sie zögert einen Moment, dann öffnet sie den Deckel der Schale.

Er schraubt seine Thermoskanne auf und schüttet etwas in den Becher, es riecht wie grüner Tee. »Heute ist mein zweiter Tag hier. Mal sehen, ob ich bis zum Ende der Woche zweihundert Unterschriften sammeln kann. Ich hätte es mir leichter vorgestellt.«

»Und was glauben Sie? Liegt es an den Bodenbedingungen oder am Abriss?«

»Keine Ahnung. Wenn es Erschütterungen durch den Abriss waren, hätten wir es wenigstens mit etwas zu tun, das sich in Zukunft anders handhaben lässt. Außerdem haftet dann die Stadt oder die Abrissfirma, und das alte Haus könnte saniert werden.«

Er nippt an seinem Tee, während sie das lauwarme Gemüse isst.

»Ich bin hier geboren, ich mag diese Stadt sehr. Aber schauen Sie sich um, bei Regen bekommt man Beklemmungen, wenn man die Spanplatten an den Türen sieht. Und bei Sonne treten die beschädigten Häuser noch deutlicher hervor.« Er lächelt. »Darf ich fragen, ob Sie hier in der Stadt leben?«

Sie antwortet vage, sie würde ein paar Kilometer von hier entfernt wohnen. Von ihrem Laden erzählt sie nichts, warum, weiß sie nicht, sie hat das Bedürfnis, nicht so viel über sich selbst zu reden, sondern ihr Gemüse zu essen und dem Mann zuzuhören.

»Ich habe mein ganzes Leben lang hier gewohnt und gearbeitet. Und jetzt bin ich im Ruhestand. Wenn ich ehrlich bin, sitze ich hier auch, weil ich mich zu Hause vor dem Fernseher zu sehr über die politische Lage aufrege, in England, in den USA, bei uns, aber natürlich nicht nur dort. Ich schaue zu viel von allem, vor einiger Zeit habe ich mich auch noch auf Twitter angemeldet. Aber wem helfe ich damit? Was bewirke ich? – Nichts.«

Sie nickt, ein wenig erstaunt, dass er so offen von sich erzählt, obwohl sie sich nicht kennen.

»Neulich habe ich es geschafft, eine der ersten zwanzig Personen zu sein, die auf eine der Twitter-Meldungen des Präsidenten geantwortet haben. Wissen Sie, wie schwer das ist? Unmöglich geradezu. Sekündlich hackt da die ganze Welt ihre Kommentare drunter. Und ich war einer der ersten zwanzig.« Er räuspert sich. »Oder der ersten fünfzig, na ja, vielleicht auch der ersten hundert. Genau konnte ich es nicht erkennen.«

»Was haben Sie geschrieben?«

Er schüttelt den Kopf. »Ach nein, das ist völlig unwichtig, da habe ich mich nicht mit Ruhm bekleckert. Vergessen Sie die Sache am besten sofort. Es zeigt nur, wie vergeblich solche Bemühungen sind.«

»Kommen Sie, Sie haben mich neugierig gemacht, jetzt müssen Sie es mir auch verraten.«

Gegenüber wird oben ein Fenster geöffnet. Es passiert alles ganz schnell, sie sieht den Eimer, und ehe sie etwas sagen kann, wird ein Schwall Wasser über ihnen ausgeleert und landet mit einem kräftigen Platsch vor dem Tisch. Sie springt auf, ihre Hose ist nass, doch ansonsten hat sie nichts abbekommen, auch der Mann scheint verschont geblieben zu sein. Erschrocken blickt sie hoch zum Fenster, aus dem das Wasser kam, doch es ist niemand zu sehen. Das Fenster, aus dem auch die bösen Kommentare zu hören waren, als sie vor einiger Zeit hier stand. Zumindest würde es zusammenpassen.

»Na, hoppla«, sagt der Mann und greift nach dem Klemmbrett mit den Unterschriften, es ist nass geworden, einige der wenigen Namen sind nicht mehr lesbar. »Zu schade«, sagt er. »Wer ist auch so rücksichtslos und schüttet sein Putzwasser aus dem Fenster, während unten Leute sitzen.«

Sie sieht ihn überrascht an. »Sie glauben, das war ein Versehen?«

Er löst den nassen Zettel vorsichtig vom Klemmbrett und legt ihn zur Seite, dabei schüttelt er den Kopf. »Nein, eigentlich nicht. Entschuldigen Sie. Ich habe das nur gesagt, weil ich nicht wollte, dass Sie sich hier unwohl fühlen.«

Aus einem geflochtenen Korb unter dem Tisch holt er ein Päckchen Taschentücher, so einen Korb hatte ihre Mutter früher auch.

»Ich heiße Julia«, sagt sie.

Er blickt sie an und lächelt. »Ich bin Andreas«, sagt er. »Früher Geschichtslehrer hier am Gymnasium. Heute unbeholfener Aktivist für das Jugendhaus.«

Mit den Papiertaschentüchern versucht er, den Tisch trocken zu wischen, doch sie weichen sofort auf und verwandeln sich in unbrauchbare Knäuel.

»Nehmen Sie die«, sagt sie und zieht ihre Sweatjacke aus, bei der es egal ist, ob sie nass wird. Vorsichtshalber tippt sie in eine der Pfützen auf dem Tisch und hält sich den Finger unter die Nase, es könnte schließlich auch etwas anderes sein. Doch es ist tatsächlich nur Wasser. Während Andreas höflich protestiert, die schöne Jacke, wischt sie mit dem Stoff kräftig über den Tisch. »So, jetzt sieht es wieder gut aus.«

Er bedankt sich etwas verlegen.

»Bevor ich gehe, müssen Sie mir noch verraten, was Sie geschrieben haben«, sagt sie.

»Geschrieben?«

»Unter den Tweet.«

»Ach so.« Er zögert. »Es ist mir peinlich. Bye.«

Sie wartet darauf, dass er weiterredet, doch er sagt nichts.

»Also, was haben Sie jetzt geschrieben?«, hakt sie freundlich nach.

»Bye. Ich habe bye geschrieben. Im Sinne von tschüs.«

Sie muss lachen, hält sich aber zurück, weil sie ihm ansieht, dass ihm die Sache unangenehm ist. »Ach so, jetzt verstehe ich«, sagt sie.

»Man muss verdammt schnell sein. Das können Sie sich nicht vorstellen. Oder, Unsinn, können Sie natürlich doch. Sie sind ja jung und sowieso dort unterwegs. *Bye*, na ja, damit ist immerhin alles gesagt, oder? Darauf warte ich, auf den Tag, wenn er zurücktritt oder aus dem Amt gejagt wird. Wegen einer der vielen Sachen wird er zur Verantwortung gezogen. So einer übersteht keine Legislaturperiode.«

Sie schaut auf ihr Telefon, ihre Mittagspause war länger als geplant. Sie ist Andreas dankbar für die kleine Unterbrechung, während des gesamten Essens hat sie kein einziges Mal an die kommende Untersuchung gedacht, auch nicht an Chris, der sich gestern und heute von unterwegs nicht gemeldet hat, auch nicht an die Frau mit ihren Kindern im Wald, an das leere Nachbarhaus, daran, dass sie diese halb heruntergelassenen Jalousien an den Fenstern der Mädchen manchmal, wie aus dem Nichts, mit Angst und düsteren Gedanken erfüllen.

»Wenn Sie wollen, geben Sie mir einige Bögen der Liste mit, dann helfe ich, Unterschriften zu sammeln. Sind Sie morgen wieder hier?«, fragt sie.

»Ja, ich bin mit Sicherheit hier«, er zieht einige Blätter vom Klemmbrett und gibt sie ihr.

Also gut, bye, denkt sie, als sie sich zum Gehen wendet, verkneift es sich aber, er könnte denken, sie macht sich lustig über ihn.

»Ich sage dann jetzt mal nicht bye«, sagt sie und lächelt, weil sie es doch nicht ganz lassen konnte.

Er muss lachen, und auf einmal stellt sie sich vor, er wäre ihr Vater. Eine Szene, die sie genau vor sich sehen kann, sie wäre seine Tochter, seine erwachsene Tochter, und würde *bis später* sagen, weil sie nachher noch bei ihm zum Abendessen vorbeikommt.

»Bis später.«

27

»Ich habe seit einiger Zeit Magenschmerzen«, sagt der Mann. Er scheint vorher noch nicht bei ihr in der Praxis gewesen zu sein. Doris hat einen neuen Karteiumschlag mit seinem Namen in den Stapel gelegt.

Der Mann wirkt nervös, sein Blick wandert umher, immer knapp an ihr vorbei. Seine Stirn glänzt, als würde er schwitzen. Vielleicht gehört er zu denen, die sich in Arztpraxen nicht wohlfühlen und deshalb angespannt sind. Sie überfliegt den Fragebogen der Anamnese, den er im Wartezimmer ausgefüllt hat. Keine Vorerkrankungen, außer erhöhter Blutdruck, er nimmt ACE-Hemmer ein.

»Können Sie die Schmerzen genauer beschreiben? Sind sie eher dumpf oder stechend? Vorübergehende Krämpfe oder ein dauerhaftes Drücken im Magen?«

Er zögert. »Sie dauern schon länger, sind nicht stechend.«

»Verschlimmern sich die Schmerzen nach den Mahlzeiten? Oder werden sie stärker, wenn Sie einen leeren Magen haben?«

Er zuckt mit den Schultern, »Darauf habe ich nicht geachtet.«

Sie wirft noch einen Blick auf den Fragebogen. Der Mann ist Anfang fünfzig, wohnt in einem Ort etwa dreißig Kilometer von hier. Ungewöhnlich, aus der Gegend kommen selten Patienten zu ihr, vielleicht arbeitet er hier in der Nähe.

»Setzen Sie sich doch bitte da drüben hin«, sie zeigt auf

die Liege, »ich würde gern Ihren Blutdruck messen. Haben Sie noch andere Beschwerden? Schmerzen in der Brust oder im Arm?«

Er setzt sich auf die Liege, zieht seinen Pullover aus, darunter trägt er ein T-Shirt. Sie legt die Manschette um seinen Oberarm und misst seinen Blutdruck, leicht erhöht, auch der Puls ist etwas hoch.

»Legen Sie sich bitte einmal hin«, sagt sie. »Können Sie zeigen, an welcher Stelle die Schmerzen auftauchen?«

Er streicht sich über den Oberbauch. »Hier, in dem Bereich.«

Sie bittet ihn, das T-Shirt etwas hochzuschieben und tastet den Bauch vorsichtig ab, spürt die verkrampfte Muskulatur. Sie horcht mit dem Stethoskop die Magengeräusche und den Darm ab, doch kann nichts Auffälliges feststellen. Der Mann setzt sich auf und greift nach seinem Pullover.

»Es wäre gut, wenn ich sicherheitshalber noch Ihre Lunge abhöre«, sagt sie, um sicherzugehen, dass die Ursache der Schmerzen nicht von dort kommt.

»Ich hätte gern Tropfen gegen nervösen Magen«, sagt er, zieht seinen Pullover wieder an und steht auf. Sie zögert einen Moment. Er ist sich dessen wahrscheinlich nicht bewusst, aber er macht ihr die Untersuchung nicht gerade leicht.

»Haben Sie das häufiger, Magenschmerzen?« Sie kehrt zurück zum Schreibtisch, auch der Mann nimmt Platz. »Leiden Sie unter Sodbrennen?«

Er nickt.

»Haben Sie in letzter Zeit vermehrt Stress erlebt? Gibt es gerade außergewöhnliche Belastungen?«

Er zuckt mit den Schultern. »Kann schon sein.«

»Leben Sie allein oder ist jemand da, falls es Ihnen schlechter gehen sollte?«

»Allein.«

Sie ruft die Rezeptvorlage auf, sie wird ihm Magentropfen verschreiben und hoffen, dass er sich meldet, sobald die Schmerzen sich verschlimmern. »Nehmen Sie Medikamente gegen Spannungs- und Angstzustände, zum Beispiel Diazepam?«

Kurz wirkt er verwundert, dann schüttelt er den Kopf.

»Ich frage das, weil die sich mit Magentropfen nicht gut vertragen. Ich verschreibe Ihnen ein Medikament, das die Produktion der Magensäure etwas hemmt und erst einmal für Entlastung sorgt«, sagt sie und trägt *Omeprazol* ins Rezept ein.

Als sie sich ihm wieder zuwendet, zuckt sie innerlich zusammen, er sieht sie an, in seinem Ausdruck liegt etwas Abschätziges. Als sich ihre Blicke treffen, schaut er sofort weg. Sie fragt sich, ob ihn etwas verärgert haben könnte. Sie muss an die Briefe denken. Sie ist unsicher geworden bei der Arbeit. Es ist zum Verzweifeln. Als junge Ärztin im Praktikum kam es fast jede Woche vor, dass sie misstrauisch oder unfreundlich angesehen wurde. Bevor sie ihre Praxis eröffnete, empfahl ihr eine ältere Kollegin, das Schild für unten, an der Tür, ohne Vornamen drucken zu lassen, nur mit Initial. »Damit sie nicht sofort sehen, dass du eine Frau bist«, sagte die Kollegin. Sie hat den Rat befolgt. Obwohl die Sache ihr missfiel. Als sie sich nach den ersten Jahren einen soliden Patientenstamm aufgebaut hatte, hängte sie ein neues Schild an die Tür, mit ihrem Vornamen.

Wenn der Mann ein Problem mit Ärztinnen hat, hätte er unten am Eingang direkt umkehren können.

Doris schaut ins Zimmer. »Ich gehe los, heute früher, wegen, du weißt schon.«

»Schönen Abend, bis morgen«, antwortet sie, klickt auf *Drucken* und schließt die Rezeptmaske wieder. Der Mann ist ihr letzter Patient, es ist kurz vor sechs.

»Wenn Sie sich beeilen, dann schaffen Sie es heute noch in die Apotheke. Von hier aus direkt über den Platz und dann links. Die schließen zwar gleich, es ist aber meistens länger jemand da.« Sie steht auf. »Wenn sich bis nächste Woche keine Besserung einstellt, kommen Sie bitte wieder«, sagt sie, geht zur Tür und öffnet sie. Aus dem Drucker im Vorraum holt sie das Rezept und überreicht es ihm.

»Wo ist denn das WC hier?«, fragt er.

»Die zweite rechts«, sagt sie und weist mit dem Kopf zur Tür, auf der *WC* steht. »Ich verabschiede mich schon mal«, sagt sie, doch er dreht sich nicht um. In der Gesäßtasche seiner Jeans steckt eine Brieftasche, die Jeans ist an der Stelle ausgebeult und abgewetzt. Aus dem Behandlungszimmer hört sie ihr Handy klingeln.

Sie beeilt sich, es aus der Handtasche zu fischen. Es ist ihr ältester Sohn, ein Videoanruf. »Hallo, zwei kleine Jungs wollten dir Grüße schicken aus ihrem neu eingerichteten Zimmer«, hört sie seine Stimme, zu sehen sind die beiden jüngsten Kinder auf einem breiten Hochbett. Eine Liegelandschaft, auf der sie nun zu zweit schlafen können. Das Bild wackelt, einer der Jungs hat sich das Telefon geschnappt. Ein Schwenk durch das Zimmer, zur Decke, wieder über das Bett, nackte Füße, Stofftiere, jemand jammert und beschwert sich, ein Streit bricht um das Telefon aus. Sie schnappt eine Wortmischung aus Deutsch, Schwedisch und Hindi auf. »Okay,

okay, stopp«, hört sie ihren Sohn. Sie sieht das Muster von Bettwäsche, grüne Herzen, dann legt jemand auf. Sie wartet einen Moment, ob ein neuer Anruf folgt, doch es kommt eine Nachricht.

Sorry, bin allein mit der Bande, muss das Chaos beruhigen. Wir melden uns wieder!

Sie schaltet den Computer aus, holt ihre Jacke aus dem Schrank, schnappt sich die Patientenakten und bringt sie ins Vorzimmer. Sie beugt sich über den Tresen, legt den kleinen Stapel neben die Tastatur, damit Doris die Akten morgen einordnen kann. Sie dreht sich um und weicht vor Schreck zurück, dabei knallt sie mit dem Ellenbogen gegen den Tresen. Dicht hinter ihr steht der Mann. Wie aus dem Nichts steht er da. Sie hat weder die Tür noch seine Schritte gehört.

»Nein, nicht«, entfährt es ihr, doch sofort fasst sie sich. »Nein – nicht, dass ich Sie hier noch aus Versehen einschließe«, bringt sie mit einem Lächeln heraus, obwohl ihr der Schreck fest in der Kehle sitzt.

Der Mann murmelt, »kein Problem, kein Ding«, doch genau versteht sie ihn nicht.

Ein, zwei, drei Schritte, und schon ist sie an der Tür, öffnet sie und bleibt mit einem Fuß im Treppenhaus stehen.

»Schönen Abend«, sagt sie und tastet nach ihrem Telefon, doch es liegt ja in der Handtasche.

»Wiedersehen«, sagt er und lächelt, doch sie kann nichts Freundliches an seinem Ausdruck erkennen.

Als sie unten die Tür ins Schloss fallen hört, atmet sie tief durch. Wie konnte jemand so leise über den alten Dielenboden gehen? Angeschlichen, das ist es, was er getan hat, oder täuscht sie sich?

Einen Moment wartet sie, dann schließt sie die Praxis ab. Sie geht nach draußen und lässt den Blick über den Marktplatz wandern. Der Mann ist nicht zu sehen. Es ist ein heller, warmer Abend, einige Leute sitzen auf den Bänken. Sie macht sich auf den Heimweg.

Einige Straßen weiter ertappt sie sich dabei, sich immer wieder umdrehen zu wollen. Fast zwanghaft erscheint es ihr. Als würde sie sich verfolgt fühlen. Es ärgert sie. Das hier, das ist ihr Weg nach Hause. Ihr Heimweg, den sie unendlich viele Male gegangen ist. Dieser Weg, der *ist* ihr Zuhause. Sie muss an das *Wir* aus dem letzten Brief denken, der vor ein paar Tagen in der Post lag.

Wir werden dafür sorgen, dass –

Auch dieses *Wir* heftet sich an ihre Fersen. Eilig geht sie weiter und entscheidet sich für einen Umweg. Als müsste sie einen Verfolger abschütteln. Mit schnellen Schritten biegt sie in den Sandweg, über den man von hinten zu den Gärten kommt. Nach einer Weile dreht sie sich wieder um, der leere Pfad, Vogelgezwitscher, frühabendliche Ruhe. Alles wie immer.

Als hätte sie einen Sprint hinter sich, steht sie schwer atmend im Garten. Sie spürt ein Zittern in den Händen, betrachtet sie prüfend, doch da ist nichts zu sehen, die Finger scheinen ruhig. Statt ins Haus geht sie zum Schuppen und lässt sich auf die Bank fallen. Eine Amsel raschelt im Gras und sucht nach Insekten.

Sie kniet sich auf die Bank und öffnet den Nistkasten. Die Schachtel ist angebrochen, das Feuerzeug liegt daneben, Marli hat offenbar an einem der letzten Abende hier gesessen. Sie stellt sich vor, sie würde Marlis Schulter an ihrer Schulter spüren, sie würde ihr von dem Patienten erzählen, von dem eigenartigen Moment, *nein, nicht.* Als hätte sie um etwas betteln müssen. Meine Güte. Sie greift in die Jackentasche und holt den Brief hervor, den sie vor Kurzem bekommen hat. Aus der Handtasche holt sie einen Kugelschreiber und beginnt zu schreiben.

Warum schickt mir jemand so etwas? Du fehlst mir.

Sie steigt auf die Bank, legt den Brief in den Nistkasten und klappt ihn wieder zu.

28

TheDarlings, sie sitzen an einem langen Holztisch, im Hintergrund ein großer Kamin, oder eher eine Feuerstelle, an den Wänden verblasste, fragmentierte Wandmalereien, die in Handarbeit freigelegt worden sind, sie zeigen ländliche Szenen, Feldarbeit und Ernte; die Küche des alten Hauses in Massachusetts wird zweihunderttausend Leuten präsentiert, 1760, georgianischer Kolonialstil, die Renovierung wird seit Wochen dokumentiert, auf dem Dachboden wurde eine alte Puppenküche gefunden, angeblich aus dem frühen neunzehnten Jahrhundert, mit der die Kinder jetzt spielen.

Kleine_Wanderer, die vier Töchter stehen in einer Reihe, sie tragen geblümte Kleider, eine lächelt, die zweite auch, die dritte hält die Hände vor das Gesicht, die Kleinste, Einjährige starrt glasig ins Nichts, ein Fingertippen, und man erfährt, wo Kleider, Haarspangen, Armbändchen, Sandalen, Nagellack und ein Teppich, von dem nur eine Ecke mit Fransen zu sehen ist, bestellt werden können.

Julia wollte eigentlich nach Keramikfliesen suchen, nach Mustern und Farben, die sie auf Ideen bringen würden, für ein Dominospiel, das sie gestalten möchte, doch nun sitzt sie wieder hier, betrachtet die Kinder, die Mütter, die Väter, die Gärten, die Tische mit Kuchen, Brotlaiben und Blumen, als würde sie über eine Mauer schauen oder durch ein Fenster, hinter dem sich ein verlockendes Leben abspielt, in dem gebacken und geboren wird.

Linus_und_Mette zeigen hunderttausend Leuten einen Geburtstagskuchen für eines ihrer Kinder, ein perfekter *Naked Cake* aus mehreren Schichten Creme und Biskuit, übersät mit Himbeeren und Erdbeeren, in der Vase blühen schwere Pfingstrosen, die Tischdecke ist selbst bestickt, auf dem Blog kann man sich das Muster herunterladen.

Wildcrowd; die Familie hält seit Kurzem Hühner im Garten, neun Kinder sitzen auf dem Dach eines selbst gebauten Stalls, der rot angestrichen ist, mit weißen Fensterrahmen, eines von ihnen hält eine Henne auf dem Arm.

Mother_Mary steht mit ihren Kindern im Gemüsegarten, die erste Ernte wird präsentiert, Radieschen, kleine Möhren, Mangold, der Säugling ist nun ein Kleinkind, es kann laufen und hält ein Körbchen, in dem einige Blätter liegen, Mangold oder Spinat. *And we have a little secret to share, number 4 is on the way!!!*, kündigt die Frau an, in den Kommentaren wird mit Herzchen gratuliert. Auf einem anderen Foto ist im Wind trocknende Wäsche zu sehen, wehende Laken, durch die das Licht der Abendsonne schimmert, hinter einem dieser Laken der Schatten eines Kindes.

Sie vernichtet schon wieder ihre Arbeitszeit, sie sollte damit aufhören, durch die Bilder zu scrollen, doch sie liebt diese Welten, und durchschaut sie, und liebt sie trotzdem, sie sind vorgetäuscht, aber so *echt* vorgetäuscht, wer würde sein Leben nicht gern so vortäuschen können?

Es sind die Wünsche, die echt sind.

Wäsche im Wind.

Hier konnte man dafür Hunderttausende Follower interessieren. War das ein unterdrückender Rückschritt? Oder ein befreiender Fortschritt? Dass mit einem Foto von Wäsche an der Leine Reichweite erlangt und Geld verdient werden konnte?

»Wäsche im Wind war schon vorher kommerziell, in einem Werbespot für Persil oder Lenor.« Sie stellt sich vor, wie ihre Mutter antworten würde. »Da hängen auch Laken, die in der Sonne und im Wind trocknen, und viele Leute sehen das dann«, würde ihre Mutter vielleicht sagen.

Aber jetzt ist es nicht der Hersteller. Jetzt ist es die Frau, die das Bild kommerziell nutzt. Das würde sie ihrer Mutter antworten. Die Frau macht ihre Häuslichkeit sichtbar und profitiert davon. Hunderttausende Follower schenken ihr Aufmerksamkeit. Wäsche zu waschen bekommt einen messbaren Wert. Arbeit, die früher unbezahlt war, wird inszeniert. Wäsche wird aufgewertet.

»Aber *welche* Wäsche wird aufgewertet?«, würde ihre Mutter fragen.

Die der Frau in dem Garten. Aber auch die Arbeit an sich.

»Wirklich? Und was ist mit der alleinerziehenden Mutter in einer kleinen Wohnung, die den Wäscheständer im Wohnzimmer neben der Schlafcouch aufbaut, weil nirgendwo sonst Platz ist? Wird deren Arbeit auch aufgewertet? Oder die einer Arbeiterin in einer Wäscherei, die nicht den Mindestlohn bekommt?«

Sie kann es sich genau vorstellen, dieses Gespräch.

Rose hat ihr Frühgeborenes nach Monaten noch nicht nach Hause holen können, ihre hundertfünzigtausend Follower sehen, wie ein magerer Körper in einem Wärmebett mit einer Infektion zu kämpfen hat, wie es schon wieder um alles geht, drapiert mit einer pastellfarbenen Decke, selbst gestrickt, die

Leute schicken Grüße und Herzen, alle meinen es gut, meinen es gut mit dem Frühgeborenen, das nicht weiß, dass sein Kampf eine Story ist, aber alle meinen es gut.

Die Tür öffnet sich, eine Frau betritt den Laden. Julia legt das Tablet zur Seite, steht auf und geht die zwei Stufen zum Verkaufsraum hinunter.

»So sieht es hier also aus«, sagt die Frau und blickt Julia freundlich, erwartungsvoll an. »Du erinnerst dich nicht mehr an mich, aber ich kenne dich, seitdem du Windeln trägst«, sagt sie und stellt sich vor, ihr Name sei Vera. Julia hat den Namen früher einige Male gehört, wenn ihre Mutter von Freundinnen erzählte. Sie ist nicht sicher, ob Vera auf der Trauerfeier gewesen ist, möglich wäre es, doch ihre Erinnerungen an den Tag sind verschwommen. Ein alter Freund ihrer Mutter hatte ihr mit der Gästeliste geholfen, er hatte einen großen Teil der Planung übernommen und sogar Geld für die Feier gesammelt. Viele der Leute kannte Julia nicht. Doch über dem ganzen Tag hing ein Schleier, sie hat kaum noch Gesichter vor Augen, nur an die Stimmung kann sie sich erinnern, es war keine bedrückende Trauer, sondern viele Leute schienen auch erfreut, sich nach lange Zeit wiederzusehen.

»Deine Mutter und ich, wir waren schon befreundet, bevor du geboren wurdest«, sagt die Frau, Vera. Sie trägt eine Jeans und ein weites blaues Hemd, die Ärmel bis zu den Ellenbogen hochgekrempelt, um den Hals hat sie eine Brille an einer Kette hängen, ihr graues Haar ist zu einem Zopf im Nacken gebunden.

»Es war so. Vor einiger Zeit habe ich mich gefragt, was aus dir geworden ist. Dann habe ich deinen Laden im Internet gefunden und mir vorgenommen, sobald sich eine Gelegenheit bietet, werde ich dich besuchen.«

Julia bietet ihr etwas zu trinken an, sie setzen sich nach hinten, an den Arbeitstisch.

»Das hier«, sagt Vera und lässt den Blick noch einmal durch das Atelier wandern, »hätte ihr sehr gefallen.« Sie betrachtet die Zeichnungen und Postkarten an der Pinnwand, die noch nicht glasierten Schalen auf der Ablage, den Brennofen, der auf seinen Metallfüßen hinten in der Ecke steht, und fragt Julia, wie lange sie den Laden schon hat, wo sie wohnt, und seit wann, und ob sie hier zufrieden ist.

Eine Weile unterhalten sie sich, und Julia beginnt, sich darauf einzustellen, dass gleich die *eine* Frage kommt, die früher oder später immer gestellt wird. *Und, hast du Kinder?*

Doch bislang scheint Vera es nicht zu interessieren. Julia beginnt sich zu entspannen, offenbar muss sie keine Reaktion parat haben, sie kann die aufgesetzten Antworten, Stimmlagen und Gesten, mit denen sie jedes Mal Gelassenheit zu demonstrieren versucht, vorerst ziehen lassen. Sie schenkt Vera Tee nach.

»Dann wohnst du jetzt also im Grünen, wie man so schön sagt. Wie deine Mutter, kurz vor deiner Geburt. Deine Mutter ist im Grünen verschwunden.«

Julia versteht nicht, was Vera damit meint. Sie weiß nichts von einem Umzug ihrer Mutter, noch vor der Geburt. Ihre Mutter hat eigentlich immer in der Stadt gelebt. Vorsichtshalber antwortet sie nur mit einem unbestimmten *Mhm* und wartet ab, ob Vera noch mehr erzählt.

»Hat sie ja nicht lange ausgehalten. Ich glaube, noch vor

deinem zweiten Geburtstag war das, da ist sie zurück nach Hamburg gezogen.«

Sie versucht, sich nichts anmerken zu lassen, sie hat keine Ahnung, wovon Vera spricht. Wann war ihre Mutter ins Grüne gezogen, was hieß das überhaupt, *ins Grüne*, wo soll das gewesen sein? Soweit sie weiß, hat sich ihre Mutter nach der Trennung eine Wohnung am Rand von Hamburg gesucht, die Wohnung, in der Julia ihre Kindheit verbracht hat, der erste Stock eines Rotklinkerbaus für vier Familien, in dem sie bis zum Abitur und Beginn des Studiums mit ihrer Mutter gewohnt hat. Eine Straße weiter befand sich eine ehemalige Bäckerei, deren Räume sich ein Kindergarten mit ihrer Mutter teilte, ihre Mutter gab dort, im Atelier, Kurse, tagsüber für Kinder, abends für Erwachsene.

»Einen Sommer hast du sogar bei mir verbracht, da warst du sechs Monate alt. Ich bin mit dir im Kinderwagen durch die Gegend spaziert und alle haben mich erstaunt angesehen, *Ah, Sie haben Nachwuchs?* Hochgezogene Augenbrauen, Überraschung, eine alleinstehende Mutter, sehr interessant fanden die Leute das damals noch«, sagt Vera und lacht. »Und gebadet hast du gern, Schaumkronen habe ich dir auf den Kopf gesetzt. Bestimmt habe ich davon noch Fotos.«

Julia betrachtet Veras Gesicht, die Augen, das Lachen. Es hat etwas Tröstliches zu hören, dass Vera sie von Geburt an kennt und Erinnerungen an ihre Kindheit hat.

Vera steht auf. »Darf ich mich noch einmal genauer umschauen?«, fragt sie und kehrt zurück zum vorderen Bereich, zum langen Tisch, wo der größere Teil der Keramik aufgebaut ist.

Julia beobachtet Vera, es ist, als wäre überraschend eine Verwandte aufgetaucht. Da ist also noch jemand. Der frühe Tod ihrer Mutter hat ihre eigene Kindheit zu einem Geheimnis gemacht, nichts und niemand mehr vorhanden, außer ein paar Fotos und Erzählungen.

Für sie wird es nur die Familie geben, die sie selbst gründet. Und die Verwandtschaft von Chris, eine große Runde, in der sie sich wohlfühlt, obwohl ihr jedes Mal wieder bewusst wird, dass sie diese Verbindungen verlieren könnte, durch eine Trennung wäre es ja so. Ihre Mutter glaubte an Freundschaften, nicht an Verwandtschaft. Für Julia ist das kein Ersatz, Freundschaften sind nur bedingt verlässlich, sie verändern sich ständig, und manchmal fällt es ihr schwer, sie zu pflegen. Wie viele Nachrichten allein schon ausgetauscht werden, um einen gemeinsamen Abend oder ein Wochenende zu planen, und um das Ganze dann wieder abzusagen. Eine Verabredung treffen und sie verschieben, sich aufeinander freuen, sich das gegenseitig versichern, und es doch nicht einlösen, sie hat den Eindruck, dass viele ihrer Freundschaften vor allem daraus bestehen. Vielleicht ist es aber auch nur eine Lebensphase, das Kapitel, in dem die meisten Leute aus ihrem Freundeskreis Kinder bekommen haben. Es ist, als wäre sie mit allen zusammen in einen Zug gestiegen, mit einem gemeinsamen Ziel. Doch nach und nach sind die Leute ausgestiegen, sind umgestiegen, fahren in andere Richtungen, und sie, sie hat ein Stück der Strecke verschlafen, wacht auf und sieht, sie hat ihren Anschluss verpasst. Wieder ist sie bei dem Thema gelandet, Kinderkriegen. Sie ist eigentlich froh, dass sie jetzt hier lebt, dass Besuche nun *wirklich* geplant werden müssen, weil die Wege lang sind. Chris und sie haben überlegt, einen gebrauchten Bauwagen zu kaufen, um ihn hinter das Gewächshaus zu stellen und einzurichten, dazu eine Gartendusche, dann könnten Freunde bei ihnen Urlaub machen.

»Weißt du noch, wie die Straße hieß?«, fragt Julia, »Also, ich meine, da«, *im Grünen* hätte sie jetzt aus Verlegenheit fast gesagt, verkneift es sich aber, weil es dann endgültig klingen würde, als hätte sie keine Ahnung, »da, wo wir früher gewohnt haben?«

Vera überlegt, schüttelt den Kopf. »Ich glaube, *Hauptstraße* oder *Dorfstraße*. Der Bauernhof mit eurer Einliegerwohnung lag am Ortsrand, da gab es diesen riesigen Garten, und zur Wohnung gehörte eine Terrasse. Auf der hast du im Kinderwagen an der frischen Luft geschlafen, auch im Winter hat deine Mutter dich zum Mittagsschlaf nach draußen geschoben.«

»Ja, die Fotos kenne ich!« Das, immerhin, ist die Wahrheit. Diese Fotos kleben in einem Album, dem einen Album, das ihre Mutter angelegt hatte. Ein roter Kinderwagen steht auf einer Terrasse, ein Hügel Federbett ragt heraus, auf einem anderen Bild ist sie als Einjährige zu sehen, sitzend in dem Wagen. Sie trägt eine Wolljacke und eine weiße Pudelmütze. Sie hatte immer gedacht, die Bilder wären im Garten von Freunden aufgenommen worden. Erstaunlich, ihre Mutter hat mit ihr auf einem Bauernhof gewohnt. Sie nimmt sich vor, später in der Kiste mit den alten Fotos, den Urkunden und Briefen ihrer Mutter nachzusehen, ob die Adresse irgendwo auftaucht.

»Du hattest ein gutes, ja, ein friedliches erstes Lebensjahr dort«, sagt Vera. »In manchen Beziehungen steht das eigene Wohl leider auf der Kippe. Deine Mutter hat das rechtzeitig gemerkt, sie hat klug und konsequent gehandelt. Aber das weißt du ja.«

Julia hat wieder keine Ahnung, wovon Vera spricht, doch wagt es nicht zu fragen. Für eine Weile verfallen sie in Schweigen, sie stellt fest, dass da eine große Lücke ist, sie weiß so gut wie nichts über ihre junge Mutter, die noch schwangere Frau, die sich offenbar ein neues Zuhause gesucht hatte, aus einer nicht gerade einfachen Situation heraus.

»Mein Zug fährt in vierzig Minuten, ich muss bald aufbrechen«, sagt Vera. »Hast du einen Zettel?«

Julia schaut sich nach dem Notizblock um, findet ihn auf der Fensterbank.

»Ich schreibe dir meine Adresse und Telefonnummer auf. Ich würde mich sehr freuen, wenn wir in Kontakt bleiben.«

29

Die gewellten, vom Regen durchweichten Papierbatzen stecken fest. Wieder zerrt sie den Werbemüll aus dem Briefkasten und wirft alles in die Tonne. Sie schaut noch einmal durch das Küchenfenster, drückt die Nase an die Scheibe, das Geschirr steht unverändert an der Spüle, die Zeichnung hängt am Kühlschrank. Sie fragt sich, was aus den Mietschulden der Frau geworden ist, ob noch jemand auf die Zahlung wartet. Überhaupt, einer Frau mit drei Kindern mit einer Räumungsklage zu drohen, wie konnte man. Es sollte keine Räumungsklagen geben dürfen, wenn Kinder im Spiel sind.

Ja, aber wozu braucht die Frau so ein riesiges Haus, hört sie den Anwalt sagen. Sie muss doch wissen, dass sie es nicht bezahlen kann.

Es stimmt, dieser Gelbklinker ist groß, aber er ist auch unglaublich hässlich und müsste dringend renoviert werden. Er hätte wahrscheinlich leer gestanden und vor sich hin gegammelt, wenn die Familie ihn nicht gemietet hätte.

Sie überquert die Straße und klingelt bei Elsa, doch ihre Tante öffnet nicht, schon wieder nicht. Sie klingelt noch einmal, wartet und wühlt in der Tasche nach dem Telefon. Sofort wird sie von einer Welle von Sorge erfasst. Diese Ahnung von drohendem Unheil verfolgt sie. Sie fühlt sich wie auf dünnem Eis. Sie muss achtgeben. Irgendetwas wird passieren, es liegt in der Luft. Ein falscher Schritt, und dann. Endlich hört sie Elsas Schritte im Flur, die Tür öffnet sich.

»Da bist du ja«, sagt ihre Tante und klingt ungeduldig, sogar etwas vorwurfsvoll.

Sehr komisch, Astrid schnaubt leise, aber erwidert nichts.

Auf dem Weg in die Küche bleibt sie an dem Zimmer stehen, in dem früher ihre Tante und ihr Onkel geschlafen haben. Es wird seit dem Tod ihres Onkels für Gäste genutzt. Doch bis auf das Bett ist es auf einmal leer.

»Wo sind denn die Möbel, der alte Bauernschrank? Den kannst du doch nicht weggeschleppt haben?«

»Abgeholt, habe ich verkauft.«

»Und der Schreibtisch?« Auch ein Ungetüm, das Elsa kaum durch die Gegend hätte schieben können.

»Abgeholt, verschenkt.«

Nur noch das schmale Doppelbett ist übrig geblieben.

»Es wäre schön, wenn du es in die andere Ecke schiebst. Ich würde gern beim Aufwachen aus dem Fenster gucken«, sagt Elsa.

»Du willst jetzt hier unten schlafen? Hier, in dem kleinen Zimmer? Aber oben ist es doch viel schöner.«

»Aber um nach oben zu kommen, muss man die Treppe gehen.«

»Aber das kannst du doch.«

»Na ja. Wer weiß, wie lange noch.«

Astrid starrt ihre Tante überrascht an. Davon, dass die Treppe nun ein Problem darstellt, hatte Elsa bisher kein Wort erwähnt. Astrid weiß nicht, was sie antworten soll. Du doch nicht. Du wirst immer die Treppen hochgehen können. Das würde sie ihr jetzt gern sagen.

»Heißt das, du willst nur noch das Erdgeschoss bewohnen?«

Das gefällt ihr nicht. Den Schlafplatz nach unten zu verlegen, damit beginnt das letzte Kapitel, und irgendwann reduziert sich alles auf ein Krankenlager im Wohnzimmer. Schwere, heizungswarme Luft, Pflegestufe zwei. Sie würde es ihrer Tante am liebsten verbieten.

»Mach mir die Idee nicht schlecht. Dein Onkel und ich, wir haben uns damals hier unten sehr wohlgefühlt«, sagt Elsa vergnügt.

»Und was soll mit den Räumen oben passieren?«

»Die werde ich vielleicht vermieten.«

»An wen denn vermieten?«

»An Leute, die nicht viel zahlen können und es hier mögen. Es gibt genug Menschen, die ein günstiges Dach über dem Kopf brauchen. Doch jetzt würde ich mich freuen, wenn du mit mir zusammen das Bett in die andere Ecke schieben könntest. Wenn wir langsam und vorsichtig sind, können wir es schaffen, ohne uns den Rücken dabei zu verderben.«

Astrid zieht das Bett eine Handbreit von der Wand weg, es ist nicht so schwer, wie sie gedacht hat. Dann schiebt sie es ein Stück in die andere Richtung. Elsa hilft ihr symbolisch, indem sie den Holzrahmen berührt, ohne mit anzuheben. In kleinen Etappen ruckelt und bugsiert Astrid das Bett in die andere Ecke, während Elsa versucht, nicht im Weg zu stehen. Als es geschafft ist, schaut sie sich noch einmal um.

»Warum auf einmal. Bist du auf der Treppe gestürzt?«

Elsa schüttelt den Kopf. »Nein, du kennst mich doch. Ich denke an den nächsten und übernächsten Schritt. Ich sehe gern so früh wie möglich, was als Nächstes kommt. Außerdem, man kann doch nicht als einzelne Person ein ganzes Haus für sich beanspruchen. Ich habe das lange genug getan, eigentlich finde ich es unmoralisch. Ich werde vermieten. An junge Menschen, die einen guten Start brauchen und sich nicht an einer alten Mitbewohnerin stören. Zum Beispiel.«

Astrid nickt, Elsa hat sicher recht. Es ist vernünftig, was sie sagt. Umsichtig und besonnen. Darin ist ihre Tante immer gut gewesen. Trotzdem gefällt es ihr nicht. Es ist, als würde Elsa vorzeitig ihren Alltag, nein, ihre Anwesenheit verkleinern. Sich selbst zum Verschwinden bringen. Auf einmal fällt ihr wieder der volle Briefkasten gegenüber ein.

»Diese Familie, gegenüber, noch mal.«

»Ja?«

»Hast du da etwas Neues erfahren?«

»Was meinst du?«

»Ob sie der Frau mit der Mietforderung jetzt weiter das Leben schwer machen? Oder ob da alles in Ordnung ist«, sagt Astrid. »Liegt der Brief noch hier?«

Hm, macht Elsa nur, Astrid folgt ihr in die Küche und lässt sich an der Spüle ein Glas Wasser ein. Elsa wühlt in den Zeitungen und Papieren, der Stapel hat sich in den vergangenen Tagen wieder in einem Durcheinander aufgelöst.

»Ich wüsste halt gern, dass es der Mutter und den Kindern gut geht.«

Astrid musste heute wieder an die Frau in der Badewanne denken, ein geschwollenes Handgelenk und ein Hämatom am Oberarm. Sie hat noch einmal im Revier angerufen, ob man ihr sagen könnte, ob eine Obduktion stattgefunden hatte. Doch man wollte ihr keine Auskunft geben.

Sie fragt sich, wie oft in den vielen Berufsjahren sie Notlagen übersehen hatte. Wie viele Frauen wohl in ihrer Praxis gesessen, aber keine medizinische Hilfe gebraucht hatten. Frauen, die über Schlaflosigkeit, Rückenschmerzen oder Herzrasen geklagt hatten, über Ängste oder Nervosität. Aber eigentlich etwas anderes erzählen wollten. Ihr Problem nicht in Worte fassen konnten. Sie fragt sich, wie oft sie schlichtweg blind dafür gewesen ist. Puls gefühlt, Blutdruck gemessen, EKG gemacht, alles in Ordnung, schlafen Sie genug? Sie fragt sich, wie viele Frauen ihr gegenübersaßen und nicht damit herausrückten, nicht herausrücken konnten, was sie *wirklich* brauchten, in der Situation, in der sie sich befanden. Einen Anwalt, aber sofort, eine neue Wohnung, so schnell wie möglich, oder jemanden, der ihnen deutlich sagt, *Gehen Sie heute nicht zurück nach Hause. Ich kümmere mich um alles.*

»Ich finde ihn nicht mehr«, sagt ihre Tante.

»Kann nicht sein«, Astrid kramt nun selbst zwischen den Zeitungen herum. »Da ist er doch!«, sie hält ihn hoch. Sie weiß nicht einmal, was sie mit dem Schreiben überhaupt will. Bei der Kanzlei anrufen, sie ist unsicher, ob das eine gute Idee ist.

»Ja, da ist er«, sagt ihre Tante, doch sie klingt nicht besonders zufrieden. »Könntest du mir einen Gefallen tun? Kannst du die Sache auf sich beruhen lassen? Du hilfst der Frau damit ausnahmsweise nicht.«

Elsa nimmt ihr den Umschlag wieder aus der Hand und legt ihn zurück auf den Küchentisch.

30

Zwischen den hohen Bäumen parken eng an eng die Autos, da oben, sie schaut hoch zum Balkon, vierter Stock, haben Chris und sie gewohnt, und davor sie allein. Studentin, Praktikantin, Assistentin, ein weiteres Mal Praktikantin, dann Aushilfe, schließlich Angestellte, aber befristet.

Sie überquert die Straße. Das Café hat geöffnet, sie holt sich einen Tee und setzt sich auf die Bank neben dem Eingang. Ein Motorrad heult auf und braust an ihr vorbei. Die Stadtgerüche, ein bisschen staubig, ein wenig süßlich und beißend nach Benzin, der flüchtige, durchscheinende Geruch von Waschmittel aus einem geöffneten Souterrainfenster neben ihr, als sie noch hier wohnte, nahm sie diese Gerüche kaum wahr.

Oben, gegenüber, öffnet jemand ihre ehemalige Balkontür, das Glas reflektiert das Sonnenlicht, sie schließt die Augen und spürt die Müdigkeit, um halb sechs Uhr ist sie aufgestanden, um halb sieben fuhr der Zug, um elf hatte sie ihren Termin in der Klinik.

»Es hat sich ja gar nichts getan, trotz erhöhter Dosis.« Pause. »Das kommt selten bei uns vor.« Pause. »Sie sind wohl ein schwieriger Fall.« Sie hört wieder das höfliche Lachen des Arztes. Sie solle sich Gedanken darüber machen, wie sie weiter vorgehen möchte, riet er. Die Frage wäre, ob sich der Aufwand, physisch und emotional, und natürlich auch die Behandlungskosten, ob sich das alles weiterhin lohne, er wolle da ganz ehrlich sein. Er sah sie bedauernd an.

Sie fühlte sich dabei, als hätte sie zu viel verlangt. Von ihrem Körper, von den Medikamenten, von der Klinik. Oder von einer imaginären Instanz, die Glück verteilte. Chris rutschte neulich die Bemerkung raus, *Vielleicht soll es so sein.* Sie sollten sich zufriedengeben, mit dem, was sie haben. Sie kennt es schon, dieser Satz macht ihr sofort ein schlechtes Gewissen. Schließlich stimmt es ja, es geht ihnen gut. Doch ausgerechnet für Chris sagt es sich leicht, Chris, der in einem Nest aus Geschwistern, Cousins, Cousinen, Tanten, Onkeln aufgewachsen ist. Wenn man sich nie nach einer Familie sehnen musste, weil man zu viel von allem hatte. Wenn man als Jugendlicher nichts lieber wollte, als endlich mal in Ruhe gelassen zu werden. Chris hatte sich mit seinen zwei jüngeren Geschwistern ein Zimmer geteilt, seine beiden liebsten Orte waren die Gästetoilette, weil er die abschließen konnte, und der Heizkeller, weil keiner auf die Idee kam sich dort aufzuhalten, dort hatte Chris sich ein Lager gebaut, mit einem großen Kissen, einer ausrangierten Lavalampe und einem Stapel Comics.

Das war nun der zweite Versuch, den sie vorzeitig abbrechen musste. Weil ihr Körper auf die Medikamente nicht reagierte, kein bisschen, absolute Verweigerung, als wäre ihr Hormonsystem in einen Winterschlaf gefallen. Sie passt nicht gut in die Erfolgsstatistik der Klinik, auf der Webpage präsentieren sie ihre hervorragenden Zahlen, eine Patientin wie sie zieht den Schnitt nach unten.

»Nicht weinen.« Das hat der Arzt dann tatsächlich zu ihr gesagt. Dabei hatte sie nichts weiter getan, als ihm gegenüberzusitzen und zuzuhören, von Weinen konnte keine Rede sein. Sie wollte nur erfahren, welche Möglichkeiten es für sie noch gab. Sie war zwei Stunden mit dem Zug gefahren, um sich die ernüchternde Erkenntnis abzuholen, *Es hat sich ja gar nichts getan*, da hoffte sie wenigstens noch auf eine Perspektive.

»Nein, ich weine nicht«, antwortete sie. Doch sie hörte sich unglaubwürdig an, obwohl es die Wahrheit war. Sie fühlte sich wie in der Falle. »Vielen Dank, dann bespreche ich das in Ruhe zu Hause und melde mich«, sagte sie und zog die Mundwinkel auseinander, wie um ein Lächeln anzudeuten. *Weinen*, wie sehr musste der Arzt sich vor den Ansprüchen seiner Patientinnen fürchten. Immerhin weiß sie jetzt, dass diese Klinik nicht die richtige für sie ist. Die Mütterbilder im Wartezimmer, Kunstwerke, inszeniert und benutzt, sie hingen dort, um Hoffnungen zu wecken, und der Arzt konnte mit diesen Hoffnungen dann nicht umgehen. *Erwarten Sie nicht zu viel. Weinen Sie nicht.* Damit es nicht zu emotional wurde. Gefühle, ja, die schon, aber nur die erwünschten, die pflegeleichten, Vorfreude, Zuversicht und Dankbarkeit, aber bitte nicht den schwierigen Rest. Sie hätte nicht lächeln, sondern einfach wirklich mal losheulen sollen, um dem Arzt damit auf die Nerven zu gehen. Die rosinenförmige Zelle einer Vierzigjährigen, die er beim ersten Gespräch präsentiert hatte, die wäre eigentlich schon der Anlass zum Gehen gewesen. Das, immerhin, hat sie jetzt begriffen.

Sie beobachtet zwei Frauen, Erzieherinnen, mit einem Bollerwagen, in dem einige Kleinkinder sitzen, eines davon schlafend, mit nach vorn gesenktem Kopf. Die eine zieht den Wagen, die andere führt zwei weitere Kinder an den Händen.

Von der Klinik am Hafen ist sie den Weg zu Fuß hierhergekommen, in ihr altes Viertel, innerhalb weniger Minuten sind ihr vier oder fünf schwangere Frauen begegnet. Wo sich der plüschige Friseursalon befand, mit der violetten Tapete, ist jetzt ein Laden für Babykleidung, und in den großen Räumen des Schuhgeschäfts ist ein Zahnarzt eingezogen, ein *Kinder-Dentist.* Sie hat nicht gewusst, dass es so etwas gibt, hinter den Schaufenstern befand sich eine Spielwiese aus bunten Polstern und Möbel in skandinavischem Design, winzige Möbel. Jetzt sehnt sie sich sogar schon danach, bei einem Kinderzahnarzt im Wartezimmer zu sitzen. Und dann, ein paar Häuser weiter, der neue Schönheitssalon, *MOM TO BE* stand auf dem Schild über der Tür. Sie brauchte eine Weile, bis sie verstand, dass es sich um einen Salon nur für Schwangere handelte.

Das Viertel erscheint ihr wie ein geschlossener Club.

Sie will nicht wütend auf Mütter sein. Es fühlt sich schäbig an.

Sie trinkt den letzten Schluck Tee und bringt die Tasse zurück in den Laden, sie hat noch etwas Zeit, bis der Zug fährt. Eigentlich kann sie erleichtert sein, hier nicht mehr zu wohnen, wie hätte sie das jetzt noch aushalten sollen, ein abgeschirmtes Paradies für wohlsituierte Eltern, deren Wünsche sich erfüllen.

Sie biegt ab und geht die Straße mit den Lindenbäumen entlang, die nach Regenschauern diesen unglaublichen Geruch verströmen, *die schöne Straße*, hat sie früher oft gesagt, weil hier die Häuser mit ihren schweren Ornamenten schon im herausgeputzten Zustand waren, lange bevor der Rest saniert worden war. Riesige Wohnungen mit fünf, sechs oder sieben Zimmern.

Plätze frei, steht in bunten Buchstaben auf einer Pappe, die von innen an einem Ladenfenster klebt.

Sie tritt näher an das Fenster, an einem niedrigen Tisch sitzt ein Grüppchen Kinder, ein bis zwei Jahre alt, schätzt sie. Einige wirken schläfrig, die Wangen rot, die Haare zerzaust. Eine Frau sitzt zwischen ihnen und verteilt Apfelstückchen. Diese kleine Runde, alles wirkt friedlich und einfach, sie knabbern an ihren Apfelbissen, die Frau schält und verteilt, schält und verteilt, es hat etwas Beruhigendes, nur darum geht es gerade, ein Stück Apfel essen.

Sie betrachtet das Schild, die bunten Buchstaben, wie eine fröhliche Aufforderung, komm herein, *Plätze frei*. Sie drückt auf die Klingel und wartet. Eine Erzieherin öffnet, eine junge Frau mit dunklen Haaren und einer Hornbrille, die ihr gut steht. »Hallo«, sagt die Frau, »kann ich Ihnen helfen?«

»Ich habe gelesen, dass Sie Plätze frei haben, das ist ja ungewöhnlich hier in der Gegend«, sagt Julia und ist von sich selbst überrascht, wie geübt sie sich anhört. Als wäre sie schon lange auf der Suche, hätte etliche Kitas abtelefoniert oder besucht.

»Ja, vorhin aufgehängt, uns gibt es hier noch nicht so lange, wir haben nun aber Räume dazugemietet, nebenan.«

Julia zögert, sie ist unsicher, was sie als Nächstes sagen soll.

»Wollen Sie einen Termin für ein Informationsgespräch? Dann kommen Sie kurz herein, ich notiere mir Ihren Namen und Ihre Telefonnummer.«

Die Frau öffnet die Tür nun ganz und lässt Julia in den Vorraum, von dem ein langer Flur abgeht. Eine niedrige Bank führt an der Wand entlang, darüber hängen Garderobenhaken voll mit kleinen Jacken, vor den Bänken aufgereiht stehen winzige Schuhe und Sandalen.

»Zu wann suchen Sie einen Platz, wie alt ist Ihr Kind, Junge oder Mädchen?«

»Ein Junge, er ist jetzt fast zwei Jahre alt«, antwortet Julia, »Luis heißt er.« Sie hört sich sprechen, als würde sie neben sich stehen und sich beobachten. Eine Frau, die sich in einer Kita um einen Platz für ihr Kind bewirbt.

»Und zu wann brauchen Sie Betreuung? Wir haben fünf Plätze zu vergeben, in sechs bis acht Wochen würde es allerdings schon losgehen, wenn die Renovierung der Räume abgeschlossen ist. Wir möchten die Plätze bald besetzen.«

Julia nickt, sie fühlt sich atemlos, doch hört sich erstaunt dabei zu, wie sie in aller Ruhe antwortet, ja, das würde gut passen, das wäre ein Glücksfall, sie würden hier erst seit Kurzem wohnen und hätten bisher nicht viel Zeit gehabt, sich um Betreuung zu kümmern.

»Hinzu kommt, dass ich wieder schwanger bin, wir erwarten Zwillinge«, redet sie zu ihrem noch größeren Erstaunen weiter. »Von daher wäre es gut, wenn Luis bald wieder in die Kita gehen könnte.«

Das Gesicht der jungen Frau hellt sich auf, ihre Augen leuchten geradezu. »Wow, das ist natürlich ein schönes Abenteuer, gratuliere«, die Frau schaut Julia auf den Bauch, »aber bis es so weit ist, dauert es noch ein bisschen, oder?«

Wohlwollen, pures Wohlwollen, in der Stimme und im Gesichtsausdruck. Julia kann sich nicht erinnern, dass sie je zuvor eine solche Reaktion ausgelöst hat. Sie blickt an sich hinunter, sie nickt wieder, auf einmal vollkommen entspannt, für einen Moment sogar glücklich, ihre weite Bluse bauscht sich über dem Jeansbund, man kann ihre Taille und Hüften nicht erkennen. Sie ist jetzt die Mutter eines Zweijährigen, sie ist jetzt eine Frau, die Zwillinge erwartet, Zwillinge, jetzt, in diesem Moment ist es so.

»Wissen Sie was? Wenn Sie möchten, kann ich Sie auch gleich herumführen. Wir haben gerade Mittagsruhe, einige

Kinder schlafen noch, wir müssen etwas leise sein bei unserem Rundgang. Haben Sie spontan Zeit? Ich heiße übrigens Linn.«

Wie sich auf einmal alles zu fügen scheint und voller Leichtigkeit ist. Sie folgt Linn durch den Flur.

»Wir sagen hier eigentlich alle Du zueinander, es ist bei uns sehr familiär«, sagt Linn.

Julia wirft einen Blick in einen Bastelraum, auf dem Tisch liegen Pappen beklebt mit Wattebäuschen, bemalt mit glitzernder Farbe. Sie durchqueren einen Spielraum, in den eine Holzlandschaft gebaut ist, auf der die Kinder klettern können.

»Darf ich fragen, was du beruflich machst? Oder arbeitest du gerade nicht?«

»Ich bin Keramikerin«, antwortet Julia.

»Oh, wie schön ist das denn?«, antwortet Linn und führt sie als Nächstes in einen hellen Raum mit niedrig installierten, kleinen Waschbecken und einem Regal, darauf eine Reihe von Zahnbürsten in bunten Bechern, auf jedem Becher ein Name.

Schließlich hält Linn den Finger an die Lippen und öffnet vorsichtig eine Tür, nur einen Spaltbreit. Ein leicht abgedunkelter Raum, zwölf oder vierzehn kurze Matratzen liegen dort in zwei Reihen. Darauf zusammengerollt die schlafenden Kinder, einige mit Schnuller im Mund, geschlossene Augen, ausgestreckte Arme, kleine Fäuste, verschwitzte Haare. Der Raum ist erfüllt mit warmer Luft, es riecht nach Babycreme, auch ein wenig säuerlich, wie Joghurt oder Milch. Wie sie alle nebeneinanderliegen, schlafend, tief versunken, Julia kann nicht genug bekommen von dem Anblick, und der Geruch, sanft und so schön, dass es an ihr zerrt.

»Okay«, sagt Linn leise und schließt die Tür wieder.

Julia spürt, dass ihre Lider brennen, sie sollte nun doch besser gehen, wenn möglich, schnell.

»Wäre es okay, wenn ich später noch einmal wiederkomme? Mir ist etwas flau im Magen«, sagt sie.

Linn berührt leicht ihren Arm. »Aber klar, das ist gar kein Problem. Möchtest du vielleicht etwas trinken und dich hier ausruhen?«

»Nein, das ist sehr freundlich, aber ich muss kurz an die frische Luft.«

»Ich bringe dich schnell zur Tür. Und ich notiere schon mal, dass Luis für einen der freien Plätze infrage kommt, wir merken ihn vor«, sagt sie. »Melde dich aber auf jeden Fall bis morgen, denn die Nachfrage wird sicher groß werden.«

Julia steht wieder draußen und entfernt sich eilig, damit die Erzieherinnen sie nicht durch das Fenster beobachten können, sie kehrt zurück zum Café. Ein DHL-Mann steht mit einem Stapel Paketen vor einer Tür und füllt Zettel aus, zwei Mädchen führen einen ängstlichen Beagle-Welpen an der Leine herum. Die Sonne sickert durch die Blätter, das Licht ist flirrend.

Wieder steht sie vor dem Haus, in dem sie gewohnt hat, vor der Tür, die sie tausende Male aufgeschoben hat. Sie könnte achtundzwanzig Jahre alt sein, sie ist achtundzwanzig Jahre alt, wohnt in der kleinen Wohnung im vierten Stock, bald wird sie Chris kennenlernen, und dann wird Chris bei ihr einziehen, alles liegt vor ihr, wie eine zweite Chance, sie wird mit ihm über Kinder reden, darüber, dass sie sich Kinder wünscht, eins, zwei, vielleicht auch drei, dass sie sich danach sehnt, in einer Familie zu leben. Und dann wird sie sich nicht schämen zu sagen, dass sie sich zugleich fürchtet, dass sie an lästigen Fragen hängen bleibt. Wird sie ihre Anstellung verlieren, weil der Vertrag bald ausläuft? Wird sie einen neuen Job finden? Wird sie überhaupt irgendwann mal eine Arbeitsstelle finden, die nicht von Vorläufigkeit geprägt ist?

Werd mir jetzt nicht schwanger, hat eine Teamleiterin einmal zu ihr gesagt.

Jetzt, in ihrer Vorstellung, liegt alles noch vor ihr. Sie wird sich über solche Fragen hinwegsetzen, über ihre Befürchtung, kein Geld zu verdienen, über befristete Verträge, ein Jahr Arbeit, und noch ein Jahr, und wieder ein neuer Vertrag, ein Jahr Arbeit, und noch ein Jahr, und wieder ein neuer Vertrag. Dieses System, es wird ihr nicht helfen, diesem System ist sie mit ihren Wünschen egal. Ein Arbeitsvertrag, der große Gewinn, der Jackpot, werd mir jetzt bloß nicht schwanger, wie ungerecht im Rückblick. Sie würde es am liebsten allen Frauen sofort sagen, die geduldig nach den Regeln spielen, die es nicht wagen, die ihren Wunsch nach einem Kind aufschieben und aufschieben, für das nächste Projekt, das nächste Lob, den nächsten Vertrag, den nächsten Arbeitgeber, der ihnen sagt, *werd mir jetzt bloß nicht schwanger*.

Alles liegt wieder vor ihr, wie eine zweite Chance, sie weiß jetzt, dass sich niemand für die biologischen Bedingungen, die sie sich nicht ausgesucht hat, denen sie aber ausgeliefert ist, interessiert. Dass sie auf nichts und niemanden warten sollte, schon gar nicht auf bessere Arbeitsbedingungen.

Die Tür aufschließen, in das dunkle, immer kühle Treppenhaus treten, die glänzenden, ein wenig nach innen gewölbten Holzstufen hochsteigen, oben, vor der zerschrammten Tür stehen.

Sie schaut auf die Uhr, sie muss sich beeilen, ihr Zug fährt bald. Die Bahnfahrt zurück, weiter mit dem Bus, mit der Fähre hinüber auf die andere Seite, das kleine mit Grün überwucherte Haus, Chris, der sie fragen wird, wie es gelaufen ist, der sie trösten wollen wird, *warum tust du dir das an*, der glauben wird, diese Frage sei Trost. Sie wirft noch einen letzten Blick hoch zum Balkon, die Tür steht offen, jemand setzt sich vielleicht gleich in die Sonne.

Anstatt zum Bahnhof zu gehen, biegt sie ab, da ist wieder der Salon, *MOM TO BE*, *werdende Mutter*, welche Bedingungen musste man überhaupt erfüllen, um als werdende Mutter zu gelten? Sie drückt die Tür auf und betritt den Laden, jetzt ist es auch egal, sie wohnt nicht mehr hier, sie wird wahrscheinlich lange keinen Fuß mehr in dieses Viertel setzen.

»Hallo«, begrüßt die Frau am Counter sie, »kann ich etwas für dich tun?«

Werdende Mutter, habt ihr schon mal daran gedacht, dass nicht alle werdenden Mütter einen wachsenden Bauch haben, dass manche es nie bis dahin schaffen, dass sich ihr Werden im Verborgenen abspielt, dass sie aus dem Warten und Werden überhaupt nicht mehr herauskommen? Werdende Mütter, ohne Kinder.

»Euer Name ist scheiße«, bricht es aus ihr heraus.

Die Frau schaut sie erst überrascht, dann entsetzt an.

Wer weiß schon, wie viele Frauen hier rumlaufen, die ihr Leben lang werdende Mütter sind. Aber *die* werden hier wahrscheinlich nicht so gern gesehen. Die haben keinen runden Bauch, den man vorsichtig massieren kann, die strahlen keine Vorfreude aus.

»Die Zeichnung, die Figur mit der Rundung, die ist auch scheiße.«

Die Frau legt den Kopf schräg, sie wappnet sich, dreht sich kurz um, vielleicht, um sicherzugehen, dass die Kabinentüren hinter ihr im Flur alle geschlossen sind.

»Ja, ist jetzt unangenehm, oder?«, sie schwitzt und ihr ist schwindelig. Die Frau hält sie wahrscheinlich für eine Irre. »Aber eure Massagen, sind die auch für alle, die ein Kind haben, das nicht auf die Welt gekommen ist? Die das Kind mit sich trotzdem herumtragen, wie ein«, sie kommt nun endgültig ins Stocken, »wie ein Bündel Trauer?«

Mit einem lang gezogenen und bedauernden »Oh, okay« reagiert die Frau, als würde sie über einen inneren Hebel verfügen, der nun auf Mitgefühl umschaltet. »Ich verstehe absolut, was du meinst, es tut mir echt sehr leid, und klar, natürlich setzen wir uns auch damit auseinander, das gehört ja dazu, wir ...«, die Frau legt den Kopf schief, als würde sie erwarten, dass der Satz sich von allein zu Ende spricht.

Dieses aufgesagte Verständnis, das hilft ihr auch nicht weiter. »Tschüs«, sagt sie nur, dreht sich um und geht.

Es gibt keine Lösung in dieser pastellfarbenen Welt. Sie ist gefangen in einem Strudel aus Anklage und Feindseligkeit, sie weiß es ja selbst. Es ist hier nicht anders als in den Bilderwelten, in denen sie sich verliert, den *Accounts* der gebärenden, backenden, kochenden Mütter, die wie Feen aussehen, in Kleidern mit Blumenmuster, das lange Haar locker geflochten. Mit den Backrezepten, die angeblich von ihren Großmüttern stammen, den Fotos von Früchten, Gemüse und Kindern wie altmeisterliche Gemälde. Fantasien über Landfrauen von vor hundert Jahren, die das selbst geknetete

Brot in den Ofen geschoben und die Hühner gefüttert haben, singend und glücklich. Sie weiß es ja, sie liefert die passenden Teller und Schalen dazu, in Pflaumenblau, Fliederblau, Französischblau, Fichtengrün.

Accounts, schön wie eine Blumenwiese, und mit jeder Geburt eines weiteren Kindes wächst die Wertschöpfungskette, das Heim, die Küche, der Herd, der Tisch, die Blumen, der Apfel, das Kind, das Lächeln, das Kleid. Wie eine Fabrik für Sehnsüchte, auf einmal ist es möglich, dass die Hausfrau mehr Geld verdient als ihr Mann, wenn ihr im Netz genug Leute beim Einkochen von Äpfeln zuschauen. Wer will es ihr vorwerfen, ist es nicht auch eine Form von Revolution? Ja, nein – sie weiß es nicht, sie weiß nur eines, sie ist auf einmal unendlich erschöpft.

Selbst schuld, schau es dir nicht an, denkt sie und blickt sich verwirrt um, sie hat nicht auf den Weg geachtet, sie ist falsch abgebogen. Ihr Telefon brummt, es ist Chris, sie geht nicht ran, der Zug fährt in fünf Minuten, das wird sie nicht mehr schaffen.

31

»Bitte, redet zur Abwechslung über soziale Infrastruktur, redet über Kleinstädte, fragt nach Leerstand, redet über Großstädte, fragt nach Mieten«, sagt Andreas leise zum Fernseher, es läuft eine politische Talkshow. »Aber die scheinen das so zu wollen, immer nur das *eine* Thema. Die *wollen* die Stimmung anheizen.«

Sie betrachtet Andreas, wie er mit überschlagenen Beinen, in der hellen Stoffhose, die sie mag, auf dem Sofa sitzt, die Brille tief auf der Nase. *Wer von ihnen beiden wird den anderen eines Tages betrauern?*, denkt sie unvermittelt und schüttelt ein wenig den Kopf. Was ist bloß los mit ihr?

Sie stellt ihr Glas ab und greift nach den Büchern, die Andreas auf dem Couchtisch gestapelt hat. *Der Zauberberg*, eine neue kommentierte Edition, und Kästners *Fabian.* Eine neuere Ausgabe von Stefan Zweigs *Die Welt von Gestern – Erinnerungen eines Europäers* und eine DVD. Ihre Söhne machen sich darüber lustig, dass Andreas und sie sich noch immer DVDs zulegen. *Vor der Morgenröte*, der Film über das Exil von Zweig, seine letzten Lebensjahre.

»Du warst in der Buchhandlung«, sagt sie. Andreas nickt. »Ja, ich hatte mir die Sachen vor ein paar Tagen bestellt.«

»War das nicht ein großer Fehler?«, die Stimme der Moderatorin.

»Nein, es ist ja so …«, beginnt jemand seine Antwort.

»Kein Fehler?«, wirft die Moderatorin ein.

»Passen Sie mal auf, es ist doch ...«

Andreas zieht seinen aufgeklappten Laptop zu sich heran. »Vorhin habe ich eine interessante Umfrage entdeckt«, er dreht das Gerät so, dass sie den Artikel sehen kann. *Was bedroht Ihr Heimatgefühl?*, liest sie die Überschrift.

»Eigenartige Frage.« Sie kann mit dem Wort nichts anfangen. Heimatgefühl. Sie muss an Filme aus den fünfziger Jahren denken. Förster und Schwarzwaldmädl. Flieder, der blüht. Grün ist die Heide. Mutti ist die Beste.

»Ja, aber weißt du, welche Antwort am meisten Prozente erhalten hat? Nicht Migration«, er zeigt auf einen Balken, *»Das Verschwinden vertrauter Geschäfte«*, liest er vor. »Fragt doch zur Abwechslung mal danach, sterbende Provinz, Stadtentwicklung«, richtet er sich wieder an die Moderatorin.

Jemand hat Spanplatten vor die großen Fenster des Jugendhauses genagelt, hat sie heute gesehen. Spanplatten, kein gutes Zeichen, damit wird jedes Gebäude zur Ruine. Oder das Freibad, das seit zwei Saisons geschlossen ist. Erst sollte das alte Becken vergrößert werden, dann kamen Baumängel zum Vorschein, das Bad sollte neu geplant werden. Das schien zu teuer. Nun warten alle, was als Nächstes geschieht. Ein einfaches Becken unter hohen Bäumen, ein Kinderbereich und eine Ecke mit Sprungturm. Frühmorgens ins kalte Wasser zu steigen, die Luft noch taufrisch, das war für sie der beste Teil des Sommers. Schöner als in den Urlaub zu fahren. Allein hat sie ihre Bahnen gezogen und danach in der Sonne gelegen. Ihren Jungs hat sie dort Schwimmen beigebracht. Die Anstrengung im kleinen Gesicht, das Kinn mit Mühe über Wasser, ihre Hand unter dem dünnen Bauch, und dann, loslassen, fast unmerklich, ohne es anzukündigen. Erst zehn

Schwimmzüge am Stück, dann eine ganze Bahn, danach eine Belohnung am Kiosk.

Warme Abendluft weht durch die offene Tür, trägt eine Spur von Vanille und Honig herein. Das kommt von den Levkojen, die legen sich abends erst richtig ins Zeug mit ihrem Blütengeruch.

»Ich gehe kurz vor die Tür, für ein paar Schritte«, sagt sie.

»Ich falle dir auf die Nerven mit meinem Geschimpfe.«

»Nein, ich will nur ein bisschen in den Beeten herumzupfen und ein paar Schritte gehen, der Abend ist so schön.«

Über eine Woche ist es jetzt her, dass sie den Brief in den Nistkasten gelegt hat. Zweimal hat sie seitdem abends am Schuppen gesessen, in der Hoffnung, dass Marli auftaucht, doch die ließ sich nicht blicken. Der Brief aber, der war nicht mehr da. Marli musste ihn gefunden haben.

Sie tritt auf die Terrasse und schlüpft in die Holzbotten. Auf halbem Weg zum Schuppen bemerkt sie es schon, da schwebt Zigarettengeruch in der Luft.

32

Julia blickt vom Schreibtisch auf, draußen ist es still, nichts bewegt sich, durch die weit geöffneten Fenster weht kein Hauch, alles scheint träge, nur eine Hummel schwebt von Blüte zu Blüte. Leises Grollen ist zu hören, doch das Gewitter scheint noch nicht nah zu sein. Lizzy döst auf der Terrasse, sie liegt auf der Seite mit von sich gestreckten Beinen. Chris sitzt oben und arbeitet, vor ein paar Tagen kam der Schreibtisch an, den er sich bestellt hatte. »Ist es okay, wenn ich mir den Raum als Arbeitszimmer einrichte, vorläufig?«, hat Chris gefragt. Er meinte das wartende Zimmer. Dann hat er gesagt, es täte ihm leid, dass er die Entscheidung für weitere Behandlungen zu einer moralischen Frage gemacht hatte, vor allem durch seine Kommentare über Verpackungen und Kosten. Außerdem überraschte er sie mit ausführlichen Recherchen. Dass ihr Körper kaum auf die Medikamente reagieren würde, wäre gar nicht so selten, vielen würde es so gehen, sagte er. Zwei wissenschaftliche Aufsätze hatte er für sie heruntergeladen. Sie bräuchten eine Klinik, die sich damit auskennt und entsprechende Behandlungen anbietet, sogar Adressen hatte er herausgesucht. Sie konnte ihr Erstaunen nicht verbergen, und er konnte sich ein Lächeln nicht verkneifen.

Es ist befreiend, dass er sich oben den Schreibtisch hingestellt hat. Das wartende Zimmer, es ist richtig gewesen, es herzugeben, das Warten nimmt auch so schon genug Raum ein.

Nun sitzt er da oben, er steht unter Zeitdruck, hat sich Arbeit mitgenommen, das Team, zu dem er gehört, soll Daten und Analysen für weitere Gutachten zusammenstellen. Obwohl die Ursache noch nicht vollständig aufgeklärt ist, haben die Rechtsstreitigkeiten um das Plastik schon begonnen. Wer für die Schäden haften soll, wer für die Reinigung des Wassers und des Küstenstreifens aufkommt, wer den für diese Reinigung entwickelten Katamaran bezahlen wird. Wenn Chris davon erzählt, klingt es, als wäre trotzdem nichts reparabel. Auch die ersten Hilfsaktionen an der Küste haben Schaden angerichtet, die Brutzeit der Vögel wurde gestört, bedrohte Insekten weiter minimiert. Keine Maßnahme schien hilfreich ohne auch schädlich zu sein, selbst die Sammelaktionen der Schulkinder nicht.

Wieder ist aus der Ferne das Grollen zu hören, es wäre gut, wenn sich die Luft etwas abkühlen würde, ihre Füße sind noch immer ein wenig geschwollen, es scheint mit der Hitze zu tun zu haben, letzten Sommer hatte sie das noch nicht. Andere werden mit achtunddreißig Jahren schwanger, sie hat auf einmal Lymphstau in den Beinen und muss sie hochlegen, wenn sie zu lange im Sitzen arbeitet. Auch die dünnen grauen Strähnen oberhalb der Stirn kommen am Ansatz wieder durch. Vor dem ersten Besuch in der Klinik hatte sie die Haare getönt, tatsächlich, das hatte sie getan, weil ihr das ergraute Haar wie ein schlechtes Vorzeichen vorkam, sie spürte den Blick des Arztes schon auf sich, graue Haare und ein Kind, als ginge das nicht zusammen.

Im Garten, zwischen dem hohen Gras, taucht einmal kurz der golden schimmernde Rücken des Katers auf, abends streift er hier und auch drüben herum. Der Pfad, den sie vor einiger Zeit nebenan in die Wiese gemäht hat, ist nur noch schwach zu erkennen. Wie schnell ein Grundstück verlassen und verwunschen wirken kann.

Sie muss an ein verwaistes Gelände denken, in der Nähe der Wohnung, in der sie mit ihrer Mutter gewohnt hatte. Das Grundstück war nicht groß, doch in ihrer Erinnerung wie ein Wald. Dort traf sie sich mit anderen zum Spielen. Unter Sträuchern, die wie ein Dach wuchsen, richteten sie sich einen Unterschlupf ein, sammelten Holz und stellten sich vor, sie hätten eine Feuerstelle. Jeden Tag hielten sie sich dort auf.

Sie erinnert sich an ein Spiel, das ein älteres Mädchen erfunden hatte. Es war sehr einfach; zu zweit oder zu dritt saßen sie auf dem Boden, eine von ihnen musste mit geschlossenen Augen bis dreißig zählen. Die anderen beiden hatten währenddessen die Wahl, sich entweder so leise wie möglich davonzuschleichen oder sitzen zu bleiben. Diejenige mit geschlossenen Augen musste schließlich raten, ob die anderen beiden gegangen oder geblieben waren. Erst dann durfte sie die Augen öffnen.

Sie weiß noch, wie sie im Gras saß, die Hände vor den Augen, wie sie sich anstrengte zu lauschen, ob die anderen beiden sich bewegten, ob Schritte zu hören waren oder ein leises Atmen in der Nähe, das Rascheln einer Jeans, das Knacken eines Zweiges. In die Stille hinein forschte sie noch nach dem kleinsten Geräusch, bevor sie ihren Tipp abgab.

Du bist noch da.

Du bist weg.

Manchmal meinte sie, die Anwesenheit der Anderen deutlich zu spüren, war fest überzeugt, die eine oder auch beide ihrer Freundinnen wären noch da. Dann dieser seltsame, dieser erschreckende Moment, wenn sie die Augen öffnete und sah: Der Platz vor ihr war leer. Oder umgekehrt, diese Überraschung, diese Freude, wenn sie fest geglaubt hatte, die anderen wären davongeschlichen, doch dann saßen beide oder auch nur eine von ihnen vor ihr, still und lächelnd. Das war es, was alle an dem Spiel faszinierte. Die Verwirrung und die Überraschung. Das warme Gefühl, wenn man dachte, der Platz wäre leer, aber er war es dann gar nicht.

Eines Morgens, auf dem Weg zur Schule, hörte sie ungewohnten Lärm, ein Heulen und Brummen, es waren Motorsägen. Das Wäldchen wurde abgeholzt, innerhalb von wenigen Tagen waren alle Bäume und Sträucher verschwunden, alle Winkel und Höhlen mit ihnen, und bald darauf wurden dort zwei Häuser gebaut.

Frau Wald Kinder gibt sie in die Suchmaske ein, um nachzusehen, ob es etwas Neues von der Familie in Brandenburg gibt. Ganz oben taucht schon die Überschrift auf.

Waldmutter aufgetaucht

Sie rückt näher an den Bildschirm, klickt den Artikel an, Waldmutter aufgetaucht, in großen weißen Buchstaben steht es über einem unscharfen Foto von einer Frau auf einem Parkplatz vor einem Supermarkt. Dazu ein kleineres, ebenfalls unscharfes Bild, es sieht aus wie der Screenshot von Aufnahmen einer Sicherheitskamera, eine Frau, die an einer Kasse wartet.

Hier kauft die Waldmutter Wasser, Obst und Brot für ihre Kinder.

Doch es steht nicht viel in dem Artikel, eigentlich nur das Bekannte, die Frau ist mit ihren Kindern in den Wald geflohen, angeblich wegen eines Streits um das Sorgerecht. Eine

Zwischenzeile liest sich wie ein überdrehtes Rufen, *Jetzt lebt sie im Wald!*

Unten wird auf einen weiteren Artikel verwiesen, eine ältere Nachricht, die ihr bei der letzten Suche nicht untergekommen war. Die Aufmachung beider Artikel ist reißerisch, sie sollte das nicht anklicken, doch sie kann nicht anders, sie muss wissen, was mit der Frau und ihren Kindern passiert ist. Sie liest und klickt zurück zu dem Beitrag mit den Bildern aus dem Supermarkt. Auf dem unscharfen Foto ist die Frau in T-Shirt und Jogginghose zu sehen, mit Baseballcap, das Gesicht gesenkt. Vor dem Bauch, in einem Tuch, trägt sie ein Bündel, ihr Kind, man sieht die kleinen Arme links und rechts aus dem Tuch ragen. Die Frau schleppt zwei volle Tüten mit Einkäufen. Auf einem dritten Foto sieht man sie von hinten, sie trägt einen Rucksack. Das Kind vor der Brust, die Last auf dem Rücken, die Tüten in den Händen.

Sie mustert die unscharfen Fotos noch einmal, die Jogginghose, das dunkle Shirt, das Haar verschwindet unter dem Cap. Sie versucht zu erkennen, ob ein einziges, irgendein Detail an Mona erinnert. Ob diese Frau, mit dem Kind vor dem Bauch, dem Rucksack, den Einkaufstüten, die fast auf dem Boden schleifen, ob diese Frau Mona sein könnte.

Der Artikel verrät nicht viel, außer dass die Frau von einem Mitarbeiter des Supermarkts erkannt wurde, er soll die Bilder gemacht und an die Presse gegeben haben. Ihm sei die Frau aufgefallen, die Familie hätte mehrmals die WC-Räume des Supermarkts genutzt, um sich zu waschen. Ein Polizist sagt, der Vater der beiden älteren Kinder hätte Anzeige erstattet. Gefahndet werde aber nicht nach der Frau, dazu gebe es keinen Anlass. Das Kindeswohl sei nicht gefährdet, das wäre eine Falschmeldung gewesen. Es wären Schulferien, zwar sei wildes Camping in der Gegend nicht erlaubt, aber das sei nicht ansatzweise ein Grund für eine Fahndung.

War es überhaupt erlaubt, diese Fotos zu zeigen, von einer privaten Person, die sich nichts zuschulden hatte kommen lassen? Warum wurde überhaupt darüber berichtet? Der Artikel hatte keinen Nachrichtenwert, nichts wurde mitgeteilt, nichts, außer, dass man einer Frau dabei zusehen konnte, wie sie versuchte, sich zu verstecken.

33

Marli sitzt an die Schuppenwand gelehnt, die Beine ausgestreckt. Sie trägt ein weites helles Kleid, das sie am Oberschenkel zu einem Knoten gedreht hat. Auf dem Bauch balanciert sie einen kleinen Aschenbecher aus Plastik.

»Ist das der einzige Brief, den du bekommen hast, oder hat es da jemand schon seit Längerem auf dich abgesehen?« Marli zeigt auf eine Flasche, die neben ihren Füßen im Gras steht, dazu zwei Gläser. »Möchtest du?«

Astrid ist überrascht und erleichtert, dass Marli nicht lange herumredet, und vor allem, dass sie hier ist, dass sie gewartet hat.

»Gern«, sagt sie.

Marli schenkt Wein in das zweite Glas und reicht es ihr. Eine Weile sitzen sie nebeneinander, ohne etwas zu sagen. Als wären sie sich einig, den Moment auf sich wirken lassen zu müssen. Astrid streckt die Beine ebenfalls aus und trinkt etwas Wein.

»Acht sind es, acht Briefe in vier Monaten. Alle zwei Wochen, ungefähr, lag einer im Briefkasten der Praxis.«

»Mhm«, macht Marli. »Hast du einen Verdacht, von wem sie kommen?«

»Nein, keine Ahnung.« Sie erzählt von ihrem Besuch bei der Polizei, durch den sie erfahren hat, dass anonyme Briefe nicht zwangsläufig strafbar sind. Sie zurückzuverfolgen sei ohnehin fast unmöglich, man brauche Fingerabdrücke und

DNA. Und selbst das würde nur etwas bringen, wenn der Absender bei der Polizei bekannt sei. *Fingerabdrücke* und *DNA*, dass sie jemals über so etwas nachdenken würde. »Diese Briefe wirken auf mich, als ob jemand mit Ihnen ins Gespräch kommen möchte. Über eine ungeklärte Sache. Aber sich noch nicht traut, sich direkt an Sie zu wenden. Verstehen Sie, was ich meine? Vielleicht ein Patient oder eine Patientin?«, hatte der Beamte gesagt, er wollte sie wahrscheinlich damit aufmuntern oder beruhigen.

»Und dann sagte er zu mir – ›Sie sind doch die Frau Doktor vom Marktplatz, meine Mutter ist schon sehr lange bei Ihnen in Behandlung‹ – und dabei wirkte er erfreut, vielleicht weil seine Mutter sich gut bei mir aufgehoben fühlte. Da habe ich die Umschläge lieber wieder eingesteckt«, sagt sie, »ich dachte, wenn ich nicht aufpasse, hält er mich für ein nervöses Pflänzchen, mit diesen zerknitterten Briefen. Dann bin ich auf einmal nicht mehr die zuverlässige Ärztin seiner Mutter.«

Es war doch erstaunlich. Die Briefe warfen nicht auf den Absender ein eigenartiges Licht, sondern auf sie selbst. So kam es ihr zumindest vor. Wie konnte das angehen? Sie hatte vor dem Beamten gesessen und sich vorgestellt, wie sie darauf bestehen würde, ernst genommen zu werden, wie sie vielleicht sogar einen kleinen Aufstand machen und wie sich das daraufhin herumsprechen würde. Der Beamte erzählt es seiner Mutter, die ihrer Freundin, und so weiter. Aus einer Mücke ein Elefant, und am Ende stand sie wie eine Verrückte da.

Schweigend ziehen sie an ihren Zigaretten, wie früher, wenn sie hier saßen, manchmal völlig erschlagen von einem durchschnittlichen Tag, an dem sie gearbeitet, gekocht, vorgelesen, Kinder ins Bett gebracht und danach nichts mit sich anzufangen gewusst hatten. Mit dem Gefühl, das konnte für den Abend doch nicht alles gewesen sein.

»Ich bin nicht mehr gern allein in meiner Praxis«, hört Astrid sich sagen. Bis vor Kurzem wollte sie sich das nicht eingestehen. »Wenn Doris Feierabend gemacht hat, bin ich oft länger geblieben. So ist das immer gewesen, die Leute wussten das. Ich habe Patienten auf die letzte Minute noch hereingelassen, schnell mal einen Notfall behandelt oder Rezepte ausgestellt.« Sie erzählt von dem Mann mit den Magenproblemen, der eigentlich nichts getan hatte, außer unfreundlich zu wirken, auf die Toilette zu gehen und sich danach so lautlos durch den Flur zu bewegen, dass sie erschrak, wie sie es von sich nicht gekannt hatte.

»Und weißt du, was mir in dem Moment rausgerutscht ist?« Sie macht eine Pause, »*Nein, nicht* – das habe ich gesagt. Nein, nicht, verstehst du? Als ob es um mein Leben ging. Entsetzlich, ich habe keine Ahnung, woher das gekommen ist. Vielleicht werde ich langsam paranoid.«

»Ich kann es dir sagen: So etwas macht man nicht. Man schleicht nicht lautlos hinter einem anderen Menschen herum. Es gibt keinen sinnvollen Grund, das zu tun. Was für ein idiotischer Mistkerl. Also bitte, niemand wird hier paranoid.«

Sie müssen lachen. Astrid überkommt eine Welle von Zuneigung. Sie würde Marli am liebsten fragen – *Bleibst du hier? Oder wirst du das Haus verkaufen und wieder gehen?* Doch sie reißt sich zusammen, Marli nicht sofort damit auf den Leib zu rücken.

»Es kommt mir vor, als ob ich etwas verbrochen habe, und die Briefe sind die Quittung. Zwischendurch habe ich mich verfolgt gefühlt, absurd, natürlich war da niemand. Wer sollte mich auch verfolgen. Trotzdem kommt es mir vor, als ob mich jemand beobachtet. Wie zum Vergnügen. Um mir zuzusehen, wie ich mich verfolgt fühle. Du meine Güte, ich weiß, das klingt wirklich komisch.«

»Mhm«, macht Marli wieder, zieht an ihrer Zigarette und bläst den Rauch aus. Astrid betrachtet sie, ihr Haar leuchtet rostrot, der Knoten am Hinterkopf hat sich ein wenig gelöst, auf der Stirn glitzern Schweißperlen, ein Strahlen. Sie sieht erholt aus, entspannt, ganz anders als in der Zeit, kurz bevor sie weggezogen ist.

»Ich finde nicht, dass es lächerlich klingt. Nichts davon«, sagt Marli und schenkt noch einmal beide Gläser voll. Astrids Magen knurrt.

»Du hast Hunger, ich auch«, sagt Marli und steht auf. »Ich hole uns Wasser und etwas zu essen. Bin gleich wieder da.«

34

Lizzy hebt den Kopf, Julia hat es auch gehört, wieder das leise Grollen, es scheint von der anderen Kanalseite her zu kommen. Die Hündin wirkt, als würde sie abwägen, aufstehen oder liegen bleiben? Sie stemmt sich hoch, seit einiger Zeit macht es Lizzy noch mehr Mühe als sonst, doch sie schafft es tapfer, an der Terrassentür bleibt sie kurz stehen, starrt mit ihrem melancholischen Ausdruck ins Zimmer, nach oben zur Decke, als würde ihr vertrauter Dämon sie wieder begrüßen. Schwerfällig kommt sie herein, legt sich auf den Holzboden, stößt ein Schnaufen aus.

Die Waldmutter, das Wort lässt Julia nicht los. Es hat etwas Endgültiges an sich, als hätte irgendwo jemand beschlossen, dass die Frau von nun an immer so genannt werden wird, als gäbe es eine Kategorie mit dem Namen, wie Rabenmutter, Karrieremutter, Helikoptermutter. Ins Grüne gehen, fällt ihr ein. So hatte es Vera doch ausgedrückt, *deine Mutter ist im Grünen verschwunden.*

Sie hat versucht herauszufinden, wo ihre Mutter damals gewohnt hat, doch in der Kiste mit den Briefen und Unterlagen fand sich nichts, kein Umschlag, kein Dokument, nichts mit einer Adresse darauf. Im Grünen verschwunden, das war eine seltsame Formulierung, es klang wie untertauchen oder verstecken.

Sie hat sofort nach Veras Besuch ausgiebig die Schuhkartons und Alben durchsucht, jedes Foto ihrer frühen Kindheit, das sie finden konnte, hat sie herausgefischt und sich genau angesehen, auf der Suche nach Hinweisen darauf, wo sie damals gelebt haben könnten, und wie dieses Leben ausgesehen hatte. Zwei Zimmer, spärlich und provisorisch eingerichtet, Obstkisten als Regale, ein kleiner Stapel Bücher, wenig andere Dinge, kaum Keramik, ihre Mutter schien so gut wie nichts in diese neue Wohnung mitgenommen zu haben.

Eine Ehe und ein Kind, beides zusammen, nichts für mich.

Eine Ehe, die eine zu große Herausforderung gewesen war, eine Last, die nicht genug Energie gelassen hätte für ein Kind. So ließ es sich zumindest verstehen. Entweder oder. Aber war es nur das?

Warum musste ein Koffer gepackt werden, während der Mann bei der Arbeit gewesen war, warum schien es nicht möglich gewesen, eine Trennung zu beschließen und in Ruhe eine Wohnung zu suchen, warum der Aufbruch, von einem Tag auf den nächsten.

Ein Kind im Bauch, ein Koffer in der Hand. Wieso ist ihr nie zuvor aufgefallen, welche Fragen sich daraus ergaben?

Das eigene Wohl stand auf der Kippe, in manchen Beziehungen. So etwas in der Art hatte Vera gesagt. Doch ihre Mutter hatte nicht die kleinste Andeutung dazu gemacht, es gab nur ein Schulterzucken und ein Lächeln. Eine Ehe, nichts für mich, lieber allein mit Kind, leichtherzig hatte sie das gesagt.

Wie also war das alles zu verstehen? Nichts, worüber sich leichtherzig sprechen ließ, wenn man es erzählte. War es so? Ihre Mutter musste sich in Sicherheit gebracht haben, warum sonst hätte sie an einem Morgen abgewartet, bis sie allein in der Wohnung gewesen war, um zu gehen? Warum sonst war sie in ein Hotel gezogen, warum sonst hatte sie danach die Stadt verlassen, um kilometerweit entfernt für eine Weile zu wohnen? Ist das die Geschichte, ist es so gewesen?

35

Marli kommt mit einem Korb zurück, darin eine Flasche Wasser, Frischkäse, Baguette und eine Schüssel Erdbeeren. Sie baut das Picknick zwischen ihnen auf der Bank auf. Astrid schüttelt die Holzbotten von den Füßen und bohrt die Zehen in das warme Gras.

»Die Villa am Park ist zu verkaufen. Hast du das mitbekommen?«, fragt Marli.

Astrid schüttelt den Kopf.

»Zum Preis von eins Komma vier Millionen.«

»Wirklich? Das bezahlt doch hier niemand.«

»Ich habe sie mir angesehen. Weil ich neugierig war. Das Haus sieht von innen unglaublich schön aus. Diese hohen Decken, diese Tapeten, wie eine Kulisse für einen Film mit großzügiger Ausstattung, eine Familiengeschichte, mehrere Generationen, neunzehntes Jahrhundert. Die Stadt hätte diese Villa damals nicht verkaufen dürfen. Sie wäre ein hervorragender Ort für«, Marli überlegt, »unser Stadtmuseum, ja, das Stadtmuseum hätte es verdient, in diesen Räumen Ausstellungen zu zeigen. Schließlich erzählt die Villa Stadtgeschichte.«

Das Thema hat Marli früher, als sie noch im Museum arbeitete, immer wieder beschäftigt. Die engen, dunklen Räumlichkeiten, über die hat sie sich geärgert. Kein Wunder, dass wir uns nicht entwickeln, hat sie geschimpft, wir haben ja auch keinen Platz dafür.

»Ich habe bei der Besichtigung ein bisschen für Aufregung gesorgt.« Sie lächelt verschworen, streicht sich etwas Frischkäse auf eine Erdbeere und schiebt sie sich in den Mund.

»Wieso, was hast du angestellt?«

Marli schenkt Wein nach. Astrid hört leise Schritte im Gras und sieht zwischen den Sträuchern Andreas, wie er sich langsam zur Pforte bewegt. Sie hatte ihm gesagt, sie würde ein wenig in den Beeten arbeiten, nun ist fast eine Stunde vergangen. Er sucht sie, sie hätte ihm kurz Bescheid geben sollen.

Sie ist angenehm beschwipst, sie möchte noch eine Weile bleiben und reden. Sie würde Marli, wenn sich die Gelegenheit bietet, gern fragen, was damals, bevor sie wegzog, zwischen ihnen passiert ist. Darauf hatte sie gehofft. Doch gleich wird Andreas sie entdecken, und dann wird er sich zu ihnen setzen, er wird sich freuen, Marli zu sehen. Sie beobachtet, wie er langsam umkehrt. Wenige Meter entfernt, hinter dem hohen Rittersporn, bleibt er stehen, und ihre Blicke treffen sich. Sie will ihm gerade etwas zurufen, da legt er den Finger auf die Lippen und nickt fast unmerklich, dann schlendert er leise zurück.

»Ein Makler aus Hamburg ist für die Villa zuständig. Wir waren ein Grüppchen von fünf Interessenten. Eigentlich war ich nur da, um das Haus einmal gesehen zu haben, bevor es in die Hände irgendeiner Firma oder Stiftung wandert, die es dann doch wieder nur dreimal im Jahr für Seminare oder Vorträge nutzt. Die Deckenmalereien sind restauriert worden. Kronleuchter hängen in den Räumen. An den Wänden kleben Tapeten mit großen, verschlungenen Blumen. Es sieht alles wirklich fantastisch aus. Die Leute ahnen nicht, was für ein Schmuckstück wir in dieser Stadt haben.«

»Und dann, was hast du gemacht?«

Fernes Donnergrollen ist zu hören, doch es klingt nicht, als würde das Gewitter in nächster Zeit bei ihnen ankommen. Astrid hat sich lange nicht mehr so wohlgefühlt. Wenn sie früher abends hier saßen, es langsam dunkel wurde, war es fast immer Marli, die ins Erzählen kam. *Was würdest du für einen Beruf ergreifen, wenn du die Zeit zurückdrehen und neu entscheiden könntest?* Ein Gedankenspiel, das Marli nie langweilte. Obwohl Astrid keine gute Spielgefährtin war, jedes Mal, wenn sie darüber nachdachte, kam sie zu dem Schluss: Ärztin. Anders Marli, Theologin, um Pastorin zu werden und die Kirche im Ort aufzumischen. Archäologin, hier, in der Gegend. Lehrerin für Geschichte, wie Andreas. Bevor sie von hier wegzog, war Marli im Stadtmuseum für die Planung der Ausstellungen, Vorträge und Bildungsangebote zuständig.

»Wir standen unten in einem Zimmer neben dem Entree, nur ein runder Tisch, darauf eine riesige Vase mit frischen Blumen, die jemand vorher arrangiert haben musste, nur für unseren Rundgang. Es wohnt ja keiner dort. Ich stand also da und habe an die Stationen gedacht, die dieses Gebäude durchlaufen hat. Bürgerhaus und Kaufmannskontor, als diese Stadt noch florierte. Später die Villa des Gauleiters, der sich natürlich die beste Adresse am Ort unter den Nagel riss. Nach dem Krieg von einem britischen Offizier bewohnt. Später im Besitz der Stadt, unten waren Verwaltungsbüros, oben eine Ballettschule, weißt du das noch? Wir hatten hier eine Tanzschule!« Sie schiebt sich eine weitere Erdbeere in den Mund. »Ich hatte dort noch Unterricht, als Dreizehnjährige.«

Astrid bricht sich ein Stück Baguette ab.

»Wie auch immer, auf einmal wurde ich traurig. Das schönste Haus, das hier steht, von dem wahrscheinlich auch weiterhin niemand etwas haben wird. Und der Makler, diese Leute, alle so spießig. In der Nacht davor hatte ich außerdem noch eine Geschichte gelesen, aus dem neunzehnten Jahrhundert, über eine Frau, die von ihrem Mann auf einem Landsitz eingesperrt wird, er sagt, sie solle sich schonen und erholen, und langsam wird sie verrückt in ihrem Zimmer, inmitten von verschnörkelten Tapeten, deren Muster sich zu bewegen schien, geradezu psychedelisch. Also, wir standen unten in dem hellen Raum zusammen, und ich fragte den Makler, ›Wissen Sie, ob es hier in diesem Zimmer war, wo die Dame ihrem Gatten damals, 1944, mit dem Hammer den Schädel eingeschlagen hat? Können Sie uns darüber etwas sagen? Bevor ich kaufe, würde ich mir gern im Klaren darüber sein, in welchem Raum sich das abspielte. Damit ich weiß, wohin ich den Geisterjäger schicken muss, verstehen Sie?‹«

Astrid verschluckt sich fast vor Lachen. Eine Dame, ihr Gatte. Geisterjäger.

»Und du hast wirklich«, sie räuspert sich, »Hammer, Schädel, eingeschlagen – das hast du gesagt? Und was passierte dann?«

Marli schiebt sich eine weitere Erdbeere in den Mund. Astrid blickt sie gespannt an.

»Der Makler war erst irritiert und dann verärgert, er hielt sich zwar zurück, aber ich konnte es ihm ansehen. Er verstand sofort, dass ich nur stören wollte und die Villa niemals kaufen würde. Er war natürlich sehr professionell. Er hat höflich zu mir gesagt, er würde sich darum kümmern, aber er könne mir nicht versprechen, dass er etwas in Erfahrung bringt. Diese Geschichte würde ja nun sehr sehr weit in der Vergangenheit liegen. Ich fände nicht, dass diese Vergangenheit sehr weit zurückliegt, sagte ich dann noch.«

»Ist so etwas denn wirklich da passiert?«

Marli schüttelt den Kopf. »,Also, nicht in *dem* Haus. Aber in einem anderen, nicht weit von dort. Und es lief umgekehrt ab. Der Mann war es, der damalige Bürgermeister. Und er gebrauchte keinen Hammer.«

»Ach ja«, sagt Astrid leise, sie erinnert sich natürlich, die Geschichte ist im Ort bekannt. Ende der 1920er-Jahre war das passiert. Das Haus gibt es nicht mehr. Aber die Straße, die ist nach dem Bürgermeister benannt.

»Und wie ging es nach der Besichtigung weiter?«

Marli bietet ihr die letzten beiden Erdbeeren an. »Na ja, gar nicht. Die Villa wird halt an irgendwen verkauft, nehme ich an. Ich weiß, dieser Auftritt war Unsinn. Ich habe weder die Villa noch die Stadt gerettet, aber ich konnte nicht anders.« Sie lächelt wieder. »Es war einfach zu schön. Wie wir da standen, in diesem Zimmer mit den hohen Fenstern, an den Wänden eine goldgelbe Tapete, mit einem fein ziselierten Muster aus Zweigen, auf denen kleine Vögel saßen. So perfekt, so geschmackvoll. Und wie ich nach meiner Frage in die entsetzten Gesichter der Leute sah. Die sich das Furchtbare vorstellten, das Furchtbare vor diesen hellen gelben Wänden.«

36

Wie oft hat sie sich getäuscht, hat in der Dämmerung Gestalten gesehen, wo keine waren, doch sie ist sicher, jemand ist durch den Garten gehuscht, ein wenig gebeugt, mit langen Schritten, ein Kind in Shirt und hellen Jeans. Sie hat ihn erkannt, der Junge, mit dem sie im Winter gesprochen hatte, *Weißt DU, ob*, den sie seitdem nicht mehr wiedergesehen hatte.

Sie greift nach dem Telefon, die Taschenlampe zu holen dauert zu lange, sie tritt auf die Terrasse, steigt in die Gummistiefel, um nicht barfuß durch das Gestrüpp zu gehen. Sie schlängelt sich durch die Lücke zwischen den Sträuchern, unter ihren Schritten raschelt und knackt es.

Auf der Terrasse ist er nicht, sie biegt um die Ecke und geht zur Haustür, leuchtet mit dem Telefon in die offene Garage, doch auch dort ist niemand zu sehen. So leise wie möglich geht sie zur anderen Hausseite, ein Kellerfenster steht einen Spalt breit offen, sollte sie hineingehen, darf sie, und was sucht der Junge da drinnen, falls er dort ist?

Sie lässt die Stiefel stehen und steigt barfuß die Vertiefung zum Fenster hinunter, schiebt es weiter auf, leuchtet mit der Lampe in den Keller, ein leerer Wäscheständer und Kartons stehen dort, stapelweise Weinkartons, eine ganze Wand mit ihnen zugestellt. Leise klettert sie durch das Fenster, erreicht mit den Füßen den Boden, kalter Beton, auch die Luft hier unten ist kühl.

Sie durchquert den Raum und bleibt im Kellerflur stehen, leuchtet in alle Richtungen, der Boden ist mit flauschigem dunkelroten Teppich ausgelegt, es erinnert sie an Hotels, an alte Pensionen mit dieser leichten Schäbigkeit. Ihr fällt das Schwimmbad ein, das es hier unten geben soll. Rechts führt der Gang zu einer Glastür, links zur Treppe, sie entscheidet sich, erst einmal nach oben zu gehen.

Sie leuchtet mit dem Telefon die Küche ab, das Licht wandert über das Geschirr neben der Spüle, über den Kühlschrank mit dem Bild, Gekritzel in bunten Farben. Nacheinander öffnet sie alle Schränke, sie sind leer, unter der Spüle stehen zwei fast aufgebrauchte Flaschen Putzmittel, daneben liegen einige Plastiktüten.

Sie wartet einen Moment und achtet auf Geräusche, doch alles scheint still. Was kann schon passieren, falls der Junge auf einmal vor ihr steht, würde sie kurz erschrecken, aber trotzdem, was kann schon passieren. Sie geht ins Wohnzimmer, hinter der breiten Fensterfront liegt der Garten in Dunkelblau getaucht. Das wuchtige Sofa an der Wand und der niedrige Tisch, aus der Nähe erkennt sie Risse und Brandlöcher in den Sofapolstern. Auf dem Tisch liegt noch immer der runde Gegenstand, den sie durch das Fenster gesehen hatte. Es ist eine Mandarine, bräunlich, grün schimmernd, sie nimmt sie in die Hand, die Schale fühlt sich hart und rau an, eine Mandarine aus dem vergangenen Winter, jemand hat sie dort hingelegt, wollte sie essen, kam nicht dazu, hat sie vergessen, hat sie liegen lassen, sie ist verschimmelt und schließlich vertrocknet.

Sie schaltet die Lampe ihres Telefons aus, setzt sich auf das Sofa und horcht wieder, ob sie den Jungen irgendwo hört, doch da ist nur der eigene Atem, das Herz klopft, sie öffnet den Mund ein wenig und kann das Pulsieren wie ein leises Ticken im Hals hören.

In unheimlichen Filmen, die sie meidet, seitdem sie nicht mehr in einer kleinen Wohnung im vierten Stock mit vielen Nachbarn wohnt, in diesen Filmen ist *das* der Moment, in dem alle denken, *Besser, du drehst jetzt um und gehst*, und alle wissen natürlich, sie wird als Nächstes die Treppe nach oben nehmen, um sich auch dort umzusehen.

Vorsichtig, damit keine Stufe knarrt, geht sie nach oben und hält wieder einen Moment inne, schaut sich um, hält den Atem an, alles ist still. Sie fürchtet sich nicht vor dem Jungen, im Zweifel wäre es wohl eher umgekehrt, sie würde ihn erschrecken, aber vielleicht noch nicht einmal das. Sie hat das Gefühl, sie würde ihn kennen, obwohl sie ihm nur einmal begegnet ist. Wie gern würde sie mit ihm reden und ihn fragen, was er von Mona und Erik, von den Kindern weiß, warum er Anfang Januar nach Agnes und Selma gefragt hatte, ob er etwas von ihnen gehört hat, und auch, – falls er ihr das verraten würde –, was die Nachricht auf dem Zettel zu bedeutet hat, *Denkt nicht mehr an das Wasser, ich habe es verschluckt;* sie würde ihn fragen, ob er es war, der den Zettel wieder weggenommen hat.

Sie schaut ins erste Zimmer, es ist leer, bis auf eine Schrankwand mit Spiegeltüren, schnell öffnet sie alle Türen. Leere Metallbügel hängen an der Stange, unten liegen zwei Paar ausgetretene Sneaker. Es ist warm und stickig hier oben, die Luft ist abgestanden.

Zurück im Flur schiebt sie vorsichtig die Tür gegenüber auf, es ist das Zimmer der Mädchen, sie erkennt es an den beiden Dachluken, die Jalousien halb heruntergelassen, außer einem unvollständig abgebauten Schrank ist der Raum leer.

Sie geht zum Fenster und blickt hinüber, zum eigenen Haus. Der Anblick ist verblüffend, wie deutlich von hier aus alles zu sehen ist. Chris an seinem Schreibtisch, im Licht der Stehlampe, er ist in seine Arbeit vertieft. Er sitzt da, auf seine eigentümliche Weise, die Beine ein wenig zur Seite gedreht, und liest in einem Ordner. Er reibt sich mit der Hand über den Hals, sein Nacken scheint verspannt zu sein, dann tippt er etwas in den Laptop, seine Locken hängen ihm in die Stirn, sie mag sein Haar, er hat es ein wenig wachsen lassen.

Sie schließt leise die Zimmertür und stellt sich zurück an die Dachluke, um Chris weiter zu betrachten. Sie stellt sich vor, wie er aufsteht und nach unten geht, in die Küche, um sich etwas zu trinken zu holen, danach ins Wohnzimmer. Er würde sich im ersten Moment wundern, dass sie im Dunkeln sitzt, er würde Licht machen und das leere Sofa sehen, dann würde er einen Blick ins andere Zimmer werfen, zu ihrem Schreibtisch, und sehen, dass sie auch dort nicht sitzt. Als Nächstes würde er nach draußen, auf die Terrasse treten, in den Garten gehen, danach etwas ratlos zurück ins Haus. Er würde ihren Namen sagen, dann würde er nach ihr rufen, und warten, ob er von irgendwoher eine Antwort hört. Sie könnte von hier aus förmlich sehen, wie er sich wundert und nicht weiß, was er von der Situation halten soll.

Sie stellt sich vor, was als Nächstes geschehen könnte. Er würde alles vom Keller bis zum Dachgeschoss durchsuchen, er würde sie anrufen, mehrmals hintereinander, doch ihr Telefon wäre nicht zu hören, kein Brummen, kein Klingeln, denn es liegt hier, in ihrer Hand. Er würde wissen, dass sie mit Lizzy keinen Spaziergang macht, denn die Hündin würde vor ihm sitzen und jeden seiner Handgriffe aufmerksam verfolgen.

Steh auf und geh nach unten, denkt sie, doch Chris starrt auf seinen Laptop. Er greift sich in die Locken, hält einen Moment inne, als würde er sich selbst an den Haaren ziehen, dann nimmt er sich die Brille ab und reibt sich die Augen. Achtundzwanzig Jahre alt war sie, als sie zum ersten Mal mit ihm sprach, in der Bibliothek. Sie studierte nicht mehr, ging aber alle paar Wochen am frühen Abend noch dorthin, suchte sich einen Platz, holte sich Kunstbände aus der Präsenzbibliothek, vertiefte sich in die Themen, sehnte sich danach, wieder im Betrieb der Universität verschwinden zu können, und er saß nicht weit von ihr und arbeitete. Sie weiß noch genau, was es gewesen ist, es waren seine Augen, sie tränten auf einmal. Er setzte die Brille ab, wischte sich die Tränen aus den Augenwinkeln, fluchte leise, blickte sie mit geröteten Lidern an und musste lachen. Das war er, der Moment. Seine Augen tränen manchmal wie aus dem Nichts, es passiert am späten Nachmittag oder am Abend, wenn er wenig geschlafen und viel gearbeitet hat, und noch immer berührt es sie, wenn es passiert. Obwohl sie weiß, dass er nicht weint, trotzdem ist es so.

Auf einmal wird ihr klar, heute, jetzt, in der Lebensphase, in der sie sich befindet, wäre er der einzige Mensch, der bemerken würde, wenn sie auf einmal nicht mehr da wäre. Sie hat vorher nie darüber nachgedacht, doch das ist die Wahrheit. Keine Kinder, eine verstorbene Mutter, einen unbekannten Vater, keinen Bruder, keine Schwester, sie arbeitet allein, für sich in ihrer Werkstatt, sie lebt mit Chris in diesem Haus, in diesem Dorf, in dem einige Leute aufeinander achten, aber nur einige, und zu denen gehören sie hier noch nicht. Chris ist der einzige Mensch, der sie vermissen würde. Als Nächstes ihre Freundinnen, doch das könnte Tage dauern, bei einigen womöglich Wochen. Wie dünn ihr Netz aus Verbindungen ist, das war ihr nicht bewusst.

Behutsam lässt sie die Rollos herunter, wartet wieder einen Moment und horcht in das Haus hinein, doch alles ist still. Sie wischt über das Display, schaltet die Lampe ein, leuchtet einmal durch das Zimmer, tastet mit dem Licht die Wände ab, bis sie wieder bei sich selbst angekommen ist.

Sie öffnet vorsichtig die Tür, wirft noch einen Blick ins Bad, etwas Staub liegt auf dem Spiegel. Auf der Ablage steht ein Fläschchen Nagellack, ein helles Blau, *No Room for the Blues* heißt die Farbe. Sie zögert kurz, dann nimmt sie das Fläschchen an sich.

Wahrscheinlich ist der Junge schon längst nicht mehr hier. Seltsam ruhig fühlt sie sich. Langsam, so leise wie möglich, geht sie die Treppe wieder hinunter und weiter in den Keller. Hinter der Glastür, am Ende des Flurs, wird sich der Pool befinden, den sie auf den Fotos gesehen hatte. Sie schiebt die Tür auf und blickt in einen großen Raum, es riecht nach schlecht getrockneter Wäsche und nassem Holz. Rechts vor ihr liegt das Becken, sechs, vielleicht sogar acht Meter lang. Sie stellt sich an den Rand und leuchtet hinein, es ist leer, die Kacheln wirken stumpf, der Abfluss in der Mitte scheint verstopft zu sein, mit Schmutz und Papierresten. Auf einmal hört sie ein Rascheln und dreht sich um, eine schmale Gestalt löst sich aus der Ecke, nicht weit von der Tür, es ist der Junge.

»Hey«, sagt sie leise, »ich wollte dich nicht erschrecken«.

Doch er läuft zur Tür und ist schon im Flur verschwunden. Wenn sie sich beeilt, kann sie ihn einholen, bevor er durch das Fenster klettert. »Kann ich dich was fragen, bitte«, ruft sie ihm hinterher und macht sich kaum Hoffnungen. Sie folgt ihm, aber nicht eilig, um ihn nicht endgültig zu vertreiben, da sieht sie ihn am offenen Kellerfenster in dem Raum mit den Weinkartons.

»Hey«, sagt sie noch einmal, fast flüsternd, »ich wohne nebenan, wir haben uns einmal kurz unterhalten, vor ein paar Monaten. Weißt du noch?«

Vielleicht nickt er, sie kann es im Dunkeln nicht sehen.

»Weißt du, wo die Leute sind, die hier gewohnt haben? Sind sie weggezogen? Hast du was von ihnen gehört?«

Er zuckt mit den Schultern.

»Du hast sie doch auch gesucht, oder? Ich habe deinen Zettel draußen unter der Terrassentür gefunden. Den Zettel, den du im Januar dagelassen hast. Es tut mir leid, ich wollte nicht neugierig sein.«

Er sagt noch immer nichts.

»Was meintest du damit – sie müssen sich keine Gedanken um das Wasser machen, du hast es verschluckt?«

Sie lehnt sich an die Kellerwand, um ihm zu zeigen, dass er jederzeit weglaufen kann, sie wird ihn nicht aufhalten.

»Das war nichts Besonderes, nur ein Spiel«, sagt er, seine helle, kindliche Stimme. »Wir haben Zettel mit Rätseln versteckt. Mit Aufgaben.«

»Was für Aufgaben?«

»Wir haben uns immer wieder neue Arten ausgedacht, wie unser Leben in Gefahr sein könnte. Und wie wir uns dann retten würden.«

Sie versteht nicht, was er meint. »So etwas wie Geheimbotschaften?«, fragt sie. Sie kann sein Gesicht im Dunkeln nicht erkennen, nur die Umrisse seines Körpers.

»Keine Geheimbotschaften. Challenges, Herausforderungen, Rettungsaktionen.«

»Und was für eine Rettung ist gemeint, wenn einer das Wasser verschluckt hat?« Sie versteht noch immer nicht.

»Ertrinken«, sagt er, »ich habe sie vor dem Ertrinken gerettet. Ich habe alles Wasser in mich aufgenommen, ich habe alles getrunken, unendlich viel Wasser, und damit habe ich sie gerettet.«

»Wie eine Art Superheld, meinst du.« Oder irgendeiner der vielen Götter der Mythologie, einer von denen war sicher in der Lage, ein Meer auszutrinken, oder eine wütende Göttin.

Der Junge gibt ein kleines, ein schüchternes Lachen von sich.

»Aber es ist niemand ertrunken, in echt, oder?«, fragt sie.

»Was meinst du mit *in echt*?«, fragt er zurück.

»In echt«, sie überlegt, sie weiß nicht, wie sie es anders erklären sollte. »Also in der Realität. *Wirklich* ertrunken«, sie sucht nach Beispielen, sofort fallen ihr eine ganze Reihe von Vorfällen ein, Geschichten von Menschen, die ertrunken sind, die Nachrichten sind voll von ihnen, aber das möchte sie dem Jungen jetzt nicht zumuten. »Gestorben, ich meine, unwiederbringlich. Nicht als Fantasie. Nicht auf einem Zettel, nicht als Rätsel. Wirklich gestorben ist niemand, oder?«

»Wir sind auf viele Arten immer nur fast gestorben und haben uns gegenseitig gerettet. Nur zum Spiel.«

Sie kommt nicht dagegen an, hier unten, in diesem dunklen

Keller, in diesem leeren Haus, klingt es kein bisschen spielerisch. Sie drückt auf den Lichtschalter, eine Birne an der Decke springt an und verbreitet mattes Licht.

»Aber jetzt hast du keinen Kontakt mehr zu den Mädchen? Wart ihr nicht befreundet?«

»Eigentlich weiß ich das gar nicht so genau. An manchen Tagen waren wir befreundet, an anderen nicht. Das hat sich immer wieder geändert. Aber ich habe mich an so was schon gewöhnt. Und jetzt muss ich los«, sagt er.

Sofort erfasst sie eine seltsame Trauer, zusammen mit dem Gefühl, den Jungen nicht gehen lassen zu können, ihn vor irgendetwas beschützen zu wollen.

»Wohnst du hier in der Nähe?«

Er schüttelt den Kopf.

»Wissen deine Eltern, dass du so spät noch draußen bist? Soll ich dich irgendwo hinfahren? Ein Auto habe ich nicht, aber ich könnte dich mit dem Fahrrad irgendwo hinbringen. Ich kann dich auf den Gepäckträger nehmen.«

»Danke, aber ich bin selbst mit dem Fahrrad hier.«

»Du musst keine Angst vor mir haben. Ich möchte«, sie überlegt, was sie auf die Schnelle sagen kann, bevor er durch das Fenster klettert. »Also, ich möchte – ganz egal, was los ist –, dass du weißt, du kannst immer zu mir kommen. Falls du irgendetwas brauchst, ja?« Ihr ist klar, wie eigenartig sich das für ihn anhören muss, wie übertrieben, der Junge wundert sich jetzt wahrscheinlich über sie. Er schaut auf den Boden und schiebt mit der Spitze seines Sneakers eine Scherbe hin und her.

»Wäre es in Ordnung, wenn du mir sagen würdest, wo du wohnst? Nur, damit ich mir keine Sorgen machen muss«, sagt sie vorsichtig.

»Ist schon okay«, sagt er, »ich wohne in einer Jugend-WG. Mein Vater heißt Wolfgang, also, nicht mein richtiger Vater, aber«, er zögert, »mein Vater eben.«

»Wolfgang«, sagt sie überrascht. »Ja, ich weiß, wer das ist«, der Mann aus dem Jugendhaus, der einen Hustenanfall bei ihr bekam. Sofort meldet sich wieder ihr schlechtes Gewissen, weil sie sich nicht bei ihm gemeldet hat. Wenn sie Wolfgangs Einladung sofort im Januar angenommen hätte, wäre sie dem Jungen vielleicht damals begegnet. Wäre sie nicht so zögerlich. Da fürchtet sie sich davor, keine Menschen um sich zu haben, aber bemerkt nicht, dass diese Menschen da sind, sie sind längst da, und sie müsste nur endlich reagieren.

»Habt ihr eine gute Bleibe gefunden?«

»Geht so. Unser Haus wird aber bald repariert, und dann können wir wieder zurück«, sagt er.

»Wirklich? Ist das sicher?«

Er zuckt mit den Schultern und schaut sie dabei erwartungsvoll an, als würde er die Antwort darauf von ihr erwarten. Es berührt sie so unendlich, dass er seine Scheu vor ihr vergessen hat, wie schon im Januar, wie unverwandt er sie da angesehen hatte. Und dann dieser Begriff, repariert, ein Haus, ein Zuhause wird repariert. Seltsam, dieses kleine Wort, es genügt, dass sie kurz von einem Glücksgefühl erfasst wird.

»Ja, ich wünsche euch, dass ihr bald wieder nach Hause könnt. Aber musst du jetzt nicht zurück? Soll ich dich wirklich nicht bringen?«

Er schüttelt nur den Kopf.

»Es ist doch viel zu weit bis in die Stadt durch die Dunkelheit.«

»Ich fahre gern allein«, er zuckt wieder mit den Schultern, »und ich bin ziemlich schnell.«

Sie muss lächeln. »Du meinst, ich halte dich dann nur auf.«

Sie hört ein kleines Schnaufen, wie das Andeuten eines Lachens. Er steigt auf eine der Holzkisten, stemmt sich hoch und bleibt auf dem Vorsprung des Fensters sitzen. Sein Hoodie ist ihm zu groß, die Ärmel hat er hochgeschoben, sie kann seine dünnen Handgelenke sehen, als er sich abstützt, um durch das Fenster zu steigen.

»Kann ich dich noch etwas fragen?«

Er dreht sich zu ihr um, gleich ist er weg, dann wird sie ihn vielleicht nicht wiedersehen.

»Was hast du hier gesucht, heute Nacht?«

»Ich wollte wissen, ob sie irgendwo noch ein Rätsel, also eine Aufgabe, für mich versteckt haben, oder eine Nachricht.«

»Und, haben sie?«

Er schüttelt den Kopf. »Ich habe nichts gefunden. Und was hast du hier gesucht?«, fragt er zurück.

Sie überlegt. »Ich weiß es nicht«, sagt sie. »Ich wollte wahrscheinlich sichergehen, dass niemand hier ist. Ich weiß, das hört sich seltsam an. Es ist nun schon seit vielen Monaten niemand mehr hier. Daran gibt es keinen Zweifel. Aber aus irgendeinem Grund komme ich damit wohl nicht klar.«

Er nickt, als würde er sie verstehen, dann dreht er sich um und steigt durch das Fenster. Sie schaltet das Licht aus und klettert ebenfalls nach draußen. Ihr schlägt die warme Nachtluft entgegen. Ein paar Schritte von ihnen entfernt sitzt Lizzy, die Hündin blickt sie beide ruhig und wartend an. Der Junge beugt sich zu ihr und streichelt sie.

»Wie heißt du eigentlich? Ich bin Julia.«

»Niko«, antwortet er.

»Ein Junge in deinem Alter sollte nachts nicht so oft allein durch die Gegend streifen«, sagt sie und ärgert sich sofort, wie kommt sie dazu – es klingt altklug und bevormundend.

Er lacht wieder kurz auf. »Ist schon okay.« Er findet sie jetzt sicher wirklich merkwürdig, kein Wunder. »Ich bin außerdem ein Mädchen. Aber ist egal.«

Niko steht auf, streichelt Lizzy noch einmal über den Kopf. »Bis dann«, sagt sie und geht langsam zu den Tannen, dreht sich noch einmal um, und dann ist sie nicht mehr zu sehen, wie verschluckt von den Bäumen und der Dunkelheit.

37

»Gab es mal eine Situation, in der du dich vor einem deiner Söhne gefürchtet hast?«, fragt Marli unvermittelt.

»Gefürchtet?«, wiederholt Astrid erstaunt, sie denkt nach, nein, sie kann das Wort mit ihren Söhnen nicht in Einklang bringen. War das überhaupt möglich, dass man sich vor dem eigenen Kind fürchtete? Woher würde diese Furcht kommen?

»Was meinst du mit *fürchten*? Kannst du das genauer erklären?«

Marli überlegt eine Weile. »Ich weiß nicht. Ich glaube, es war nicht gut, dass ich damit angefangen habe.«

Auf einmal ahnt Astrid, wie Marli darauf kommt, sie meint Tobias, sie möchte über ihren Sohn reden. »Denkst du an die Sache damals, mit den Tieren? Hast du dich danach vor ihm gefürchtet?«

Marli sagt nichts, sondern blickt hoch, in den Baum, in die dunklen Äste.

»In jeder Situation liegt das Potential für Gewalt, so viel habe ich damals gelernt«, beginnt sie nach einer Weile. »Auch auf einem Spielplatz mit drei befreundeten Jugendlichen. Und dann, wie entwickeln sich die Teenager weiter? Zu was für Menschen werden diese drei Teenager, die Freude daran hatten, Tiere zu quälen? Das habe ich mich damals gefragt.«

Astrid nickt, sicher, daran hatte sie danach auch gedacht.

»Du meinst, wozu sie eines Tages noch in der Lage sind?«

Sie erinnert sich, die Frage, wozu ein Mensch fähig war, die hatte sie sich selbst schon gestellt, beim Beobachten ihrer Jungs. Ihre Söhne konnten beim Spielen früher so boshaft miteinander umgehen, dass sie verblüfft gewesen war. Wie Sherlock Holmes schienen sie die Mechanismen von Machtspielen zu untersuchen und zu nutzen. Gut, immerhin hatten ihre Söhne kein Kaninchen an einem Strang aufgehängt.

»Keine schöne Frage, oder?«, sagt Marli. »Als Mutter, da möchte man seinem Kind doch nichts Schlechtes zutrauen. Das eigene Kind, das steht für Hoffnung und Unschuld. Das eigene Kind, das wird die Welt ein bisschen schöner und besser machen. So wollen es alle von ihren Kindern. Aber Unschuld, das stimmt ja nicht, und alle wissen das auch.«

»Über diese Gedanken hast du früher nie geredet. Warum nicht?«

»Dass es eine Zeit gab, in der ich Angst vor Tobias hatte? Ich habe mich damals für dieses Gefühl furchtbar geschämt. Ich hatte Angst vor ihm *und* um ihn. Glaub mir. Das hätte niemand verstanden. Alle haben mich damals schief angesehen – die hat ihren Sohn falsch erzogen, oder schlimmer, vernachlässigt. Was ist das für eine Mutter.«

Nein, das glaube ich nicht, will Astrid antworten. Doch ist im nächsten Augenblick nicht sicher. Es gab Leute in der Nachbarschaft, die sich von Marli und Richard nach dem Vorfall mit den Tieren distanziert hatten. Und ihre Kinder von Tobias fernhielten. Die sich vor dem schlechten Einfluss von Tobias fürchteten. Die überzeugt waren, ihr *eigenes* Kind hätte so etwas Schreckliches nicht getan. Und gleichzeitig hatten sie im Stillen erleichtert gedacht – Wie gut, dass *mein* Kind nicht in die Sache verwickelt ist. Was für ein Widerspruch. Wenn sie ehrlich ist, war es bei ihr nicht anders. Sie weiß noch, was ihr damals durch den Kopf ging, an dem Tag, als sie erfuhr, dass Tobias mitgemacht hatte, *Was ist los mit dem Jungen, hat Marli das nicht kommen sehen?* Das hatte sie sich gefragt, genau das. In anderen Worten, was ist los mit der Mutter? Obwohl sie in den Wochen davor, bei den ersten beiden Vorfällen, ihren jüngsten Sohn regelrecht bedrängt hatte: *Warst du wirklich, wirklich nicht dabei?* Denn selbstverständlich hielt sie es nicht für unmöglich.

»Alle Eltern von Teenagern hatten Sorge, dass ihr eigenes Kind damit zu tun haben könnte. Es hätte bloß keiner zugegeben«, sagt sie.

»Aber trotzdem haben sie mir hinterher das Leben nicht leicht gemacht. Niemand, die Nachbarn nicht, Richard nicht, auch du nicht.«

Marli sagt es ohne Vorwurf, als wäre es lange her, längst überwunden.

»Und manchmal hatte ich Angst, dass ich eines Tages die Mutter eines jungen Mannes sein werde, der einem anderen Menschen etwas angetan hat. Was für ein Gedanke. Auch dafür habe ich mich schrecklich geschämt. Ich dachte damals, ich verliere den Verstand. Einmal habe ich am Küchentisch vor einem Blatt Papier gesessen und ein Diagramm gezeichnet. Welche Möglichkeiten ich für meine Kinder und mich sehe. Ganz systematisch«, erzählt Marli.

»Was meinst du?«

Möglichkeit eins, fängt sie an aufzuzählen, einen Koffer packen und gehen. Sie war überzeugt, niemand würde sie vermissen. Sie rückte ihren Kindern und Richard ständig auf den Leib, weil sie sich so anstrengte, auf alles und jeden im

Haus zu achten. Wie eine lästige Glucke fühlte sie sich, deren Bemühungen keiner wollte.

»Aber das bedeutet ja nicht, gehen zu können. Eine Mutter geht nicht. Vor allem nicht, wenn ihr Mann ständig beim Angeln ist«, sagt Marli und lacht, es klingt nicht bitter. Sie lacht, als würde sie über eine Frau aus einem anderen Leben reden. Angeln, ja, Astrid erinnert sich. Richard, der seine Ausrüstung aus dem Kombi lud und in die Garage trug.

Möglichkeit zwei, fährt Marli fort. Richard verlassen, mit Anna und Tobias in einer anderen Stadt neu anfangen. Auch um der Nachbarschaft zu entkommen. Jemand ließ damals regelmäßig faulige Kartoffeln in ihrem Briefkasten. »Und auch andere, na ja, Hinterlassenschaften. Wir hatten diese amerikanische Briefbox, mit der breiten Klappe.«

Doch mit den Kindern wegzuziehen, neue Stadt, neuer Job, neue Schule, dafür fehlte ihr die Kraft. Außerdem wäre Tobias gar nicht erst mitgekommen. Er wäre bei Richard geblieben. »Richard, der nicht ein einziges Elterngespräch bei der Jugendtherapeutin geführt hat und fand, die Sache regelt sich, wenn wir alle nicht darüber reden.«

Möglichkeit drei, bleiben, warten, bis Anna und Tobias die Schule abgeschlossen hatten. Es handelte sich ja um eine überschaubare Zeit. Das war es dann, Möglichkeit drei, sich darauf konzentrieren, den Kindern Stabilität zu geben. »Ob es richtig gewesen ist, weiß ich nicht.«

»Warum hast du mich damals nicht einbezogen? Wir haben uns sonst auch ausgetauscht, eigentlich doch über alles.«

»Das sagt sich leicht. Um mir zu meinem Leben noch irgendeinen Kommentar anzuhören und mich zu rechtfertigen? Dazu fehlte mir die Energie. Ich hatte auf einmal das

Gefühl, du hast in einer anderen Welt gelebt als ich. Bei dir ging es immer darum, dass man alles und sich selbst sofort im Griff hat. Jeder Ratschlag, den du mir gegeben hast, hat mich das spüren lassen.«

Astrid weiß nicht, was sie antworten soll. Sie muss das sacken lassen. »Ich selbst habe nicht alles im Griff. Ich erwarte das auch nicht von anderen.«

»Nein, niemand hat das. Aber die Erwartung, doch, ich glaube, die hast du manchmal. An dich, aber eben auch an andere.«

»Das hättest du mir doch sagen können.« Astrid schüttelt den Kopf, sie fühlt sich eigenartig ertappt.

»Ich glaube, ich habe versucht, es dir zu sagen.«

Astrid denkt nach, dann fällt ihr wieder der Satz ein, *Du könntest dich etwas weniger einmischen.* Sie hatte das damals nicht verstanden und sich zurückgewiesen gefühlt. Sie hatte es darauf geschoben, dass Marli überfordert und mit den Nerven fertig gewesen war. Aber ernst genommen, richtig ernst genommen hatte sie den Hinweis nicht. Was hatte sie Marli alles vorgeschlagen, mit ihrem Werkzeug aus Fachbegriffen, Adressen, Empfehlungen von Therapeuten, *Ihr müsst zur Beratung, alle, sofort*, hatte sie insistiert. *Du musst eine Ansprache für den Jungen finden.* Du musst. Sie hatte damals offenbar keine Vorstellung davon, was in Marli vorging.

»Ich war überrascht, als du mir diesen Brief in den Nistkasten gelegt hast und mich damit um Hilfe gebeten hast. Du, um Hilfe bitten«, sagt Marli und lächelt sie eine Spur ironisch an.

»Ich kann um Hilfe bitten, wenn ich sie brauche.« Zugegeben, es kostet sie Überwindung.

Ihr ist warm, sie wischt sich über die feuchte Stirn. Wie gern würde sie jetzt in ein kühles Becken tauchen.

»Möglichkeit vier, um das noch zu ergänzen, als Theorie«, sagt Marli, »ich hätte als junge Mutter gern mit Freunden gelebt und zusammen die Kinder großgezogen. Das wäre das Richtige für mich gewesen. Das weiß ich jetzt. Aber darauf wäre ich damals nicht gekommen. Ich kannte keine einzige Mutter oder keinen Vater, die so lebten.« Sie zuckt mit den Schultern. »Die Typen aus meiner Studienzeit, die sich WGs und freie Liebe wünschten und uns sagten, *das* wäre Freiheit, die waren kein Vorbild für mich.«

Astrid muss jetzt auch lachen.

»Aus meiner Sicht ist es erstaunlich, wie viel Einsamkeit es erfordern kann, eine Ehe mit Kindern am Laufen zu halten«, sagt Marli. »Warum das bis heute als Ideal gilt, erklärt sich mir nicht.«

Astrid fällt dieser Satz ein. *Ich habe Glück gehabt mit Andreas.* Das hat sie sich oft gesagt, vor allem, wenn sie von den Problemen anderer erfuhr. *Ich habe es gut getroffen.* Aber was war das für eine Aussage? Es hörte sich an, als hätte sie einen seltenen Joker gezogen. Dazu ein Gefühl von Dankbarkeit.

Sie ist an den Falschen geraten. Auch so ein Satz. Als wäre die Suche ein Minenfeld.

In der Generation ihrer Mutter hieß es, man solle froh sein, wenn ein Mann nicht trinkt, nicht zuschlägt, nicht das Geld durchbringt. Und ihr Onkel, der hätte Elsa dem Gesetz nach noch verbieten können zu arbeiten. Er hätte in der Klinik anrufen und ihre Stelle kündigen können. *Übrigens, du bleibst ab heute zu Hause, dein Chef und ich, wir haben das geklärt.*

Sicher. Ihr Onkel wäre nie auf diese Idee gekommen. Trotzdem, es hatte im Rahmen seiner Möglichkeiten gelegen.

Ich habe es gut getroffen.

Ihre Mutter, Elsa und ihr Onkel hatten sich ein ganz eigenes Familienmodell erschaffen. Elsa, die ihn geheiratet hatte, aber keine eigenen Kinder wollte. Ihre Mutter, die sich überfordert fühlte, wenn sie nur eine Gute-Nacht-Geschichte vorlesen sollte. Und dann war da noch ihr Vater, der als Vertreter für Fernsehgeräte durch das Land gefahren war und ihrer Mutter eröffnet hatte, er hätte mit einer anderen Frau ein Kind bekommen, dort wäre er jetzt lieber. Das war ihre Familie. Wenn sie es jetzt so betrachtet, eigentlich ziemlich fortschrittlich. Den Gegebenheiten und Bedürfnissen aller so gut es ging angemessen.

»Machst du dir noch Sorgen um Tobias?«

»Es geht ihm gut. Soweit ich das beurteilen kann. Er lebt auch in Hamburg, wir sehen uns alle paar Wochen.«

»Also machst du dir keine Sorgen?«

»Na ja, eigentlich fast immer. Aber ist das bei dir anders? Weißt du, ob deine Söhne zurechtkommen? Und umgekehrt, ob die Menschen, die mit deinen Söhnen leben oder zu tun haben, mit ihnen gut zurechtkommen?«

Sie überlegt, würde sie gefragt werden, *wie gut kennst du deine Söhne?*, würde sie sagen: in- und auswendig. Doch Marli hat recht. »Ich bin darauf angewiesen, dass sie mir von sich erzählen. Den Rest muss ich mir meistens zusammenreimen«, antwortet sie. Sie kann nicht genau wissen, wie viel ihre Söhne von sich preisgeben, und was für Menschen sie geworden sind, *wirklich* geworden sind. Sie kann ihre Söhne nur lieben.

Marli füllt ihnen beiden den Rest Wein in die Gläser.

»Warum hast du an deinem Geburtstag eine Party gefeiert und mich nicht gefragt, ob ich kommen möchte?« Eigentlich wollte Astrid sich das verkneifen, so albern wie sie sich an dem Abend benommen hatte.

»Was habe ich?«, fragt Marli erstaunt.

»Eine Party. An deinem Geburtstag. Du hattest Leute eingeladen.«

Marli schüttelt den Kopf. »Wie kommst du darauf?«

»Ich stand auf der Terrasse. Du hast mich am Fenster erwischt. Und ihr habt Musik gehört und gefeiert.«

»Wir haben was? Wer soll denn bei mir gewesen sein?«

Astrid denkt nach, sieht wieder das schummrige Wohnzimmer vor sich, sieht, wie Marli sich wiegend zur leisen Trompete bewegt.

»Außer, dass du mir ein Geschenk vor die Tür gelegt hast, ist an dem Abend nichts los gewesen.« Marli schaut sie an, lächelt, schüttelt wieder den Kopf. »Mein Geburtstag, der hat mich gar nicht interessiert.«

»Es sah aus wie eine Party. Du hast getanzt.«

»Ja, das kann schon sein. Ich habe an den Abenden viel Musik gehört und ständig zu viel Wein getrunken, um mir das Haus zurückzuholen. Ich wollte herausfinden, ob ich gern hier bin.« Marli lacht wieder. »Du hast am Fenster gestanden und gedacht, ich feiere mit unseren Nachbarn, aber nur nicht mit dir?«

Astrid nickt. »Meine Güte, ja«, sie greift nach dem letzten Stück Brot und beißt hinein, um ihre Verlegenheit zu überspielen. »Und, bist du inzwischen wieder gern hier?«, fragt sie.

»Das schon, ja. Aber ich fühle mich in Hamburg wohler, in der Wohngemeinschaft, wir sind fünf Erwachsene und zwei kleine Kinder. Außerdem mag ich meinen Job in der Unibibliothek.«

Astrid versetzt es einen Stich. »Das klingt schön, das würde ich sicher auch nicht aufgeben wollen.«

»Trotzdem, auch hier hält mich einiges. Ich lasse mir mit der Entscheidung noch Zeit. Aber was jetzt viel wichtiger ist, bevor wir schlafen gehen – den nächsten Brief, den du bekommst, den öffnest du nicht.« Marli lehnt sich ein Stück zur Seite, ihre Schultern berühren sich. »Du gibst ihn direkt mir. Ich werde ihn für dich lesen, wenn du möchtest. Ich werde ihn für dich aufbewahren. Und dann sehen wir weiter.«

38

Es ist fast Mitternacht, doch sie möchte nicht schlafen gehen. Chris scheint noch zu arbeiten, er hat ihre Abwesenheit offenbar nicht bemerkt.

Sie klappt den Laptop auf und gibt *Frau lebt im Wald* in die Suchmaske ein. Sie fragt sich, ob es solche Geschichten gibt, Geschichten über Waldbewohnerinnen, die es geschafft haben, für lange Zeit zurechtzukommen. Über Tage oder Wochen war es vielleicht auszuhalten, aber über Monate oder noch länger? Sie kann sich das nicht vorstellen.

Sie scrollt durch die Trefferliste und entdeckt einen Artikel über eine Frau, die wie aus dem Nichts in einem Bergdorf auftauchte, nachdem sie mehr als zehn Jahre verschwunden gewesen war. Die ganze Zeit über hatte sie in unterschiedlichen Gegenden gelebt, in Thüringen, Südböhmen, im Schwarzwald, im Burgenland, im Allgäu, immer in Wäldern. Julia liest weiter, mal hatte die Frau in einem Zelt gewohnt, dann in einem selbst gebauten Verschlag. Sie hatte sich von Beeren, Pilzen und Moos ernährt, und von dem, was die Supermärkte in nahen Ortschaften wegwarfen, sogar die Wintermonate hatte sie da draußen überstanden. Und dann, nach all den Jahren, hatte sie an einem scheinbar beliebigen Tag in einem Landgasthof um etwas Essen und ein Telefon gebeten. Sie rief ihre Schwester an, die sich zu ihr auf den Weg machte. Drei Kinder hatte die Frau, sie waren inzwischen erwachsen geworden. Lokalreporter wollten wissen, warum sie ihr Leben und ihre Familie hinter sich gelassen hatte. Sie antwortete, der Entschluss sei notwendig gewesen, sie werde darüber aber nicht reden. Die Vergangenheit sei vergangen, sagte sie. Ein ganzes Jahrzehnt im Wald. Als hätte die Frau sich während dieser Zeit verwandelt. Von einem Menschen, der gehen musste, in einen Menschen, der zurückkehren konnte.

Woman, forest, gibt Julia ein und stößt auf einen Artikel, *Woman found living in Wilderness;* in Montana wurde eine Frau von Forstarbeitern schlafend in einem Zelt entdeckt. Sie wirkte ausgezehrt, und man brachte sie in die Notaufnahme, damit sie sich untersuchen lassen konnte. Sie war gesund und wünschte sich von den Sheriffs, zurück in den Wald gebracht zu werden. Am Highway ließ man sie aus dem Wagen, den restlichen Weg wollte sie allein gehen. Der Sheriff sagte, es sei nicht verboten, hier in der Wildnis zu leben, es würde nichts dagegensprechen, den Wunsch der Frau zu respektieren.

Sie sucht weiter nach Geschichten und landet auf einer Seite über norwegische Sagen, Waldwesen, *Huldras*, über die erzählt wird, sie sehen von vorn aus wie Frauen, von hinten wie Bäume; sie stellt sich das vor, das Haar, der Rücken, die Beine, wie verbunden mit dem Wald, für das Auge nicht zu unterscheiden von den Farben und Maserungen der Baumrinden. Wie klug sind diese Märchenwesen erdacht, von hinten nicht zu erkennen, gut getarnt, sie können nicht überrascht und nicht gestört werden, niemand wird unbemerkt hinter ihnen auftauchen und sie erschrecken können, *hinterrücks* überfallen, auch das nicht, *in den Rücken fallen*, niemand wird einer Huldra in den Rücken fallen. Sie klickt weiter und entdeckt *Dryaden*, Baumnymphen aus der griechischen Mythologie, Göttinnen mit menschlicher Gestalt, sie verschmelzen mit einem Baum, sobald sie sich verstecken müssen oder auch nur schlafen wollen. Sie liest von Daphne, die vor Apollo und seinem Übergriff flüchtete und sich in einen Lorbeerbaum verwandelte. Sie liest von Moosfrauen aus dem Riesengebirge, die in Baumstümpfen leben, von Waldfrauen, die sich um Pflanzen und Tiere kümmern, aber Menschen fürchten, und von trauernden Waldnymphen, die um ihre verstorbenen Kinder weinen, sie liest von Waldfrauen, die Brot backen und es Menschen an den Weg legen; sie liest von weiblichen Baumgeistern, die gefährlich werden für alle, die den Wald zerstören wollen.

Deine Mutter ist im Grünen verschwunden; Veras Bemerkung klingt auf einmal wie etwas Schönes, etwas Tröstliches. Ihre Mutter hatte das Richtige getan, ihre Mutter hatte genau gewusst, was das Richtige für sie gewesen ist. Gehen, dorthin, wo sie sich beschützt fühlte. Gehen, solange es möglich war.

Ihr Blick fällt auf den Gedichtband, der ganz oben auf dem Bücherstapel liegt, *Kommt der Schnee im Sturm geflogen*, sie schaut sich das Gemälde auf dem Titel noch einmal genau an. Die winterliche Landschaft, das fahle Licht, ein knorriger Baum, eine Frau mit langen roten Haaren ist zu sehen, die wie verwachsen mit den dürren Ästen des Baums erscheint. Erst jetzt erkennt sie, ein Kind trinkt an der Brust der Frau, ein kleines Gesicht, das sie vorher übersehen hatte. Sie blättert noch einmal durch die Seiten, liest die Zeilen, an denen sie mit Bleistift Markierungen hinterlassen hat.

In diesem Flachland genügt eine Gruppe mittelstarker Bäume, um etwas verschwinden zu lassen.

Das war der Satz, der sie beim ersten Lesen schon getroffen hatte, der ihr auch jetzt wieder unheimlich, schön und grausam zugleich vorkommt.

Die Mutter in den Wäldern von Brandenburg, die ist keine Märchenfigur, sie kann nicht mit Bäumen verschmelzen. Vier Kinder, welche Anstrengung hat es Mona Winter – warum denkt sie jedes Mal Mona Winter? –, welche Anstrengung hat es die Frau gekostet, in den Wald zu gehen und dort zu verschwinden, was hat sie alles mitnehmen müssen, wie hat sie sich abgeschleppt, ein Zelt, Schlafsäcke, Kleidung, zu essen und zu trinken, allein die Wasserflaschen, wie viel Wasser musste sie dabeihaben, um drei Kinder, ein Baby und sich selbst wenigstens einige Tage lang zu versorgen? Hatte sie Pflaster und Jod dabei, etwas gegen Fieber oder Schmerzen? Sie schlägt sich durch, tröstet ihre Kinder, zerbricht sich den Kopf über die nächste Nacht, über Kälte und Regen, über Furcht im Dunkeln, über Durst und Hunger, über wunde Füße und entzündete Insektenstiche. *Im Wald verschwinden*, das sagt sich so leicht, als wäre Zauber im Spiel, doch niemand *verschwindet* im Wald, das ist nur die Sicht der anderen. Die Mutter, um die es geht, die *befindet* sich dort, befinden, nicht verschwinden.

Sie sucht weiter, sie ist noch immer kein bisschen müde, im Gegenteil, sie ist hellwach. Eine Frau namens Emily baut seit dreißig Jahren an einer Lehmhütte im Caledonian Forest, liest sie, im schottischen Hochland; eine Französin namens Claire hat ein Survival-Buch über ihre Erfahrungen im Wald von Tronçais in der Auvergne geschrieben.

Über sich hört sie Schritte, dann das Knarren der Treppenstufen, kurz darauf kommt Chris ins Nebenzimmer.

»Du bist ja auch noch fleißig«, sagt er, zeigt auf ihr offenes Skizzenbuch, das sie den Abend über gar nicht angerührt hat. Er stellt sich hinter ihren Stuhl und wirft über sie hinweg einen Blick auf den Laptop, bevor sie das Browser-Fenster, auf dem ein Foto eines Holzverschlags zwischen hohen Bäumen zu sehen ist, schließen kann.

»Das sieht ja interessant aus. Recherchierst du Camping im Wald?«, fragt er. »Ich dachte, so ein Wanderurlaub wäre nicht dein Ding.« Er beugt sich hinunter und legt seine Arme von hinten um ihre Schultern. »Oder hast du deine Meinung geändert?«

Sie schüttelt den Kopf, doch eigentlich ist es gar keine so schlechte Idee, vielleicht sogar eine verlockende Vorstellung, mit Chris durch Wälder zu wandern.

Er hält sie weiterhin fest. »Ich bin müde, ich habe Kopfweh, und es ist so warm«, sagt er, »ich gehe jetzt in den Garten und stelle mich in den kalten Rasensprenger.«

Sie schließt die Augen, erstaunlich, wie lange sie sich nicht festgehalten haben. Sie neigt den Kopf ein wenig, gerade so, dass sie mit den Lippen seine Hand berühren kann. »Ich komme gleich nach«, sagt sie, spricht in seine Haut hinein.

Chris holt den Rasensprenger aus dem Schuppen und dreht das Wasser an, er zieht Shirt und Jeans aus, hängt beides über die Sonnenliege, nach ein paar Schritten in den Garten ist er schon nicht mehr zu sehen, sie hört nur noch das leise Rauschen des Wassers.

Sie schaltet das Licht aus, schlüpft aus dem Kleid. *Denkt nicht mehr an das Wasser* – vor ihrem inneren Auge wandert sie noch einmal durch alle Zimmer, es kommt ihr unwirklich vor, doch sie hat es ja mit eigenen Augen gesehen, bis auf wenige Möbel war das Haus nebenan leer. *Ich habe es verschluckt* – Kinder, die spielen, dass sie sich gegenseitig das Leben retten.

Sie geht in den Garten, es erstaunt sie wieder, wie dunkel es hier ist, keine hellen Fenster neben ihnen, an dieser Ecke der Straße steht noch nicht einmal eine Laterne. Nach ein paar Schritten sieht sie Chris, er steht dort, im Sprühregen des Rasensprengers, ohne sich zu bewegen, sein Rücken schimmert aus der Dunkelheit hervor. Nebenan, hinter den Tannen, zeichnet sich das Dach schwarz vor dem Nachthimmel ab. Darüber hängt ein dünner Mond, fast zerbrechlich sieht er aus. Eben stand sie noch dort oben am Fenster und hat Chris in seinem Zimmer gesehen, während er nicht die leiseste Ahnung hatte. Ein Schauer jagt ihr über die Arme und den Rücken, ein Hauch Wasser weht ihr über das Gesicht und die Schultern, wie eine Brise kühler Staub, die Nachtluft ist warm.

39

»Du hast zu wenig zu Abend gegessen«, sagt sie.

»Ich kann mich nicht hungriger machen, als ich bin. Und nun hör auf mich zu beobachten«, antwortet Elsa, pickt mit der Gabel eine einzelne Erbse auf und schiebt sie sich in den Mund.

Eine Libelle schwirrt in Kurven über die Terrasse, bleibt einen Moment über ihren Köpfen, dann fliegt sie weg. Es riecht nach in der Sonne getrocknetem Gras.

»Wer hat eigentlich den Rasen gemäht?«, fragt Astrid.

»Die nette Frau von gegenüber.«

»Aus dem Efeuhaus?«

»Genau die, Julia heißt sie.«

»Ich habe da vorhin geklingelt, weil ich mich bei ihr bedanken wollte, dass sie immer mal wieder nach dir schaut.«

»Sie *schaut* nicht nach mir, sie besucht mich auf einen Kaffee.«

»Meinst du, sie würde sich über ein kleines Geschenk freuen? Wir haben in der Stadt seit einiger Zeit einen schönen Keramikladen, neulich habe ich ein Dominospiel aus sehr hübschen Tonsteinen entdeckt.«

Elsa spießt ein Maiskorn auf. »Das ist sie, das ist ihr Laden. Sie ist die Keramikerin, die diese Steine macht.«

»Wirklich?«, fragt Astrid erstaunt. Sie ist einige Male in dem Laden gewesen und hat mit der Frau gesprochen. Aber, klar, da redeten sie natürlich nicht darüber, wo sie wohnten.

»Wirklich«, sagt sie noch einmal, ungläubig, aber irgendwie auch beglückt. Manches ist offenbar ganz von allein miteinander verbunden, ohne dass man etwas dafür tun muss. Die Frau, die im Efeuhaus lebt und Elsa hilft. Der Laden in der Altstadt, über den Andreas, sie und einige andere sich freuen.

»Ich mache Bananenmilch«, sagt Elsa, »dann schlafe ich nachher gut. Möchtest du auch?« Ihre Tante erhebt sich, sie scheint ein wenig wackelig auf den Beinen zu stehen, doch vielleicht bildet Astrid sich das auch nur ein.

»Gern«, sagt sie, »soll ich dir helfen?«

Elsa schüttelt den Kopf und geht hinein. Astrid lehnt sich zurück, betrachtet den hellen Abendhimmel. Und kaum, dass sie beginnt sich wohlzufühlen, meldet sich wieder diese Unruhe. Diese bedrückende Vorahnung, dass ihre Tante von einem Tag auf den nächsten nicht mehr da sein könnte. Es hat damit zu tun, dass Elsa ihren Hausstand so konsequent reduziert, es gefällt Astrid nicht.

»Was hältst du davon, wenn ich heute hier übernachte«, fragt sie, als Elsa mit den Gläsern zurückkommt.

»Wie bitte?«

»Die Nacht hier verbringe. Weißt du, wie lange das her ist, dass ich unter diesem Dach eingeschlafen und aufgewacht bin?«

»Letzten Dezember – als ich krank war?«, fragt Elsa trocken zurück.

»Na gut, das war aber etwas anderes. Du weißt schon, wie ich es meine.« Hier zu übernachten, einfach so, das ergab sich nicht, wenn man nur zwanzig Minuten Autofahrt voneinander entfernt wohnte.

»Du kannst oben schlafen, wenn du möchtest. In deinem alten Zimmer. Ich beziehe das Bett für dich.«

»Nein, das musst du nicht, ist viel zu anstrengend.«

»Lass mich das tun«, antwortet Elsa, »wirklich. Ich möchte dir dein Bett machen.« Sie geht wieder hinein.

Auf einem der Gartenstühle liegt das Wochenblatt, Astrid faltet es auseinander und liest die Überschriften. Ein Dachdecker wird vorgestellt, ein neuer Ort in der Stadt für Büchertausch, außerdem wird über die Eröffnung eines Sportplatzes berichtet.

Sie überfliegt den Anzeigenteil. Inserate für Immobilien und Autos, Landwirtschaftsbedarf, Haushaltsauflösungen, Fahrräder.

Erotische Kontakte, liest sie überrascht, eine einzelne Anzeige darunter. *Er, 59, sucht Sie, 30 bis 50, für zärtliche Stunden.* Dazu eine Mobilnummer und der Hinweis, sich bitte nur über Whatsapp zu melden.

Fährmann Sörens letzte Überfahrt, verkündet eine Traueranzeige.

Daneben steht eine zweite Anzeige mit einer verschnörkelten Überschrift.

In Gedenken an unsere Mutter

Astrid liest das Geburtsdatum. Dabei ertappt sie sich häufiger, sie achtet auf die Jahreszahlen der Todesanzeigen und gleicht sie ab, mit Elsas Jahrgang, mit Andreas' Jahrgang. Und mit dem eigenen.

3. September 1937, das Geburtsdatum. Als Sterbedatum wird der *4. oder 5. Januar 2017* angegeben. Wie merkwürdig, wie traurig, denkt sie, die Frau ist wahrscheinlich allein gestorben und wurde erst später gefunden. Ihr Todeszeitpunkt ließ sich nicht mehr eindeutig feststellen. Außerdem, Januar, wie ungewöhnlich, dass die Anzeige erst jetzt erscheint, rund sechs Monate später.

Gesa Bruns, fast achtzigjährig, der Name kommt ihr bekannt vor. Meine Güte. Ist sie langsam im Kopf. *4. oder 5. Januar*, kann nicht sein, kann nicht sein, aber es ist so. Das ist die Frau aus dem Haus an der *L96*. Das ist die Nacht Anfang Januar, die kalte Nacht mit den Briefen auf dem Acker. Die Nacht, in der sie nichts mehr tun konnte, außer eine Leichenschau abzubrechen, unter *Anhaltspunkte für nichtnatürlichen Tod – JA* anzukreuzen und die Polizei zu rufen. Dreimal hat sie sich erkundigt, ob es eine Obduktion gegeben hatte. Aber man hat ihr keine Auskunft gegeben.

Deine beiden Kinder, steht dort, ohne Namen. Statt Blumen werden Spenden gewünscht, an einen Gesangsverein. Warum erst jetzt, im Sommer, diese Anzeige? Warum haben sie so lange gewartet. Sie denkt wieder an ihren seltsamen Traum, Gesa Bruns als junge Frau, die sie um etwas bat. *Könnten Sie mir helfen und den obersten Knopf an meiner Bluse öffnen? Sie ist zu eng, es drückt schrecklich am Hals.* Wie genau sie sich daran erinnert, als wäre es eine echte Begegnung gewesen, und auf einmal bricht sie in Tränen aus, es kommt wie von allein. Schnell wischt sie sich mit dem Ärmel über die Augen. Worum weint sie, um Gesa Bruns?, von der sie so gut wie nichts weiß. Oder um Elsa?, die kleiner und kleiner zu werden scheint, die ihr jetzt da oben das Bett bezieht. Oder um Marli?, die ihr Haus verkaufen und wegziehen wird, die das beschlossen hat, aber es ihr nur noch nicht sagen will. Oder um diese lästigen Briefe?, die sie verfolgen, dabei ist es lächerlich. Sie wischt sich die Nässe von den Wangen. Sie fühlt sich wie auf brüchigem Boden, sie fühlt sich abgekämpft, obwohl es keinen Grund dafür gibt. Es gibt keinen Grund, sie hat es gut, alles ist in Ordnung, sie hat es wirklich gut, was ist bloß los, sie schüttelt den Kopf.

Ich bleibe eine Nacht hier, schreibt sie an Andreas.

Alles in Ordnung? Mit Elsa?, fragt er.

Ja, ich möchte nur im alten Kinderzimmer übernachten. Wer hat schon dieses Vergnügen in meinem Alter?

Ein Abend und eine Nacht allein, sie weiß, dass ihm das gelegen kommt. Stunden aus Fernsehen und dem Hörspiel, an dem er gerade dran ist. Dazu Chips und Wein. Einschlafen auf dem Sofa, ohne sich einen Kommentar von ihr anhören zu müssen. Neulich hatte er sich den alten Klassiker *Das Boot* angesehen, und danach, weil er nicht schlafen konnte, eine Symphonie von Mahler angehört, die sechste, glaubt sie. Das hätte ihm nicht gutgetan, sagte er am nächsten Morgen. Er hätte in der Musik die Weltkriege gehört, ein Europa in Schutt und Asche. Ihm wäre auf einmal angst und bange geworden, auf eine Weise, die er noch nicht von sich gekannt hätte. Als er 1981 *Das Boot* im Kino sah, kreiste er danach um die Vergangenheit. Diesmal aber musste er an die Zukunft denken. Das Wort *Einberufungsbefehl* ging ihm durch den Kopf. Panik erfasste ihn. Bei dem Gedanken an die Zukunft, was diese Zukunft für jüngere Generationen bedeuten würde. Woher kam dieses Gefühl? Von den Entwicklungen in Europa? Dem Bewusstsein, dass bald eine rechtspopulistische Partei ins Parlament einziehen würde? Dass es Menschen gab, für die das in Ordnung ging? Die es hofften? Und Menschen, die Dinge sagten, wie: *Tja, wenn das hier im Land alles so weitergeht, dann gibt es bald einen richtigen, ordentlichen Knall.* Als würden sie diesen Knall wollen. Ihn wirklich wollen, ohne sich zu fragen, was das überhaupt heißen sollte. *Ein Knall.* Ein Zusammenbruch von etwas, eine Zerstörung.

»Melde dich als Wahlkampfhelfer«, schlug sie ihm vor, »du hast genug Zeit dafür.«

Kurz sah er sie etwas gekränkt an. Sie musste unwirsch geklungen haben, was sie gar nicht beabsichtigt hatte. Im Gegenteil, es schien ihr logisch, nachdem er sich für das Jugendhaus eingesetzt und eine Diskussion über die Sanierung losgetreten hatte.

Sie räumt die Teller und Gläser zusammen, trägt alles in die Küche und nutzt die Gelegenheit, einen Blick in die Speisekammer zu werfen. Noch immer lagern dort die Mengen an Cornflakes, H-Milch, Spaghetti und Keksen, ein Einkauf wie für eine Großfamilie.

Elsa steht in der Tür, sie trägt ein helles Nachthemd, ihre schwarzgrauen Haare bedecken die Schultern. »Also, oben ist alles fertig, ich lege mich jetzt hin.«

Astrid greift schnell nach einer Packung mit Haferkeksen und schließt die Kammer wieder. »Du bist schon müde?«, sagt sie ein wenig enttäuscht. Sie schaut auf die Uhr, es ist Viertel nach zehn. Sie hatte gedacht, es wäre früher.

»An solchen Abenden gehe ich ins Bett, mache das Fenster weit auf und bin mit den Gedanken woanders. Du kannst mir Gesellschaft leisten, wenn du möchtest.«

Elsa hat ihr oben im Bad eine neue Zahnbürste hingelegt. Auch ein Hemd zum Schlafen, hellblau, etwas verblichen, Baumwolle. Es ist knielang und passt ihr, das Hemd kann nur von ihrer Mutter stammen. Es riecht frisch gewaschen.

Unten, in ihrem Zimmer, liegt Elsa mit einem Berg aus Kissen im Rücken auf dem Bett. Das Fenster steht offen, es wird langsam dunkel. Astrid hört eine Grille kräftig zirpen, wie in Italien oder Griechenland. Sie kann sich nicht erinnern, früher so laut Grillen hier gehört zu haben. Elsa schiebt ihr ein Kissen zu, und sie legt sich ebenfalls hin.

»Vor ein paar Monaten, als ich für dich die Kästen aus der Spielhütte geholt habe, da habe ich Kinderzeichnungen gefunden. Von Figuren, die durch einen Wald gehen. Wie in einem Märchen.«

»Mhm«, macht Elsa nur.

»Das hat mich an früher erinnert. Es ist schön, dass das kleine Holzhaus noch steht. Es ist fast so alt wie ich.«

»Ja, wir haben gut darauf aufgepasst.«

Astrid dreht sich auf die Seite, Elsa das Gesicht zugewandt, die sich ebenfalls zu ihr dreht. So liegen sie eine Weile und sagen nichts. Astrid denkt an die Zeit nach Weihnachten, als Elsa mit Fieber im Bett gelegen hatte. Sie denkt an Elsas Gemurmel im Schlaf. Um eine Busfahrkarte ging es. Und dann das Flehen, jemand möge leise sein. Sie fragt sich, ob das mit Elsas Kindheit zusammenhing. Mit ihren beiden jüngeren Schwestern. Damit, dass sie siebzehn war, als sie ihre beiden Schwestern nahm und für sie drei eine eigene Bleibe suchte. Doch sie weiß, Elsa spricht nicht gern darüber.

»Geht es dir gut?«, fragt Astrid nur.

»Ja, das tut es«, antwortet Elsa und nickt leicht. »Meine Kleine.«

Astrid spürt, wie Elsa ihr die Hand auf das Haar legt, die Lider werden schwer, das warme Gewicht von Elsas Hand auf dem Scheitel, sie schließt schnell die Augen. Tränen, damit war es für heute wirklich genug. Sie hätte nicht gedacht, dass sie so müde ist. Sie würde sich am liebsten nicht mehr bewegen. Nur hier liegen bleiben.

Sie hört den eigenen Atem, nach einer Weile fühlt sie sich leicht und aufgehoben. Da kommt er, dieser Zwischenzustand. Sie taucht ab in den Schlaf, wie in ein warmes Bad. Nein, wie in ein großes Becken. Die Kacheln sind strahlend blau, das Wasser glatt, sie ist allein, *eins, zwei, drei*, Luftholen, krault sie wie schwerelos. Sie gleitet voran, zieht ihre Bahnen, hin und her. Die Minuten verschwimmen, die Jahre verschwimmen. Ihre Schwester und sie laufen durch den Garten. Da ist der Geruch von reifen Äpfeln, die im Gras liegen, einige davon braun und faulig, sie müssen achtgeben, am Obst tummeln sich die Wespen, *was wollen wir spielen*, die Stimme ihrer Schwester, *sag, was wir spielen wollen* – und dann verteilen sie wieder die Rollen. Sie sind die Töchter des Holzfällers, eine verläuft sich, die andere folgt ihr. Da ist das Waldhaus, unter dem Holzboden liegt das Kellerverlies. Draußen ist es dunkel, sie haben sich ihr Schlaflager eingerichtet, Kissen und Decken. Kerstin zündet die Kerze an. *Pass auf, der Spitzenvorhang*, ruft sie ihr zu, Kerstin schiebt ihn rechtzeitig zur Seite, die kleine Kerze flackert im Dunkeln –

»Was ich dir noch sagen wollte«, hört sie eine Stimme, wie aus weiter Ferne, »du solltest wissen, für später, wenn ich nicht mehr da bin – hinten, im Garten, ganz weit, hinter den Büschen, da liegt ein Mann vergraben. Es tut mir leid, es ging nicht anders.«

40

Sie steht vor dem Schaufenster ihres Ladens und betrachtet das Dominospiel, das sie aufgebaut hatte, es steht nur noch zur Hälfte. Die Strecke der bunten Steine verlief schneckenförmig, nun sind die Steine der drei äußeren Kreise umgefallen, die inneren Kreise stehen noch. Sie fragt sich, wie es dazu gekommen ist. Eine Erschütterung, aber woher? Und wenn, dann müsste doch der gesamte Aufbau umgekippt sein. Sie schließt die Tür auf, legt die Tasche ab und greift nach dem einen Stein, der als erster umgefallen sein muss. Sie streicht über seine Oberfläche, er ist glatt, ohne jede Unebenheit, er sieht nicht anders als die restlichen aus.

Langsam baut sie alles wieder auf. Als Kind hat sie einen Korb mit Dominosteinen aus lackiertem Holz besessen, oft hat sie die zwischen den Möbeln aufgebaut, um diesen einen Moment zu erleben, klack, klack, klack, ein Stein fällt in den nächsten, sie werden zu einer fließenden Bewegung, schmelzen ineinander, und dann ist es vorbei, viel Mühe für eine flüchtige Choreografie.

Sie setzt Tee auf und zieht ihren Laptop aus der Tasche, klappt ihn auf, zählt die Bestellungen durch, elf Päckchen muss sie vorbereiten. Sie holt die Pappen aus dem Schrank, faltet sie zu Kartons, legt die Steine hinein. Zwei neue Dominospiele hat sie im Programm. Die Motive sind verschiedenen Blättern nachempfunden, ein Set wie ein kleines Herbarium, und eines mit Insekten. Sie musste diese Sets teurer machen, als sie vorhatte, denn die Arbeit daran hat länger gedauert als gedacht.

Sie betrachtet die offenen Schachteln mit den Steinen, schiebt sie zusammen, ein Mosaik aus bunten Rechtecken. Dann klettert sie auf den Tisch, sucht nach der Perspektive mit dem besten Licht und fotografiert alles, stellt als Nächstes das Foto auf ihren Account, setzt die Hashtags, liest Kommentare, schreibt Antworten. Schließlich beginnt sie, durch die Bilder der anderen zu scrollen.

TheDarlings, sie haben einen Rückblick gepostet, *Sommersonnenwende*, sie verwenden das deutsche Wort und erklären, dass sie *St. John's Day* meinen, Ende Juni, es ist schon ein paar Tage her, sie haben den hellen Abend im Garten gefeiert. *We remember our German ancestors, who arrived here 180 years ago*, erzählen sie. Im Hintergrund das alte weiße Haus, die Kinder tragen Blumenkränze im Haar; *heritage, colonialhouse, colonialamerica, colonialrevival,* reihen sich die Hashtags aneinander.

Decolonize!, hat jemand in die Kommentare geschrieben, das scheint nicht gern gesehen, Julia liest eine lange Reihe von bösen, erzürnten Antworten durch.

Mother_Mary; die Mutter sitzt auf einem Stuhl, man sieht sie von der Seite, sieht ihren gewölbten Bauch, eine ihrer Töchter steht hinter ihr, auf einem Holzschemel, und kämmt ihr die Haare, das Zimmer ist von Sonne durchflutet. Auf einem weiteren Bild schläft das Mädchen, man sieht das Gesicht, die geschlossenen Augen, *my baby has a fever*, steht unter dem Foto, ein Fingertippen, und auf Nasenspitze, Lippen und Stirn erscheinen die Namen der Labels von Bettwäsche, Tapete und Nachthemd.

Kleine_Wanderer, die vier Mädchen in bunten Badeanzügen, die einjährige, die dreijährige, die sechsjährige, die achtjährige, rote Wangen, Lächeln, Julia will sich nicht fragen, wie viele Männer dieses Foto ansehen werden, wie viele Männer wissen, dass sie hier fündig werden.

Wildcrowd; es wird ein Fest gefeiert, der Vater hat Geburtstag, er sitzt auf der Treppe der Veranda, seine Kinder klettern auf ihm herum. Das Bild ist ungewöhnlich, anders als die Blumenvasen und Blaubeerkuchen, der Vater trägt eine Militäruniform, Camouflage, schwere Stiefel, sie muss an Filme denken, an historische Spielfilme, an Männer auf Fronturlaub. *This is everything*, schreibt jemand in die Kommentare, setzt dazu rote Herzen.

Das Telefon brummt, eine Nachricht schiebt sich vor das Bild, sie kommt von Vera.

Liebe Julia, gern schicke ich dir die Adresse: Dorfstraße 19 – dazu eine Standortmarkierung, sie klickt die Markierung an. Der Hof, auf dem ihre Mutter mit ihr gelebt hat, liegt in einem Ort etwa sechzig Kilometer von Hamburg entfernt, und von hier aus höchstens vierzig Kilometer. Er lässt sich mit Regiobahn und Fahrrad gut erreichen. Sie hatte Vera heute früh eine Nachricht geschrieben, sie könne die genaue Adresse von damals nicht mehr finden, ob Vera sie noch wisse und ihr schicken würde. Sie ließ dabei unerwähnt, dass sie nicht einmal den Namen des Dorfes wusste.

Danke dir, antwortet sie. *Ich weiß, das kommt jetzt etwas überraschend*, schreibt sie weiter, *aber könntest du mir mehr darüber erzählen, warum meine Mutter dorthin gezogen ist, noch vor meiner Geburt?*

Sie betrachtet die Nachricht, doch schickt sie nicht ab. Sie legt das Telefon zur Seite, um sich später zu entscheiden, ob sie die Frage stellen wird oder nicht.

Sie füllt eine weitere Schachtel mit Steinen, wickelt alle Schachteln in Packpapier ein, verschnürt und beschriftet sie, trinkt etwas Kaffee, und setzt sich zurück an den Laptop, öffnet ein neues Suchfenster, *Waldmutter Kinder Brandenburg* gibt sie wieder ein. Mehrere, neuere Meldungen erscheinen, sie klickt eine nach der anderen an, überfliegt sie, doch alle erzählen das Gleiche, es gibt nichts Neues. Sie sieht sich einen Clip an, in dem eine Polizeisprecherin sagt, sie hätten Kontakt zu der Frau gehabt, es gebe keinen Anlass für Ermittlungen, die Angelegenheit sei erledigt. Es klingt, als wolle sie sagen: *Lasst sie in Ruhe.*

Sie greift nach ihrem Telefon. Noch einmal liest sie den letzten Teil der Nachricht, *könntest du mir mehr darüber erzählen, warum.* Wieder zögert sie. Sie betrachtet das Foto ihrer Mutter an der Wand, die Frau mit den struppigen dunklen Haaren, dem kantig geschnittenen Pony, dem liebevoll, rotzigen Ton, den die Kinder in den Kursen mochten. Sie kann die Stimme ihrer Mutter förmlich hören, zusammen mit der Musik, die im Hintergrund lief. Sie glaubt zu verstehen. Ihre Mutter hatte ein Kapitel ihres Lebens für sich behalten, hatte etwas ausgespart, hatte eine Entscheidung getroffen.

Für das Kind hatte ihre Mutter sich entschieden, für das Alleinsein mit Kind, und für ihre Freunde, ihre Mutter hatte versucht, diese Geschichte mit Leichtigkeit zu erzählen, ohne Vorwurf, ohne Bitterkeit, und vor allem, ohne Bitterkeit weiterzugeben.

Und kurz schimmert ein Gedanke auf, wie ein Abgrund, wie die Idee eines Abgrunds; wie anders wäre ihr eigenes Leben verlaufen, wäre ihre Mutter nicht damals schon gegangen? Was war es, das ihre Mutter auch ihr erspart hatte? Was für eine Kindheit hätte sie ansonsten gehabt? Welche Erlebnisse hätten sie geprägt?

Sie löscht den letzten Teil der Nachricht und setzt noch einmal neu an. *Ich habe überlegt, ob ich einen Ausflug mache und mir den Hof ansehe. Vielleicht sind die Leute nett und lassen mich herein, dann kann ich einmal im Garten auf der Terrasse sitzen*, schreibt sie stattdessen, *und ich würde mich freuen, wenn wir uns wiedersehen und du mir mehr von damals erzählst*, sie tippt auf *Abschicken.*

Linus_und_Mette kochen Himbeeren ein, mit ihren beiden Kindern, jedes hat einen Marmeladenfleck auf der Wange, wie mit einem Pinsel hingetupft.

Rose hat ihr Frühgeborenes nach Hause holen können, ihre Follower können sehen, wie der Säugling schläft, gehüllt in teure Häkelkleidung, umgeben von himmelblauer Bettwäsche, *she's a fighter*. Der Schlafszene folgt eine Bilderschau mit Rückblick, das Wärmebett, die Ärmchen, die mageren Füße, der Überlebenskampf im Schnelldurchlauf, dekoriert mit Stofftieren, Kissen und Decken, wie ein Was-zuletzt-geschah. Auf die Welt kommen. Das Unwissen des Kindes und das Wissen aller, die zusehen. Was für eine Kluft.

Alles hier ist getrieben von Sehnsüchten, nach einer Welt ohne Brüche. Doch niemand hier wird ihre Sehnsüchte erfüllen, im Gegenteil, ihre Sehnsüchte sind wie eine Ware, sie werden genommen, weitergereicht und verwertet, ihre Sehnsüchte sind wie ein Rohstoff, von dem andere leben, doch sie, sie wird hier nichts finden, das Bestand hat. Sie sollte nach anderen Bildern suchen, sollte sich andere Bilder ansehen.

Das ist eine gute Idee, schreibt Vera zurück, *ich bin dort ja oft gewesen. Es hat sich wahrscheinlich gar nicht so viel verändert.*

41

Astrid kneift die Augen zusammen, der Himmel und die Morgensonne blenden. Sie hat heute ungewöhnlich lange geschlafen. Dann hat sie Kerstin Fotos geschickt, vom Haus, von den oberen Zimmern, die auf einmal so leer aussehen, so aufgeräumt. Und Kerstin hat sofort geantwortet, sie wolle im Herbst für einige Wochen kommen.

Am Waldhaus angelangt dreht Astrid sich zur Terrasse um, Elsa deckt den Tisch. Andreas hat angerufen, dass er vorbeikommen und Brötchen mitbringen wird.

Sie bleibt neben dem Häuschen stehen und wartet. Sie möchte vor Elsa nicht den Eindruck erwecken, sie würde zielstrebig den hinteren Teil des Gartens ansteuern. Doch genau das hat sie natürlich vor. Sie muss über sich selbst lachen, gütiger Himmel. Was erwartet sie hinter dem Rhododendron zu entdecken? Warum sollte in diesem Garten ein Mann vergraben sein? Um wen sollte es sich dabei handeln? Außerdem, wie hätte das überhaupt ablaufen sollen? Mit wessen Hilfe? Elsa war höchstens in der Lage, mit dem Spaten ein Loch für eine Hortensie auszuheben.

Sie könnte Elsa einfach fragen. Ich bilde mir ein, du hast gestern vor dem Einschlafen Folgendes gesagt, stimmt das? Doch sie kann sich die Reaktion ihrer Tante schon vorstellen, Elsa würde sie amüsiert ansehen. »Da hast du aber intensiv geträumt«, würde sie antworten. Als Nächstes würde sie sich lustig über sie machen, etwas in der Art sagen, wie: »Nimm' dich in Acht vor deinen Träumen. Sie könnten in Erfüllung gehen.«

War das nicht ein Sprichwort? *Wünsche*, nicht Träume, hieß es in dem Spruch, wenn sie sich nicht täuscht. Wieso fällt ihr das jetzt ein. Der Ausspruch gefällt ihr nicht einmal. Sie wollte sich nicht auch noch vor ihren Wünschen fürchten müssen.

Sie blickt in den Apfelbaum, er wird gut diesen Sommer tragen, besser als in den vergangenen Jahren. Es wird einiges zu pflücken geben im September. Noch einmal dreht sie sich um, Elsa sitzt am Tisch und nimmt einen Schluck Kaffee, feierlich sieht sie aus, in ihrem dunkelroten Hauskleid. Ausgeruht und zufrieden wirkt sie. Es scheint ihrer Tante gut zu gehen.

Sie muss wieder an Gesa Bruns denken, an die Anzeige im Wochenblatt.

Lieber Herr Bruns, bitte hören Sie auf, mir Anklagen und Vorwürfe zu schicken. Ich bin nicht die richtige Adresse.

Sie hat sich heute früh nach dem Aufwachen vorgestellt, wie sie einen Zettel schreiben und ihn draußen an den Briefkasten der Praxis hängen würde. Und wie es daraufhin vorbei sein würde mit den anonymen Botschaften. Weil Herr Bruns verstanden hatte, dass nicht sie, sondern er verantwortlich war für das, was sich zwischen ihm und seiner Frau abgespielt hatte. Vielleicht sollte sie das wirklich tun. Diesen Zettel aufhängen und abwarten.

Sie macht ein paar Schritte zur Seite, bis sie aus Elsas Blickfeld verschwunden ist. Wenige Meter vor ihr steht der wuchtige Rhododendron, größer als der in Marlis Vorgarten.

Was also erwartet sie hinter dem Strauch zu sehen? Frisch

umgegrabene Erde, einen kleinen Hügel, wie nach Beerdigungen? Wieso geht sie überhaupt davon aus, dass dort erst vor Kurzem jemand vergraben worden ist? Es konnte auch Jahre oder Jahrzehnte her sein, der Rhododendron wäre währenddessen gewachsen und gewachsen, imposant wie auf einem Friedhof.

Kam das Wort *Rhododendron* überhaupt vor in ihrem Halbschlaf? Sie schüttelt den Kopf, die gestrige Nacht verschwimmt nun vollkommen, jetzt kann sie sich noch nicht einmal an Geträumtes erinnern. Sie muss an die Zeit denken, als die Jungs kurz nach dem Einschlafen schon aufgebracht vor sich hin murmelten. Oder manchmal spätabends wie kleine Zombies die Treppe herunterkamen, im Wohnzimmer standen und mit geöffneten Augen klar und deutlich eine Forderung oder eine Sorge mitteilten. Was sie sagten war zwar konfus, doch hing trotzdem immer mit den Themen zusammen, die in ihrem Alltag eine Rolle spielten. Alles war im Schlaf vermengt worden. Wie ein chemischer Cocktail.

Ein chemischer Cocktail aus Eindrücken, nichts weiter. So wird es gewesen sein. Die Zutaten der letzten Stunden, Tage und Wochen.

Der Abend mit Marli. Marli, die bei einem Rundgang durch eine Villa ein imaginäres Blutbad angerichtet hatte.

Die Todesanzeige von Gesa Bruns im Wochenblatt. Gesa Bruns, die in der Nacht vom vierten auf den fünften Januar gestorben war.

Der leere Gelbklinker gegenüber, Mona Winter und diese drohende Räumungsklage. Mona Winters Töchter, die im Waldhaus gespielt haben. Elsa, die sich um die Mädchen gekümmert hat.

Astrid kann es sich noch nicht erklären, es ist nur ein Gefühl, aber sie glaubt, dass die volle Speisekammer damit zu tun hat. Und die Kinderzeichnungen, die sollte sie sich noch einmal ansehen.

Es war aber auch möglich, dass nicht sie, sondern Elsa geträumt hatte. Vielleicht hatte Elsa im Schlaf vor sich hin gemurmelt. Wer weiß, in welcher Vergangenheit sie sich dabei befunden hatte.

Da liegt ein Mann im Garten vergraben.

Von der Terrasse her hört Astrid Stimmen, Andreas ist gekommen. Sie zieht noch einmal den Blütenduft ein, schwer und süßlich. Der Rhododendron ist bedeckt von rosigen Kelchen, dicht an dicht wachsen sie, krönen die dunkelgrünen Blätter. In diesen Tagen zeigt der Strauch seine ganze Pracht.

42

Chris bereitet in der Küche Proviant vor, sie sollte nach oben gehen und die Schwimmtasche packen, doch sie muss erst das Video ansehen, unbedingt, sofort, bevor sie etwas anderes tun kann.

Hi. Das ist das Schönste, was ich besitze, deshalb schicke ich es dir.

Niko hat ihr diese Nachricht an die E-Mail-Adresse ihres Ladens geschickt, was erstaunlich ist, sie hatte Niko den Namen des Ladens hinterhergerufen, ihr gesagt, »du kannst mich auch in der Stadt finden«, doch sie hatte nicht damit gerechnet, dass Niko sie noch gehört hatte.

Sie klickt auf Abspielen.

Eine Turnhalle, Lichterketten und Tannenzweige an den hohen Fenstern, in der Mitte ist eine Manege aufgebaut, wie in einem Zirkus, Scheinwerfer tauchen alles abwechselnd in rotes, grünes und blaues Licht. Jemand hält eine kurze Ansprache, es ist eine Aufführung, kurz vor den Weihnachtsferien, im vergangenen Jahr.

Als Erstes jongliert eine Gruppe von Teenagern mit Fackeln, ihnen folgt eine Gruppe in weißen Anzügen mit Kapuzen, die Gesichter sind hinter Masken verborgen. Die Kinder tauchen Stäbe, die mit Schnüren verbunden sind, in Eimer, halten sie in den Wind von zwei Ventilatoren, bis riesige Seifenblasen aus den Schnüren wachsen, sie glänzen im Licht, ziehen wabernd über die Köpfe der Leute hinweg durch den

Raum, verändern ihre Form, wie Wesen, die noch nicht entschieden haben, was sie sein wollen.

Danach wird es im Raum dunkel, an den Fenstern funkeln die Lichter, Gestalten huschen umher. Ein Scheinwerfer springt an, taucht ein Trapez in seinen Lichtkegel, und dort sind sie zu sehen, Selma, die kleinere, steht vor Agnes auf der Trapezstange. Stück für Stück werden die beiden nach oben gezogen, drei oder vier Meter hoch, unter ihnen liegen nun mehrere dicke Matten. Musik ist zu hören, Klavier und Querflöte, ein langsames Stück.

Ihre Körper in den schwarzen Anzügen wirken schmal und kräftig zugleich, ihre Haare sind zu festen Knoten gebunden. Das Trapez pendelt hoch über dem Boden, pendelt in immer weiteren Schwüngen, die Mädchen wiegen sich in diesen Schwüngen, geben sich gegenseitig Anschub. Sie strecken die Beine von sich, dann steht eine auf den Schultern der anderen, alles verläuft in fließende Bewegungen. Als Nächstes hängt Agnes kopfüber, mit den Kniekehlen am Trapez, unter ihr schwebt kerzengerade Selma, sie halten einander fest, an lang ausgestreckten Armen. Schaukelnd, fliegend, scheinbar mühelos halten sie sich fest, sie scheinen jede Bewegung voneinander zu kennen, eine verlässt sich auf die andere.

Noch einmal sieht sie sich den Clip an, die zähe, konzentrierte Kraft, mit der die Mädchen sich gegenseitig hochziehen, sich in einem Moment loslassen und im nächsten wieder an den Händen halten.

Sie klappt den Laptop zu und fühlt sich wie benommen. Tief in die Winterwelt, die Stimmung dieser Aufführung versunken sieht sie sich im Zimmer um, das Sonnenlicht, die welken Wiesenblumen in der Vase, das Geklapper in der Küche, alles noch unwirklich. Sie geht nach oben, legt den Badeanzug in die Korbtasche, zwei große Handtücher und Sonnencreme dazu.

Nebeneinander fahren Chris und sie die gewohnte Strecke am Kanal entlang, weiter durch den Industriehafen, vorbei am Naturschutzgebiet, bis hin zu der Badebucht, an der sie das Rehkitz hatten schwimmen sehen. Chris breitet die Wolldecke auf dem Rasen aus, im Schatten einiger Sträucher.

Sie ziehen die Badesachen an und gehen direkt ins Wasser. Sie kann den sandigen Grund sehen, so klar ist es. Sie beginnt zu suchen, nach Plastikteilchen, doch kann keine bunten Partikel ausmachen. Sie beobachtet, wie Chris einige Meter vor ihr im Wasser abtaucht, dann ein Stück weit krault und sich danach auf dem Rücken treiben lässt.

Sie entfernen sich weiter vom Ufer, das Wasser ist kühl, kälter, als sie erwartet hatte. An dieser Stelle ist es erstaunlich tief, der Grund liegt einige Meter unter ihren Zehenspitzen. Sie taucht unter und öffnet die Augen. Das Sonnenlicht durchströmt das Wasser, lässt alles hell und flirrend wirken, grünlich, gelb und blau schimmernd. Einige Meter vor sich sieht sie Chris, seine Beine, die Schwimmbewegungen. Sie taucht hinter ihm her, bis sie ihn erreicht hat und berührt ihn an der Hüfte, er dreht sich um. Sie taucht auf und noch bevor er etwas sagen kann, drückt sie die Lippen auf seinen Mund.

Sie lösen sich voneinander und holen beide Luft, dann zieht sie ihn unter Wasser. Zusammen sinken sie, sie betrachtet dabei sein Gesicht, seine geschlossenen Lider, er scheint kein bisschen überrascht, er lässt sich fallen. Zwei, drei, vier, fünf Sekunden gleiten Chris und sie hinab.

Sie fühlt sich leicht, wie lange nicht, als hätte ihr Körper sie nie im Stich gelassen, als könnte in ihrem Körper ein Kind heranwachsen, ohne dass sie sich mit einem einzigen Gedanken dafür anstrengen müsste. Sie weiß, es ist nur ein Gefühl, es täuscht vielleicht, aber für den Moment ist es da, für diesen Moment ist es echt.

Chris kann die Augen unter Wasser nicht öffnen, nicht einmal kurz, sie sind zu empfindlich, er versucht es gar nicht. Sie konnte schon immer ohne Brille, mit offenen Augen tauchen, es macht ihr nichts aus.

Sie muss an Agnes und Selma auf dem Trapez denken, an ihre Bewegungen, mit einer Ruhe, als würden die Mädchen genau wissen, keine wird loslassen, keine wird fallen. Einen Menschen, gab es einen einzigen Menschen, mit dem man sich einer Sache so sicher sein konnte, dann würde einem nichts mehr passieren.

Sie betrachtet sein Gesicht, seine unter Wasser bläulich schimmernde Haut, die Bläschen in seinem Haar. Chris wirkt gelöst und ruhig. Seine Augen sind geschlossen, ganz und gar entspannt, kein Zucken, keine Regung. Sie weiß nicht, was in ihm vorgeht, aber sie sind hier, schwerelos unter Wasser, es ist seltsam und schön. Sie wünschte, es könnte länger dauern. Sie weiß, dieser Moment lässt sich nicht wiederholen, es ist nicht möglich, dieses Erstaunen, über sie beide, über sich selbst, über den Lauf der Dinge, über das Gute, das sich darin verbirgt, noch einmal genau so zu empfinden.

Langsam treiben sie nach oben, und sie bedauert es, sie hätte noch Luft genug, hier unten ist es still und schön.

Sie muss sich dieses Gefühl bewahren. Die Sonne, die das Wasser durchströmt, Chris und sie, die durch dieses Blau schweben. Das Vertrauen der beiden Mädchen auf dem Trapez, hoch über dem Boden. Das Vertrauen in einen anderen Menschen.